SANKHARA

DU MÊME AUTEUR

MISTINGUETT, LA VALSE RENVERSANTE, Sauret, 1995.
LA VIE D'UNE AUTRE, Actes Sud, 2007 ; Babel nº 897.
JE PORTE UN ENFANT ET DANS MES YEUX L'ÉTREINTE SUBLIME QUI L'A CONÇU, Actes Sud, 2007.
LA GRAND-MÈRE DE JADE, Actes Sud, 2009 ; Babel nº 1128.
LE CORDON DE SOIE, Actes Sud, 2009.
LA NONNE ET LE BRIGAND, Actes Sud, 2011 ; Babel nº 1155.
MA NUIT D'AMOUR, Actes Sud Junior, 2011.
UN PUR HASARD, Éditions du Moteur, 2012.
CASSÉE, Actes Sud Junior, 2014.
LES BRUMES DE L'APPARENCE, Actes Sud, 2014 ; Babel nº 1324.
LE VOYAGE DE NINA, Le Livre de poche, 2014.
L'ŒIL DU PRINCE, J'ai lu, 2014.
LIBERTANGO, Actes Sud, 2016 ; Babel nº 1594.
AGATHA, Plon, 2017 ; Babel nº 1584.
MON CORPS EST UN MURMURE DE TOI QUI DANSE (avec des photographies de Sylvie Singer Kergall), J'ai lu, 2018.
ÊTRE BEAU (avec des photographies d'Astrid di Crollalanza), Stock, 2018.
SANKHARA, Actes Sud, 2020 ; Babel nº 1792.

ISBN 978-2-330-16069-2

FRÉDÉRIQUE DEGHELT

SANKHARA

roman

BABEL

pour Arthur

Le sage vit dans la conscience des difficultés
Et n'en souffre pas.

LAO-TSEU

Le but de la vie est de vivre, et vivre signifie
être conscient, joyeusement, jusqu'à l'ébriété,
sereinement, divinement conscient.

HENRY MILLER

Désir : aspiration profonde de l'être vers un objet qui réponde à une attente. Souhait irrationnel et obsédant qui porte sur la possession de quelque chose.

On m'a souvent demandé comment je suis devenue écrivain, mais je ne suis rien devenue du tout. J'écrivais.

HÉLÈNE

C'est la première fois qu'elle part sur un coup de tête. Comme si elle quittait tout. Mais en réalité, elle explore les emboîtements du hasard suite au miracle d'une liste d'attente soudain résorbée. Elle ignore si elle doit y voir un signe magique, elle aimerait le penser. Maintenant qu'elle est dans le train, elle a peur. Elle ne sait pas ce qui l'attend. Elle se sent suspendue au résumé lapidaire et salvateur de son copain transfiguré : *Tu verras, c'est la fin des souffrances.* Hélène n'est pas dupe. Ça a l'air tellement formidable que ça ne peut être qu'un piège. Ce qu'elle veut, ce qu'elle cherche, ou ce qui pourrait l'aider, lui échappe. Reste cette petite pulsation d'angoisse dont la densité varie selon les moments de la journée. En réalité, il faudrait qu'une bonne fée apparaisse avec sa baguette magique et lui permette de retrouver l'homme dont elle était amoureuse, ou alors qu'elle lui en propose un autre qui éclipserait le premier en le faisant disparaître de son cœur meurtri alors même qu'elle s'apprête à le quitter pour une autre vie. Une souffrance contenue dans toute option qui se présente. Pas d'issue possible. Si elle reste, elle sera malheureuse car elle se sent de plus en plus laide dans le regard de Sébastien qui ne l'aime plus. Et partir, c'est se rendre coupable de laisser derrière elle le père de ses enfants, être l'instigatrice de l'éclatement d'une famille. Et lui, referait-il sa vie très rapidement avec une autre ? Pourquoi se poser cette question ? N'est-ce déjà pas assez compliqué sans y ajouter une rivale ? À moins qu'elle ne soit complètement innocente et qu'une autre soit déjà là, planquée quelque part en attendant qu'Hélène s'en aille. Les hommes sont si friables.

Lui revient une histoire qu'a racontée Johan dans le café. Une histoire à laquelle il n'a pas assisté puisqu'elle se déroulait du côté des femmes. L'une d'elles, qui venait pour la première fois, s'est mise à pleurer à la fin d'une séance. À ce moment-là, quatre anciennes se sont placées autour d'elle, debout, en silence, sans la toucher et en fermant les yeux avait-il dit. Elles ont attendu tranquillement que ses pleurs se calment puis le petit groupe s'est dispersé. La jeune femme triste est restée grâce à cette méditation de compassion qu'on apprend à prodiguer, paraît-il, en fin de séjour.

C'est ce récit qui a inspiré le désir d'Hélène. Mais elle se méfie d'elle-même. Ne s'est-elle pas inscrite parce qu'elle n'avait, selon son ami, aucune chance d'être prise ? La méditation ne l'a jamais attirée. Pire, cet exercice à la mode dont tout le monde parle à tort et à travers l'exaspère. Alors pourquoi ? Pour cette envie languissante de quitter la maison ? De s'éloigner de Sébastien et de l'ambiance toxique de leur dysharmonie ? Il n'empêche, partir méditer dix jours est pour elle incongru et elle se demande si sa décision n'a pas été prise trop impulsivement. Et depuis quelque temps, se rajoute à ce tableau funeste le venin brûlant de la jalousie. Quelle erreur de s'être confiée à lui dans un moment où elle essayait de mendier sa tendresse. Elle regrette amèrement de lui avoir avoué une faiblesse, la rencontre d'un autre homme qui lui plaisait et comblait un manque. Sébastien est maintenant persuadé qu'elle a un amant alors que ça n'a été qu'une amitié amoureuse avortée. Sa sincérité a eu l'effet opposé à celui escompté. Sébastien est devenu soupçonneux et inquisiteur. Il n'a rien compris à sa tentative, à son envie de se rapprocher de lui. Hélène regrette de l'avoir crédité d'une grande sagesse face à l'infantilisme dont il fait preuve depuis ses aveux. Elle a surestimé son envie de mettre à plat leurs divergences, leurs possibilités d'avenir. N'a-t-elle pas détruit le peu d'estime qu'il avait encore pour l'amoureuse qu'elle a été ? Et puis cette dernière dispute tellement terrible… Ses images et les mots échangés sont ancrés dans sa mémoire.

Pendant des jours elle s'est demandé comment fuir cette situation. Rejoindre une amie quelque part ? Parler de ses problèmes avec un psy ou essayer de les oublier en voyageant ? Marie, une ex-collègue partie habiter à New York depuis peu, lui a bien proposé de venir passer une semaine, mais le prix du billet n'était pas raisonnable. Et puis elle a des souvenirs avec Sébastien dans cette ville. Des rendez-vous heureux dans Chinatown, des étreintes dans ce petit hôtel de Brooklyn, des fous rires dans Central Park où ils flânaient main dans la main après l'amour. Il lui fallait un endroit neutre. Elle n'avait pas plus envie de se retirer à la montagne, au bord de la mer, ou seule dans un coin où elle ruminerait ses erreurs, ses désirs, les manques de leur couple. Partir pour ressasser, elle n'en voyait décidément pas l'intérêt. Depuis qu'elle n'arrive même plus à écrire, seulement à écorcher des feuilles avec des phrases qui ne veulent rien dire, elle est engloutie dans une pénombre sans nom. Et ne plus savoir comment la nommer la terrifie.

Tout se bouscule dans son esprit. Les errements de chacun. Échanger l'illusion du maîtrisable contre la certitude de l'imprévisible. Le quitter ou envisager la seule façon de le garder : rentrer dans le rang, comme le préconise sa belle-mère. Mais ceci n'a aucun sens pour elle. S'agit-il de vivre cette existence banale qu'elle a rejetée et dont elle a cru être protégée un temps par Sébastien ? Elle se sent mourir à petit feu. Sans raison objective.

Qu'importe… Maintenant Hélène est dans ce train en gare de Bercy. Cette gare dont ils étaient partis pour Venise, train de nuit, mus par un désir soudain, alors qu'elle était enceinte. Pourtant ils n'avaient pas voulu de ce voyage-là pour leur lune de miel, au grand dam de la mère de Sébastien qui espérait bien voir son fil respecter quelques traditions.

“Mais pourquoi le Pérou ? S'était-elle exclamée horrifiée par ce choix peu glamour, c'est un pays pour les ONG, pas pour fêter ses noces !” Hélène a tellement aimé leur rencontre et le début de leur histoire… Pourquoi rester avec l'autre quand seul le passé demeure heureux, le présent étant devenu un enfer ? Tout souvenir d'eux dans le bonheur est aujourd'hui une douleur lancinante. Elle sent les mains de Sébastien le long de son dos, ses soupirs, leurs extases, ses caresses infinies, ce petit râle qui s'échappait de lui quand ils jouissaient ensemble et ça lui fait mal. Son bonheur d'avant n'est plus qu'une pensée onirique transie et mâchonnée.

Les paysages défilent. Trop vite pour s'y attacher. Son wagon est presque vide. Hélène devine deux ou trois voyageurs à l'autre bout. Elle fouille dans son sac, ne trouve pas le stylo qu'elle croyait avoir emporté. Encore un signe de son désarroi, à moins qu'elle ne se soit déjà mise en situation de silence. Comme si elle avait voulu inconsciemment… Mais non. Il ne faut pas penser ça. Elle s'affole, replonge dans son sac et retrouve un bout de papier blanc, un crayon. Ça promet pour la suite du voyage ! Le manque n'est pas encore là et déjà elle se rend compte qu'elle ne sait vivre sans écrire, tout au moins sans essayer. Comment ne l'a-t-elle pas compris avant ? Et à quoi cela peut-il lui servir de le savoir alors même qu'elle va s'imposer dix jours sans cette respiration d'encre ? Elle s'enfonce dans son fauteuil, farouche. Il faut aller au bout.

À l'arrivée du train, la gare paraît désaffectée. Demeure la trace d'un café-restaurant maintenant grillagé. Spectral ! D'autres voyageurs descendus en même temps qu'elle errent avec leur sac ou leur valise et finissent par se retrouver sous un arbre. À l'ombre, car la chaleur est écrasante. Ceux qui ont de l'eau partagent avec les autres.

Curieusement, les femmes sont installées d'un côté, les hommes de l'autre. Seuls un jeune homme et une jeune fille parlent, en anglais, comme rapprochés par leur langue commune. Au bout d'une heure, le bus n'est toujours pas là et la chaleur rend leur attente pathétique. L'un d'eux appelle le centre. La navette a du retard et ne va plus tarder. Ceux qui sont déjà venus affichent un calme qui gagne les plus stressés qui, apparemment, viennent pour la première fois. Aux questions des nouveaux, les anciens répondent que c'est une expérience unique ; que d'une fois sur l'autre, ce n'est jamais ce qu'on imagine. Tout est donc une surprise. Même pour eux. Ça fait partie de la loi universelle. Tout change, tout apparaît, tout disparaît… "Anitcha", répond une fille à celui qui vient de parler. Quelques-uns rient… Des initiés sans doute car ce mot n'évoque rien à Hélène. Les nouveaux expriment quelques réticences. Se lever chaque jour à quatre heures du matin, n'est-ce pas trop rude ?… Manger deux fruits et boire un jus de citron chaud à dix-sept heures, puis rien jusqu'au lendemain matin six heures trente… Sur ce point, les garçons ont l'air plus inquiets que les filles. Est-ce que ça ne va pas être trop long dix heures de méditation par jour ? Et dix jours de silence absolu ? Une femme s'angoisse de ne pouvoir joindre sa famille, d'avoir à rester assise en lotus en ayant mal partout. Ces questions trahissent les sceptiques, ceux qui évoquent les regrets avant même de les ressentir ou ceux dont la curiosité insatiable est à son comble face à un lieu leur permettant de tester leur spiritualité sans voyager à l'autre bout du monde. Hélène se tait. Elle est comme les autres. Dans une certaine attente. Que viennent-ils tous chercher ? Il faut qu'elle se l'avoue maintenant qu'elle s'est engagée à ne pas mentir. Elle a fui, finissant même par croire que c'était un non-choix. Mais en dépit de son état de crise, l'inquiétude n'est pas son mode de fonctionnement. Elle n'a pas plus de certitude que les autres mais elle n'a jamais eu besoin de ça pour vivre. Et puis comme le dit Camus, les doutes c'est ce que nous avons de plus intime. Alors autant s'abandonner à ce qui vient. Les stressés l'ennuient. Ils sont tous pareils. Tout est matière à se tourmenter et si tout va bien, l'absence d'inquiétude les inquiète… Certaines racontent leurs expériences, d'autres méditations, des stages décevants. L'une a même fait l'expérience d'une secte. Hélène n'écoute plus. Jambes gonflées par la chaleur, elle a envie de pleurer et se replie dans sa carapace, avachie sur son sac à dos.

Quand le bus arrive enfin, Hélène rompt avec cette ébauche de proximité qu'avait amorcée l'attente. Elle s'installe seule au fond du véhicule. Yeux rivés au paysage vallonné et changeant, elle goûte dans un premier temps l'absence totale de village le long des petites routes de campagne.

Épineau-les-Voves… Improbable bled qui raconte qu'elle va être perdue quelque part en France. Ça lui convient. Examinant chaque maison, elle se demande comment on vit là, à quoi on pense, ce qu'on fait le dimanche… À quelques encablures de Paris, se trouvent de l'espace et puis ces villages… Hélène sourit car un panneau indique la route de Neuilly. Elle n'a donc pas beaucoup avancé. À une autre saison, elle serait en train de traverser des champs de blé blond… Le café de la Poste est fermé. Peut-être qu'on y dansait autrefois. Des jeunes filles riaient sous cape, lorgnant les garçons de l'autre côté de la place en attendant que le fils du facteur ou celui du boucher arrivent parce que ces deux-là, toujours fourrés ensemble, étaient les plus mignons. Puis l'une d'entre elles, plus futée que les autres, jetterait son dévolu sur celui du facteur parce que sa mère est plus sympa que la bouchère ! Une mégère en puissance pour belle-mère n'est jamais de bon augure, lui aurait soufflé sa mère qui en savait quelque chose… Un karma familial cette histoire de belle-mère !

Champloiseau. C'est le nom du patelin suivant. La voilà plus proche encore de la nature. Dans le bus les voix semblent plus sourdes, les conversations plus feutrées, comme si l'on se rapprochait du silence. Mais ça n'est peut-être qu'un hasard.

Hélène se remémore ce qu'elle sait de sa destination. Elle va expérimenter une méditation vipassana. La première fois qu'elle a entendu ce nom, elle a compris : Vis pas ça, na ! Le défi lui était lancé pour décider de vivre autre chose. En réalité ce mot pali, une langue autrefois parlée en Inde, signifie *"voir les choses telles qu'elles sont réellement"*. Et cette simple phrase est déjà un voyage. "J'aurais dû y envoyer Sébastien, pense-t-elle, il en a plus besoin que moi !" Apparemment la technique vipassana, vieille de 2 500 ans, a été enseignée comme un remède universel à des maux universels, raconte le site internet. Les incompréhensions et égarements d'un couple doivent bien faire partie des maux universels, non ? Elle se repasse les règles qu'elle a lues et acceptées pour être inscrite : ne pas lire, ne pas écrire, ne pas parler, ne pas faire de sport ou toute autre activité. Méditer ou se promener dans les espaces de nature. Et puis cinq préceptes à respecter, qu'ils appellent le síla, encore un mot pali qui signifie *"la bonne conduite"*. S'abstenir de tuer tout être vivant. S'abstenir de voler. S'abstenir de toute activité sexuelle. S'abstenir de mentir. S'abstenir de consommer tout produit nocif comme le tabac, l'alcool ou la drogue... Ça ne devrait pas être bien difficile si l'on excepte les massacres de moustiques, l'envol dans les rêves nocturnes, les fantasmes qui alimentent toute période de manque, et les mensonges qui s'ensuivent ! Plaisanterie mise à part, il y a plus difficiles à suivre comme interdictions. Évidemment, Hélène a la chance de ne pas fumer. Elle l'a réalisé tout à l'heure à la gare en voyant une femme exhiber son patch dernière version, espérant que ses effets la dissuaderaient de quitter le stage avant la fin. Et elle, quelle excuse devra-t-elle trouver pour partir avant la fin ?

Elle éprouve la vague sensation d'entrer en pension, comme si elle était une enfant qui vient de quitter sa mère et ne sait pas ce qui l'attend. Au bout d'une allée majestueuse plantée de grands arbres, comme une allée vers un autre monde, un bâtiment blanc tout à fait banal les attend. À leur arrivée, les sacs sont empilés à l'extérieur tandis qu'ils découvrent les salles du réfectoire où ils seront plus tard attablés en silence... Hélène s'avance timidement vers les deux dames chargées de l'accueil. Elles cochent des noms pour distribuer chambres individuelles, pour les anciennes, et box en dortoirs pour les nouvelles. Hélène se sent comme une rebelle qu'on aurait placée là pour la guérir. Elle s'accroche à la mine épanouie de celle qui vient de glisser son téléphone portable dans un petit sac numéroté. Sa douceur apaise la séparation. Car cette femme vient de mettre dans une prison de toile tout ce qui relie Hélène à sa famille. Une fois le cordon serré, elle se noie. Puis elle récupère son sac à dos… Énorme. Lourd. Bourré d'habits car elle n'a aucune intention de laver son linge ! Un peu honteuse, elle le traîne jusqu'à son box, le numéro B17. Hélène a suivi les instructions. Pas de tenues moulantes, pas de jean, des tenues larges, longues, des jupes… Une sorte de retour à la mode des années 1970 de sa mère ! Elle imagine son rire si elle la voyait… Il lui a fallu d'ailleurs replonger dans ses coffres entreposés dans leur grenier pour faire son sac !

Une des femmes inquiètes soupire et râle dans le box qui jouxte le sien. C'est la première qui lui a adressé la parole et elle semble plus angoissée qu'une heure auparavant. Hélène repousse ses propres bouffées d'appréhension et préfère éviter de lui parler. Elle sort toutes ses affaires, fait son lit. L'endroit est impeccable. Une petite couverture bleue pliée précautionneusement l'attend sur le matelas. Suspendre toutes les affaires. Elle entend les autres rire et babiller. On entend tout. Ça promet et ça la fait sourire. Puis Hélène visite la grande salle de bains commune. Et là c'est frappant, ce n'est pas propre, c'est pur. Une éponge est posée sur le rebord de chaque sanitaire, rappelant de le nettoyer avant de quitter l'endroit. Il y a une douzaine de lavabos surmontés de petites glaces. Sur une table se trouvent des corbeilles avec du dentifrice, des gels douche, des savons, des shampoings déjà entamés, au cas où certaines auraient oublié quelque chose, est-il mentionné. Derrière le mur, cinq ou six cabines de douche brillent tant elles sont impeccables. Là encore, des éponges, des raclettes, et des instructions très précises sont affichées dans chaque espace comme une sorte de protocole de nettoyage afin de laisser l'endroit pimpant pour la suivante. Quelques-unes se rafraîchissent avant de quitter les lieux. Certaines échangent quelques propos sur la propreté, à la brillance singulière. Toutes semblent séduites. À l'âge adulte, il est rare de se retrouver entre femmes dans des salles de bains communes. Hélène repense à la plupart des piscines municipales où elle aime nager ; les vestiaires devenus mixtes sont d'une propreté approximative qui ne tient qu'à la diligence du personnel de nettoyage.

La séparation entre hommes et femmes instaure tout de suite une sorte de détente, une sensation rare de gynécée. Certaines se sourient avant de se rendre à la première réunion d'information, comme une sorte de complicité anticipée, un cortège au silence. "Apprendre cette méthode, c'est faire l'expérience de sa propre réalité par l'observation systématique et dépassionnée, à l'intérieur de soi-même, des phénomènes toujours changeants de l'esprit et de la matière, qui se manifestent sous forme de sensations. C'est le point culminant de l'enseignement du Bouddha : la purification de soi par l'observation de soi." On parle donc de Bouddha, mais uniquement en terme historique, c'est un homme ayant traversé cette expérience. Il n'y a aucune statue dudit Bouddha dans le centre, aucune image nulle part. Ce Goenka dont ils auront un discours chaque soir est un Birman qui a rencontré cette méditation conservée dans son pays et perdue en Inde du fait de l'égarement de différents gourous. Il a propagé la méthode d'apprentissage en insistant sur son aspect laïc et détaché de toute application religieuse ou rituelle. Lui non plus, n'a pas sa photo affichée dans le centre. Il a transmis une technique, un savoir-faire.

Durant le premier dîner, végétarien, elles peuvent encore échanger quelques mots. Deux files se sont formées de chaque côté de la table où elles remplissent leurs assiettes de crudités, de légumes chauds. Hélène aperçoit un gâteau au chocolat. L'ambiance est joyeuse, les voix feutrées, comme si elles étaient déjà en train de cheminer vers le silence qui leur sera imposé dès la première méditation, dans une petite heure. Hélène écoute distraitement une professeure de yoga raconter son expérience d'un autre lieu semblable à celui-là. Bien qu'il fasse très chaud, elle a préféré s'installer à l'extérieur, face au ballet des hirondelles qui se glissent sous le porche pour rejoindre leurs nids. La porte de communication qui donne accès à la terrasse des hommes est ouverte, néanmoins, ils dînent de leur côté. Après le dîner, deux ou trois hommes traversent pour dire au revoir à celles qu'ils connaissent et leur souhaiter un bon stage. Un couple s'embrasse. Hélène a un pincement au cœur en les regardant s'étreindre tendrement. Elle aurait adoré tenter cette expérience avec Sébastien, mais il est, elle le sait, très loin de tout ça. Pire, il trouverait cette aventure ridicule. Un des managers ferme la porte entre les réfectoires hommes et femmes, pour dix jours semble-t-il. Désormais, le seul endroit où elles croiseront les hommes sera la salle de méditation où, d'après le témoignage de Johan, hommes et femmes sont installés de part et d'autre d'une allée.

Hélène n'a pas envie de lier connaissance, pas envie de se raconter. Elle pense aux raisons qui l'ont poussée à partir, espère que les lettres écrites aux enfants seront bien postées chaque jour par Magali. C'est la seule amie qui soit au courant de sa destination, une amie que Sébastien ne connaît pas. Ainsi elle ne peut être trahie. La bizarrerie de sa présence en ces lieux lui apparaît soudain. Elle est impatiente de savoir si elle ne s'est pas égarée, de découvrir ce qu'elle va vivre ici. À vingt heures, le gong retentit et tandis qu'Hélène suit les habituées jusqu'à la salle de méditation, elle est à nouveau traversée par le souvenir de ces moments où Sébastien la prenait dans ses bras avec amour, comme si elle abandonnait une vie pour une autre. Elle adorait sa façon de passer ses doigts dans ses cheveux, de lui mordiller l'oreille, de l'entraîner dans son désir… Pourquoi y penser maintenant ? Elle n'est tout de même pas en train d'entrer au couvent ! Voilà si longtemps qu'ils n'ont plus cette complicité qu'aussitôt ce souvenir, dans un premier temps agréable, ravive la douleur de leur éloignement. Le petit chemin emprunté mène à un bâtiment qu'Hélène n'avait pas encore remarqué. À l'appel de son nom, elle entre dans une sorte de vestiaire, probablement l'antichambre du silence organisé, où elle peut choisir quelques coussins, une couverture avant de passer la porte du hall et de rejoindre la place qui lui est attribuée pour tout le séjour. À l'heure qu'il est, Sébastien doit être en train de coucher les jumeaux. Il a peut-être essayé de l'appeler et sera tombé directement sur le répondeur de son téléphone éteint, enfermé, pour dix jours dans son petit sac de toile marqué B17. Hélène sent son cœur se serrer. Ses enfants l'ont-ils réclamée ? Quelle histoire Sébastien va-t-il leur raconter ?

La manager, nom curieusement extrait du monde de l'entreprise, a d'abord appelé les anciennes qui ont pris place aux premiers rangs. Chaque personne a son emplacement dédié. La salle est immense. Les hommes sont placés à leur gauche et tout comme elles, ils sont une soixantaine. "Ai-je récupéré assez de coussins pour rester dix heures par jour en position du lotus et ce, dès quatre heures du matin ?" se demande Hélène. Maladroitement, elle s'installe à l'image des autres. Une fois calée, elle ne ferme pas les yeux, éprouvant un mélange d'excitation et de peur, comme si elle se trouvait dans une salle d'examen. Ce qui est un peu vrai, même si on ne va rien lui demander. Ça tousse ou ça se racle la gorge autour d'elle, comme s'ils allaient ensemble entonner un discours. Quand le silence est complet, deux enseignants, un homme et une femme entrent dans la salle, se placent face à eux en tailleur sur une petite estrade et enclenchent un magnéto. La méditation commence. La voix de Goenka est traînante et assez drôle. Il a le même accent que les Indiens anglophones. Ses phrases sont traduites au fur et à mesure en français par une voix d'un tout autre style. Hélène écoute attentivement les mots qui rythment les instructions… Ces adverbes que la voix répète plusieurs fois *patiently*, *diligently*… "Nous allons ce soir emprunter *the path of peace, the path of harmony.* Sentier de paix et d'harmonie. *Your own brette...*" What? Mais oui, bien sûr c'est *breath* dont il s'agit. Et ce n'est pas un exercice de respiration, inspirez, expirez, soufflez. C'est juste prendre conscience de ce souffle tel qu'il est. *"Coming in, going out...* " Telle qu'est la respiration, sans une impulsion volontaire. Il leur est donc demandé d'être attentifs à toute sensation qui pourrait se manifester autour des narines et tout autour du nez... Un point c'est tout. Et il faudra faire ça pendant trois jours, dix heures par jour. "Je vais m'évanouir ! pense Hélène. Qu'est-ce que je fous là ? Est-ce qu'on peut résoudre des problèmes de couple en s'écoutant respirer ? En se concentrant sur son nez pendant trois jours ? Et que va-t-on faire les sept jours suivants ? Mais qu'est-ce que tu croyais ? Qu'il serait facile d'être dans le rien ? D'écouter le temps qui passe en attendant que tout s'arrange ?" Et comme point d'orgue à ce désastre, faisant cortège à ses doutes et ses questions, surgit une première découverte : ce ne sont pas ses narines qui vont mener le bal pendant trois jours, mais son esprit. Il s'échappe, il l'emmène, il l'entraîne sur des chemins autres que ceux de son nez. Oh, des sentiers très simples au début. En rapport avec sa présence dans ce stage, son départ précipité, puis un peu plus loin, il bredouille quelques inepties sur ses relations scabreuses avec Sébastien, puis encore un peu plus loin... Et la voix l'avertit de ne rien mettre en mots ou en images. Ce n'est pas grave si son esprit s'échappe, il suffit de le ramener à la respiration et à son observation. Facile à dire. Elle arrive à tenir à peu près dix secondes au bout desquelles, il s'évade à nouveau... Ailleurs, loin, avec Sébastien, avec Léo et Mona, ses petits chéris. Qu'ont-ils mangé ce soir ? Est-ce qu'il a demandé à sa mère de venir les garder ? Hélène n'a rien osé lui dire directement. Sa mère aurait essayé de la dissuader de partir. Pas le bon moment, pas dix jours, pas sans essayer de discuter avec son mari. Alors Hélène a simplement laissé un message sur son répondeur lui demandant d'aider un peu Sébastien pendant son absence. Et maintenant elle se refuse à répondre à la question suivante. Est-ce que c'était par lâcheté ou parce qu'elle ne se sent pas assez proche de sa mère pour se confier à elle ? Ah merde, le nez ! se dit-elle pour la quinzième fois.

"Bon, je respire, je ne sens rien du tout. J'écoute à nouveau la voix du Birman." Les oiseaux dehors pépient de plus en plus fort. Et Goenka chante maintenant. Dans sa langue sûrement. Ça la berce. Elle est un peu ankylosée. Ça promet ! À peine une heure et elle trouve ça déjà très long !

En sortant de la salle, Hélène étire son dos douloureux avec un grand soupir. Elle déplie cet amas de chairs contractées, retrouvant avec joie la douce chaleur de cette fin de journée caniculaire. Toutes fenêtres ouvertes, l'atmosphère de ce hall de méditation n'était pas du tout étouffante et elle se réjouit que le lieu soit agréable et ventilé car elle pressent déjà que les dix heures quotidiennes vont être rudes. Elle se presse pour faire quelques pas puis ralentit en se souvenant qu'elle a tout son temps. Elle marche jusqu'au bord du champ immense puis regagne le dortoir, perplexe sur sa capacité à trouver le sommeil à vingt et une heures trente et plus encore à émerger sereine à quatre heures du matin. Après s'être lavé les dents dans un silence presque complice, les femmes se tiennent la porte de la grande salle de bains commune puis trottinent vers leurs box sans se dire bonsoir. Mais c'est comme si les mots étaient là… Debout sur son lit pour pouvoir regarder par la fenêtre, comme si elle voulait faire le mur, Hélène constate qu'il n'y a plus personne dehors dans le champ, même s'il fait encore jour. Seule une fille passe sur le chemin caillouté pour rejoindre le bâtiment des chambres individuelles. Elle ne lui jette pas un regard, pourtant elle l'a sûrement vue. Sa porte claque. Hélène se dit qu'elle a la chance de disposer de cette fenêtre et la laisse ouverte. Elle se sent responsable de l'air pour les autres. La douceur de la température, le léger chant des grillons, tout est apaisant. Allongée pour écouter la nuit, elle se souvient que petite, elle n'aimait pas qu'on la couche alors qu'il faisait encore jour. Ça lui donnait l'impression d'être punie ou d'être une poule. Une fille commence à ronfler. Un rire étouffé part d'un box voisin. Quelqu'une tape sur le coin d'une table, espérant sans doute la réveiller. La complicité de celles qui l'entendent est totale. Aucun doute sur ce qu'elles pensent toutes au même moment. Si la ronfleuse s'endort si vite, si elle est si sonore pendant dix jours, comment vont-elles faire pour embarquer elles aussi dans le train du sommeil ? Hélène la surnomme d'emblée Mimi Ronflette… Elle ne saura jamais laquelle a hérité de ce surnom, ni dans quel box elle se trouve. Quelques images passent devant ses yeux, le champ qu'elle traversera demain et qu'elle a admiré ce soir comme un horizon à venir, la forêt qui longe ce champ. Les petits visages des jumeaux succèdent aux paysages… Elle aimerait se dire qu'avec ses lettres et surprises quotidiennes, elle ne leur manquera pas trop. Elle refuse de penser à Sébastien.

Je revois le début de notre vie de parents. La naissance de jumeaux ne se passe jamais sans les commentaires de ceux qui sont autour. Un enfant, c'est une bombe atomique dans le couple, m'avait expliqué une pédiatre, alors pensez, quand ils sont deux ! Nous passions beaucoup de temps à les admirer dans leur sommeil. Ils étaient couchés dans le même berceau pour qu'ils ne soient pas séparés après avoir passé neuf mois emmêlés dans mon ventre. J'étais aux premières loges de ce spectacle permanent : leurs bruits, leurs gestes, leurs regards, la manière dont ils s'ouvraient au monde. Tout me paraissait magique, transcendait ma fatigue. J'étais une sorte de corps en libre-service. Pourtant je n'étais pas épuisée, exaspérée, débordée. J'étais émerveillée, euphorique, dévouée. Je mesurais ma chance d'avoir une fille et un garçon en même temps. Chaque jour était différent et s'écoulait dans une sorte de fascination, comme si la grâce m'était accordée. Cela ne m'empêchait pas d'être souvent désemparée. Quand j'en nourrissais un et que l'autre avait faim, quand j'essayais d'interrompre le premier avant qu'il n'ait son content pour apaiser la faim du second. Souvent Léo se réveillait avant sa sœur. Mona était plus enfouie dans le sommeil. Léo était un gourmand qu'il ne fallait pas interrompre. Je m'empressais de le mettre au sein avant qu'elle ne se réveille. Parfois, c'était elle qui soulevait ses paupières déjà ciliées. Elle était plus vite rassasiée, mais bien moins patiente. Quand elle sortait du sommeil, son désir de boire était impérieux. J'observais les réactions de chacun comme si j'étais une scientifique immergée dans un monde étranger. Je ne sais pas à quel moment nous nous sommes perdus de vue avec Sébastien, mais je suis à peu près sûre que c'était à cette période. Un de ces jours où nous étions penchés sur leur berceau, attendris, je me suis aperçue que nous les regardions sans nous toucher. Dans ce moment doux, j'ai senti que si nous avions été encore un couple, nos mains se seraient jointes, nos corps auraient été irrésistiblement attirés l'un vers l'autre et nous aurions rejoint notre chambre pour faire l'amour langoureusement. Mais Sébastien est parti écrire un papier pour le lendemain et je suis allée ranger la cuisine avant de m'écrouler tout habillée sur notre lit, cet endroit où nous ne faisions plus que dormir ! Plus tard, il m'a aidée à me déshabiller ; je me souviens qu'il m'a tordu le bras et que ça m'a agacée. À ce moment-là, je n'ai pas repensé à ce premier soir où il m'avait suivie dans ma chambre de bonne, à ce que je lui avais dit après qu'il m'eut ôté mon soutien-gorge en le faisant glisser sur mon dos sans que j'aie senti qu'il l'avait dégrafé. J'avais trouvé ça louche, un peu trop expérimenté.

Maintenant ça me fait mal de repenser à tout ça. Et plus encore de revoir tous ces instants où j'étais agressive avec lui sans raison particulière. Je crois qu'en réalité, je lui en voulais de continuer à être libre, de partir sans se soucier de quoi que ce soit, alors que moi je restais chevillée à la maison avec mes bébés. C'était d'autant plus insolite comme sentiment que je ne supportais pas de me séparer d'eux, je jouissais de leur présence et je passais des moments merveilleux. Mes journées étaient un rêve absolu. Mais il y avait cette sensation contradictoire de devoir, et pour toujours, être responsable. Je ne me sentais plus libre, non pas parce que je n'avais pas un travail à l'extérieur, mais parce que je réalisais que je ne serais plus jamais libre. Que je ne recommencerais jamais à rouler à cent quatre-vingts à l'heure sur une moto, à prendre n'importe quelle décision, à voyager seule dans n'importe quelles conditions, à me lancer dans une aventure incertaine et peut-être dangereuse. Je n'étais plus seule et libre pour toute ma vie à venir. Je me devais d'être là et de préserver cette sécurité pour eux. Ce n'était pas bien clair et je croyais à l'époque en vouloir à Sébastien d'avoir encore cette vie sociale dont je ne disposais plus. Il essayait de me comprendre, me proposait de prendre le relais quand il rentrait, de m'échapper un peu… Pour aller où ? Faire les magasins ? Voir des amies ? Elles qui ne me parlaient que de mes bébés et du travail que je devais avoir avec des jumeaux ? Je n'en avais aucune envie. Mes bébés me manquaient quand je n'étais pas avec eux et je n'avais aucun désir de perdre deux heures par-ci, deux heures par-là. Le temps avait changé mes priorités. Ce n'était plus celui de la couvade qui s'étirait en langueurs océanes, ni celui d'avant la grossesse, trépidant et mal géré. Il me fallait comprendre où se trouvait ma nouvelle liberté et comment elle allait s'exprimer. Je ne pouvais qu'inventer quelque chose de nouveau et je ne savais pas l'expliquer à Sébastien. Pour lui, il n'y avait pas eu toutes ces étapes. Le soir, allongée à ses côtés, je ne savais plus le rejoindre, je lui en voulais de ne plus me toucher mais je ne tendais pas la main pour caresser ses cheveux, je voulais qu'il vienne à moi, mais je ne savais plus comment aller vers lui. À quoi pensait-il de son côté ? Pourquoi ne parlions-nous de rien ? Pourquoi nos corps empêchés ne savaient-ils plus s'enlacer alors que nous n'étions qu'à quelques centimètres l'un de l'autre. Je me sentais grosse et fatiguée. Comme si j'avais encore mes bébés à l'intérieur. J'étais vide et pleine à la fois. Quand je ne m'occupais plus des jumeaux, quand je ne les nourrissais pas, quand je ne les berçais pas, mon corps était inutile et laid. Il n'avait plus d'existence hormis celle que lui donnaient mes enfants. Dans notre lit, quand l'un des jumeaux était au sein, je me blottissais contre Sébastien et il nous entourait de ses bras mais seule, je n'osais plus le solliciter et encore moins le provoquer sensuellement. Ça ne semblait pas lui manquer. Je devenais de jour en jour plus mère et moins femme et j'estimais que c'était de sa faute. C'était à lui de me rendre mon statut d'amoureuse. J'écrivais avec rage, désespoir ou sérénité, tout dépendait des heures de la journée. Je m'installais dans la cuisine, ou je griffonnais debout, penchée sur la table à langer, parfois même dans le lit, allongée entre deux tétées. Là non plus, je ne me retrouvais plus. Mon écriture avait changé. J'avais d'une part ce cahier où je consignais tous mes moments avec eux. Les enfants me poussaient à engranger ce que j'avais peur d'oublier car je me rendais compte qu'une semaine devenait une année tant ils changeaient vite. Et j'avais d'autre part un petit carnet pour poser mes sentiments, mes ressentiments et des idées qui étaient autant de possibilités d'envols. Tout ce que je ne pouvais vivre avec Sébastien s'y trouvait. J'y consignais des tas de choses, l'état des choses, devrais-je dire. Et puis, oh surprise, j'avais commencé quelque chose qui n'avait rien à voir avec ma vie ou mes sentiments ou ce qui sortait de mon intériorité. Des personnages venaient, des histoires étranges, des nouvelles, des textes, des rêves qui se transformaient en récits abracadabrants. Je laissais libre cours à tout ce qui se présentait. Ça me rendait timide, perplexe. J'ignore encore comment je trouvais ce temps-là.

SÉBASTIEN

Sébastien empoigna le téléphone, sortit de la pièce et appela sa belle-mère. Il avait préparé une sorte de discours bien ficelé pour faire sa demande. Il n'en disait pas trop sur le départ d'Hélène, sur leur dernière dispute épouvantable et sur sa lettre de départ. Tout en attendant que quelqu'un décroche, il regardait le jardin encore fleuri, la sculpture en bois d'Hélène qui trônait au milieu de la pelouse. Il la revoyait s'échinant avec ses outils sur le tronc de cet arbre mort qu'elle ne voulait pas enlever du jardin. Hélène avait toujours été différente des autres. C'était sans doute ce qu'il avait le plus aimé en elle, mais pour l'heure, il ne voulait surtout pas repenser à ce qu'il avait aimé. Il refusait que son cerveau commence à s'égarer, à la regretter, à lui trouver des excuses. Elle était partie en pleine rentrée scolaire, elle l'avait abandonné avec les enfants alors qu'il travaillait, elle qui ne faisait rien de rémunérateur. Elle l'avait trompé. Elle n'avait pas avoué, mais il en était sûr. Malgré son "besoin de réfléchir loin de toi" et son "je pars et je saurai ce que nous devons faire à mon retour", il était à peu près persuadé qu'elle s'était enfuie avec son amant. Et même si ça n'avait jamais été aussi mal entre eux, cette lâcheté le révoltait. Peut-être que ce type était irrésistible et qu'il l'avait convaincue d'abandonner sa famille. Non, malgré sa rancœur, il n'arrivait pas à accréditer cette version de l'histoire. Hélène aimait ses enfants, plus que tout sans doute. Plus que lui ? Et d'ailleurs, lui, l'aimait-elle encore ? Qu'est-ce qu'elle croyait ? Qu'elle pouvait faire n'importe quoi ? Se conduire comme une ado en faisant des fugues alors qu'elle était mère ? Que faudrait-il encore lui accorder ? L'oubli ? La douceur d'un pardon facile ? Des compromis impitoyables ?

Plus tard, à l'agence, il essaya de se consacrer au fil des infos de la journée, mais il sentait bien que tout ce qu'il lisait s'enfuyait au fur et à mesure, il était incapable de se souvenir des deux ou trois événements importants qu'il aurait dû noter ou relever pour organiser sa journée. Un bouclier antimissile US au Proche-Orient, les élections à la présidence du Parti travailliste israélien, le fiasco de la conférence de Durban sur le racisme… Toutes ces informations représentant son quotidien. Une bouillie de déjà-vu, de ratages, de pouvoirs inassouvis, de scandales sexuels ou financiers. Rien ne s'arrêtait jamais. Les téléscripteurs autrefois et maintenant les ordinateurs, vomissaient leur lot de mauvaises nouvelles car seule la technique pour les diffuser avait progressé. La barbarie, la décadence, les guerres, les massacres, les révolutions pour la paix qui n'engendraient que des guerres restaient au même niveau. Le plus bas. Et seuls les mots d'Hélène en ce 5 septembre restaient accrochés à son esprit comme une boucle dont il finissait par pervertir la signification.

Je sais que demain c'est la rentrée scolaire. Ce n'est pas très cool de partir à cette période, mais je t'ai tout préparé pour les enfants. Je leur écrirai chaque jour. Je leur ai dit qu'on ne pourrait pas se parler pendant dix jours. Je pars parce que je n'en peux plus et qu'il faut que je sache ce que je dois faire désormais. J'ai besoin de réfléchir loin de toi. On ne peut même plus discuter. Tu ne m'aimes plus, comme dit l'autre Hélène dans la chanson. Dire qu'autrefois ça me faisait rire. Je sais déjà que tout le monde me prendra à nouveau pour une ahurie et toi pour une victime. Mais ce que les autres pensent, je m'en fous. Essaie seulement de ne pas me dénigrer auprès des enfants et modère ta mère. J'imagine que c'est une sacrée aubaine pour elle de te prouver qu'elle avait raison. Je serai là le 16 septembre. Réfléchis de ton côté à tout ça. Après ce qui s'est passé, ça me semble un minimum !

Hélène

— Tu as vu que Pierre était là-bas avec sa fille ?

Annie passa à Sébastien la dépêche qu'elle venait d'imprimer.

> Jérusalem. Après la série d'explosions qui a secoué la ville sainte lundi, un kamikaze palestinien déguisé en juif pratiquant a fait exploser une bombe ce mardi matin à proximité du lycée français, en plein centre, à l'heure de la rentrée des classes. Le porteur de la bombe a été tué et treize autres personnes ont été blessées, dont les deux policiers qui poursuivaient le terroriste.
>
> L'attentat n'a pas été revendiqué, mais selon le ministre israélien de la Défense Benyamin Ben Eliezer, le kamikaze appartenait au mouvement

islamiste palestinien Hamas. “J’estime que son objectif était un lieu très fréquenté, un hôpital ou une école”, a ajouté le ministre. La déflagration s’est produite vers 7 h 45 (4 h 45 GMT) à quelques mètres du lycée français. Pierre Weill, correspondant de Radio France à Jérusalem, a assisté directement à cet attentat alors qu’il amenait sa fille de 12 ans au lycée.

“Ma voiture a été très sérieusement endommagée, elle est couverte de morceaux de chair humaine et de sang. Ma fille a immédiatement été sous le choc. Elle a commencé à pleurer. Je l’ai sortie de la voiture. On est entrés dans la cour du lycée. Elle n’avait que des blessures légères, quelques blessures sur les jambes, elle souffre d’un choc sonore dans une oreille”, a-t-il raconté sur France Info et France Inter.

Témoin de la violence de la déflagration, Pierre Weill a expliqué que la tête du porteur de la bombe avait été retrouvée “dans la cour du lycée français”. La police a rapidement caché la tête du kamikaze aux yeux des enfants, a précisé son porte-parole Gil Kleiman.

Hélène disait toujours qu’il devait considérer les événements tragiques avec attention puisqu’il avait la chance d’être au cœur de l’info. Sébastien ne voyait pas en quoi mettre en forme quotidiennement le récit de toutes les misères du monde pouvait être une chance, mais elle répliquait “Ainsi es-tu protégé de la fureur mondiale. Réjouis-toi !” Hélène pensait qu’on ne pouvait pas se contenter d’être heureux *comme ça*. Sans mettre un doigt dans la courbure du monde. Mais lui justement, traitait les informations du monde, il écrivait des articles, il gagnait chaque jour le droit de s'indigner en sachant de quoi il parlait. Ce qui n'était pas le cas d'Hélène… Elle aurait détesté ce raisonnement. Pourquoi était-il obligé de lui renvoyer l'image dévalorisante d'une femme qui ne faisait pas grand-chose sous prétexte qu'elle n'était pas dans une configuration professionnelle classique ? Il repensa à leur dernière discussion. Probablement celle qui avait mis le feu aux poudres.

— Tu ne dis rien ? C'est terrible, non ?

— Oui. Je vais lui passer un petit coup de fil pour savoir comment ça va… Il s'aperçut qu'Annie le regardait d'un air perplexe.

— Je te le passerai si tu veux. Dis-moi, j'ai un papier à faire sur la production manufacturière en Angleterre, tu ne voudrais pas t'en charger ? Demain je dois amener mes enfants à l'école pour la rentrée, je ne serai peut-être pas très à l'heure.

— Hélène n'est pas là ?

— Non. Elle devait se rendre en province.

— Rien de grave ?

— Non. Un truc de famille.

— Donne-moi tes éléments pour le papier. De mon côté, je crois que je vais te refiler celui sur le coût de la vie pour demain… Il m'ennuie ce sujet. Et tu es tellement plus rapide que moi là-dessus.

— Je te le ferai, mais n'oublie pas que je vais prendre de la distance avec tout ce secteur dorénavant…

— Ça va Sébastien ?

— Oui. Pourquoi ça n'irait pas ?

Avec le départ d'Hélène, les questions de ce genre allaient se multiplier et il savait déjà qu'il devrait inventer un voyage imprévu, un héritage peut-être, des affaires à régler loin de Paris, dans une sphère suffisamment intime pour interdire à quiconque de prolonger l'interrogatoire. Sébastien se demanda comment elle avait bien pu expliquer à Léo et Mona qu'elle ne pourrait pas téléphoner. Après tout, jamais leur mère ne les avait quittés sans les appeler. Peut-être avait-elle pris cette décision pour ne pas avoir à lui parler. Elle lui en voulait. Et après cette discussion musclée – elle aurait dit horrible, épouvantable – elle avait de bonnes raisons de le haïr. N'inversons pas les rôles, se disait-il, c'est elle la fautive. Il essaya à nouveau de se concentrer. À la dérobée il observa Annie assise à son bureau. Souvent le travail était tellement dense qu'ils avaient à peine le temps de se dire bonjour. Annie était une chic fille sans problèmes. Sébastien ne lui connaissait pas de vie privée autre que son amour du cinéma. Elle prenait des vacances pour le festival de Cannes et s'était débrouillée pour être accréditée et pour écrire dans un journal. Bénévolement, avait-elle précisé. Sébastien aimait bien les jours où ils travaillaient ensemble. Elle était rapide et trouvait des solutions à tous les problèmes délicats. Deux qualités essentielles dans ce boulot. Annie ne connaissait pas Hélène. C'était une de ses rares collègues proches qui n'était jamais venue chez lui.

Hélène avait pris de plus en plus de place. Une place qu'elle occupait par du vide. Un espace créé autour de sa petite personne. Récemment, elle s'était même plainte un matin qu'il ne lui laissait pas assez de couette pour dormir, qu'il occupait plus de la moitié du lit et qu'elle avait peur de tomber.

Sébastien lui avait ri au nez. Il n'occupait pas *plus de la moitié du lit*, comme elle le prétendait, il avait simplement repris sa place et arrêté de considérer qu'elle était touchante, abandonnée au milieu de leur couche, quand il s'arrangeait pour se lover autour d'elle sans la réveiller. Son exaspération avait sans doute fait le reste insidieusement dans son sommeil et son corps d'homme prenait désormais ses aises, refusant de se limiter à ce qu'elle voulait bien lui laisser. Dans la maison aussi, elle avait occupé les pièces. Elle s'était emparée de la décoration et la maison s'était petit à petit transformée. Un jour, Sébastien avait eu la sensation d'habiter chez elle. Alors il s'était mis à rapporter des lampes, des objets, qu'elle considérait en soupirant ou en plissant le nez d'un air peu convaincu. Quand il s'absentait plus de deux jours, elle en profitait pour les virer en arguant qu'ils étaient tombés ou qu'ils n'allaient pas tellement bien à cette place-là, qu'on leur trouverait un endroit plus tard. Ce qui n'arrivait jamais une fois qu'elle les avait remisés au grenier. Sébastien ne croyait pas à ses mensonges domestiques. Elle qui se déplaçait comme un chat et ne cassait jamais rien, comment faisait-elle pour concentrer sa maladresse sur ses objets à lui ? Ça l'avait frappé au début, ce côté félin, cette habitude d'arriver sans qu'on l'entende. Pas du tout comme une petite souris qui trottine, non vraiment comme une panthère qui chasse… Pourtant, il avait été généreux. Quand elle avait exigé cette cabane au fond du jardin pour y faire son domaine, il l'avait tout de suite arrangée, équipée d'un petit chauffage. C'était sa roulotte, ses quartiers bohèmes. Elle avait dit qu'elle travaillerait là. Quand il avait émis l'idée d'aller bosser quelques heures dans sa cabane, Hélène avait affiché un air si horrifié qu'il avait renoncé. Par la suite, elle l'avait amadoué en lui expliquant que s'il s'installait un moment, elle ne doutait pas qu'il y laisserait finalement ses affaires et que ça deviendrait son bureau à lui. Il lui avait donné cet endroit et elle estimait que c'était le plus beau cadeau qu'on lui ait jamais fait. Et flatté, il s'était laissé endormir par ses paroles qu'il sentait sincères. Il n'y entrait presque jamais et s'était habitué à ce qu'elle s'installe une vie à elle au fond du jardin qui jouxtait la forêt. Chaque fois qu'il venait la chercher, il la trouvait en train de lire, et parfois en train d'écrire. Encore avec ses poèmes, pensait-il ou son journal dont elle lui avait lu quelques passages, autrefois. Quand ils s'étaient rencontrés, elle lui avait beaucoup écrit. Des poésies, des pages entières, des lettres qu'elle lui envoyait par la poste. Il trouvait ça émouvant, d'autant plus qu'à cette époque, on ne s'envoyait pas encore de mails. Mais même quand le courrier électronique était apparu, elle avait continué à lui écrire des lettres souvent très érotiques qu'elle envoyait à son bureau. Il tremblait que quelqu'un d'autre ne les ouvre.

À quand remontait leur profond désaccord ? Sébastien n'arrivait pas bien à s'en souvenir.

Ils avaient couvé le mal sans s'en apercevoir et malgré lui, il ne la voyait plus de la même façon. Il aimait s'en aller le matin et ne se réjouissait plus de rentrer, multipliant les occasions de faire traîner son retour en allant boire des coups avec quelques reporters, sous prétexte d'avoir des retours plus vivants sur les événements qu'il n'avait pas traités lui-même sur le terrain. Peut-être qu'elle-même n'avait plus envie de le voir rentrer, soupirait d'aise quand il partait, se réjouissait de ne pas avoir à lui rendre compte de ce qu'elle allait faire de sa journée. Elle aimait tant ne rien dire de ce qu'elle faisait. Sébastien s'en était aperçu par hasard. Il avait cru qu'elle lui mentait pour cacher quelque relation coupable, mais il s'était aperçu qu'elle aimait tout simplement s'échapper, marcher en forêt, partir avec les jumeaux pour voir une expo de peinture, les emmener avec elle, sans but parfois. Pourquoi aimait-elle tant raconter plein d'histoires, d'anecdotes alors qu'elle lui parlait si peu de sa vie quotidienne ? Il n'arrivait pas à éclaircir ce mystère.

En préparant des pâtes aux jumeaux, Sébastien songeait à ces vacances où elle s'était mise à cuisiner. Avant ça, elle aimait les plats préparés, les choses simples et vite expédiées mais lors de ce séjour dans le Sud, enceinte et ralentie par la chaleur et la pesanteur de son ventre, elle s'était accoudée à une grosse table de ferme et avait examiné pendant des heures des livres de recettes. Puis elle était allée au marché comme si elle se rendait dans une contrée étrangère et en avait rapporté des fruits, des légumes, des épices, des parfums de Provence et d'ailleurs. Elle était entrée en cuisine comme en religion. Elle disait que des rêves lui avaient donné envie de cuisiner et qu'avec la grossesse, elle ne supportait plus certaines odeurs. Elle se servait de cette extrême sensibilité pour marier des saveurs subtiles et quand elle enfilait son tablier, c'était comme si elle revêtait la peau d'une sorcière pour officier devant ses alambics. Pendant de longs mois elle avait gardé l'habitude d'inventer, rechercher des recettes insolites, puis le temps des plats préparés était revenu, sans que Sébastien sache vraiment ce qui avait prédisposé son épouse à occuper la cuisine puis la quitter du jour au lendemain.

Pendant le dîner, il essaya de savoir ce qu'Hélène avait dit aux jumeaux, mais ils étaient trop dissipés, excités d'être seuls avec leur père, ce qui n'arrivait jamais. Il n'apprit rien de plus que ce que disait sa lettre… Maman était partie pour dix jours. Elle ne pourrait pas leur téléphoner et ils recevraient un mot chaque jour. Elle leur avait également laissé un calendrier qu'elle avait elle-même dessiné, décoré de petits animaux avec un crayon de couleur pour chacun, attaché par une ficelle, pour faire une croix sur chaque jour. Au début du calendrier, elle avait collé des petites armoires en carton dans lesquelles, ce premier soir, ils avaient trouvé un bonbon pour chacun. Sébastien se demanda ce qu'elle aurait laissé dans l'armoire si lui aussi en avait eu une. Cela lui rappela douloureusement l'époque où elle planquait des choses dans ses poches, lui glissait des mots dans sa valise ou dans ses affaires de toilette quand il partait en voyage. Un temps désormais révolu.

Il avait eu tort de provoquer cette discussion qui avait si mal tourné. Ou peut-être que sa mère avait raison, qu'il n'arriverait jamais à la rendre heureuse et qu'elle le rendrait toujours malheureux. Il avait tellement essayé, se disait Sébastien en cette matinée de début septembre. Il avait voulu cette femme, désiré être avec elle pour toujours, voulu un enfant, mais ils avaient été deux à se pointer, comme si déjà le ciel devinait qu'il leur en faudrait un chacun pour les apaiser ! Il avait mal dormi cette nuit-là, s'était réveillé plusieurs fois en repoussant les draps, cherchant son corps, puis se souvenant qu'elle n'était pas là. Ce matin, il devait accompagner les jumeaux. C'était habituellement Hélène qui s'en chargeait. Ils avaient un peu chahuté en s'habillant, excités par ce premier jour d'école. Ils avaient échangé leurs pantalons et leurs chemises. Puis ils lui avaient raconté leurs rêves qu'il avait à peine écoutés tant l'absence d'Hélène lui pesait. Ils étaient en retard mais avec les perturbations du premier jour, personne ne leur en fit la remarque. Ce n'était qu'une entrée en dernière année de maternelle. Mais elle, comment avait-elle pu louper ce jour-là ? Comme un automate, Sébastien avait ensuite pris la voiture et s'était retrouvé dans un embouteillage monstre juste avant d'arriver à Paris. Ça n'avait pas d'importance. Il était enfoui dans ses pensées. Dans son passé.

Submergés, ils avaient endossé leur rôle parental alors qu'ils n'avaient encore ni l'un ni l'autre résolu le problème d'être un fils ou une fille. Sébastien estimait qu'il l'avait aidée, supportée, portée, défendue contre sa propre mère toujours hostile, ses amis parfois. Il l'avait aimée tout en essayant de la comprendre, souvent dérouté par ses brusques changements d'attitude. Il avait pourtant adoré ce trait de son caractère au début de leur rencontre, ce sens toujours inné de l'aventure, cette créativité, son détachement vis-à-vis de l'opinion des autres… Tout ce qui s'était révélé ensuite comme un sacré paquet d'emmerdements, donnant naissance à une vie ingérable, une incompréhension qui avait grandi au fil des années. Elle n'était pas seulement différente, elle était surtout inadaptée à une vie normale. Maintenant qu'il la regardait avec lucidité, il avait envie de s'exclamer comme ces parents démunis devant leur progéniture : "Mais qu'est-ce que je vais faire de toi ?" Quand avait-il basculé ? Quand avait-il abandonné l'indulgence qu'il éprouvait à son égard et pourquoi ? Son admiration pour elle, son inconditionnel attachement avaient-ils été grignotés petit à petit ? Ou y avait-il eu un point de rupture où soudain il avait compris ce que précédemment il ne voulait pas savoir ? En deux mots, l'idée qu'elle serait toujours cette adolescente attardée, cette petite fille capricieuse qui exigeait beaucoup, lui renvoyait avec amertume et exaspération qu'il n'était pas le prince charmant qu'il aurait dû être. Mais elle qui jouait à la princesse inconséquente, bafouant ses offrandes et se moquant de lui et de ses côtés responsables, oui elle, que pouvait-elle avancer pour sa défense ? Il avait bien le droit de s'exprimer sans passer pour un barbon qu'elle reléguait au rang de castrateur. Elle était bien contente qu'il lui serve de père quand elle se réfugiait en larmes dans ses bras, lors de ses brusques accès de découragement, ses désespoirs incompréhensibles que rien n'apaisait ! Il en avait un peu honte mais il avait un jour soulevé la couverture de cuir d'un carnet qu'elle laissait traîner dans leur maison. Il avait été saisi par l'agencement des mots, la force de ce qu'il lisait. Après tout, lui aussi écrivait. Mais il était dans le concret de l'information et la neutralité des dépêches qui se devaient de relater les faits, rien que les faits, en donnant le plus d'infos possible, situant même leur degré de fiabilité, ne lui permettait guère de soigner son style. Or si quelque chose s'exprimait bien dans ce qu'il avait lu à l'insu d'Hélène, c'était son style. Il n'arrivait pas à croire que c'était elle qui écrivait avec tant de lucidité sur la vie. Ces petits morceaux de vérité étaient des pépites qui, sur le moment, l'avaient bouleversé. Lui était-il alors venu à l'idée que ses écrits dépassaient le simple passe-temps d'une mère au foyer ? Le peu qu'il avait pu lire à la va-vite pendant qu'elle prenait sa douche, lui avait appris qu'elle était passée d'une poésie romantique à quelque chose de plus initiatique. Il aurait aimé lui demander de lui lire des extraits, comme autrefois, mais ils étaient déjà trop loin dans les non-dits ; ils s'étaient trop éloignés en ne clarifiant pas les premiers désaccords. Elle n'aurait pas été longue à comprendre qu'au début de ses recherches il ne traquait pas des preuves de son talent littéraire, mais plutôt des traces de ses infidélités. Il avait levé les yeux en entendant la porte de la salle de bains, quitté rapidement le bureau auquel il était attablé puis il avait rougi quand elle était entrée dans la pièce, aussi troublé que si elle l'avait surpris avec une autre. Une autre qui habitait ses cahiers et qu'il avait eu soudain envie de rencontrer, une autre qui lui paraissait inaccessible.

Cet épisode s'était déroulé deux ans auparavant et depuis, la voyant plongée dans ses cahiers, il ne pensait plus du tout à ce qui l'avait traversé en la lisant. Quand ils partaient en forêt et qu'il la voyait glisser dans sa poche de petits carnets, il se demandait toujours à quoi rimait tout ça ? Sans doute n'était-ce pas une coïncidence si elle revenait toujours de ses virées forestières avec des désirs incongrus, des suggestions de voyages lointains et onéreux, des idées farfelues sur ce qu'elle désirait faire de leur vie. Il finissait par redouter cette légèreté, cette faculté qu'elle avait de se vouloir autre et ailleurs.

Pendant qu'elle tergiversait, se cherchait, tâtonnant d'une activité à une autre, lui bossait dur, concrètement. Il montait des projets à l'intérieur de l'agence, il structurait, inventait, tentait de créer de nouvelles manières d'informer, prenant des responsabilités qui entérinaient son jugement. Pendant ce temps, sa femme habitait sur une autre planète. Au début de leur histoire, il avait essayé de l'emmener en déplacement, mais il constatait que partout elle gardait cette distance d'exilée aux choses et aux gens. Elle semblait conviviale, mais lui qui la connaissait par cœur, voyait bien son éloignement. Chaque fois, il avait l'impression de la retrouver immobile dans des désirs inassouvis, une incertitude d'handicapée de la vie. Quand les enfants étaient nés, son attitude avait perdu son caractère étrange et comme elle s'occupait d'eux avec une patience infinie et une attention soutenue, cette impression d'absence était devenue moins nette. Auprès des jumeaux, Hélène était pleinement là et avait l'air totalement épanouie. Jamais elle n'était agacée, impatiente ou même distante. Sébastien avait été heureux de voir que même sa mère devait se rendre à l'évidence. Dans ce rôle, Hélène était imbattable. Elle s'en sortait magnifiquement et n'avait même pas l'air fatiguée !

Sébastien lui, était ébahi de découvrir combien la vie avait changé avec l'arrivée des enfants. Il ne s'agissait pas du quotidien bien sûr, mais d'un changement impalpable lui offrant des perspectives inédites, des pistes de réflexion nouvelles et parfois des peurs irréfléchies. Au tout début, il n'avait pas pris conscience de ce bouleversement. Il était tout au bonheur de cette arrivée. Il était fier d'annoncer qu'il allait être père, soulagé qu'Hélène accueille cette double maternité avec autant de joie. Il avait secrètement redouté un moment qu'elle ne veuille pas d'une vie de famille qui l'obligerait à accepter un cadre aux horaires rigides. Il avait été assailli de doutes. Pourrait-elle gérer seule si lui devait recommencer à s'absenter pour retourner sur le terrain ? Et même s'il ne s'absentait pas, sauraient-ils s'en sortir avec deux bébés qui allaient réclamer une tétée au moins sept fois par jour et en même temps ? Il avait reçu d'un copain une petite carte où était inscrit le nombre de couches par vingt-quatre heures, le nombre de biberons par semaine… Ce genre de blagues destinées à faire fuir le père et la mère face aux naissances multiples. Sans aller jusqu'à la plaisanterie, ça n'avait rien de raisonnable d'élever une fille et un garçon en même temps, pourtant il s'aperçut vite que cette folie plaisait énormément à Hélène. Elle n'avait pas peur du nombre de biberons ou de couches, et d'ailleurs elle les allaitait, donnant quelques biberons de complément qui servaient à les nourrir tout autant qu'à faire participer Sébastien à l'aventure. Non, ce n'était pas la naissance des jumeaux, qui les avait éloignés. C'était quelque chose de plus sournois, mais il n'aurait pas su dire quoi.

Jeudi 6 septembre

1er jour

Mes joies dignes de larmes, mes pleurs
dignes de joies,
Tout cela est en lutte.
De quel côté se tient la victoire, je ne sais.

SAINT AUGUSTIN,
Les Confessions.

SÉBASTIEN

Sébastien n'arrivait pas à comprendre comment en étant si en colère contre Hélène, il l'avait prise dans ses bras au cœur de son sommeil, avait senti ses sens s'affoler en respirant sa chevelure bouclée. Il lui fit l'amour avec passion cette nuit-là puis s'éveillant en sueur, il se souvint qu'elle était partie et replongea furieux dans un sommeil perturbé. Brutalement extrait de ses élucubrations nocturnes par le radioréveil qui lui balançait comme chaque matin les premières infos, il sentit qu'il allait passer sa journée à la maudire, à se repasser tous leurs mauvais moments, à revivre son inconséquence, son insupportable détachement, ses jérémiades quand il exprimait son agacement. Il ne supportait plus cet air d'étrangère qui semblait avoir une vie ailleurs, un autre homme, une autre maison, un univers supérieur à leur vie commune et dans lequel elle ne le convierait jamais. Oui, il la détestait pour tout ce qu'elle lui faisait vivre depuis des mois, mais il ne pouvait s'empêcher de la désirer, de la vouloir encore, d'aspirer à la soumettre pour voir disparaître ce qu'il percevait d'elle sans le comprendre.

Elle n'avait pas téléphoné. Il avait pourtant espéré qu'elle appellerait, qu'elle voudrait parler aux jumeaux. Il avait laissé la soirée de la veille filer, résistant par fierté à son désir de la joindre puis à minuit, n'y tenant plus, il avait appuyé sur *machérie*, mais la communication avait basculé directement sur sa messagerie. Comme prévu, elle avait coupé toute communication. De dépit, il l'avait renommée *Hélène* dans son répertoire et avait quand même essayé de la rappeler ce matin, après avoir déposé Léo et Mona à l'école. Sans succès. Avant cela, il avait préparé le petit-déjeuner des jumeaux, puis les avait aidés à s'habiller. Finalement ils étaient arrivés en retard à l'école. Il était stupéfait de l'ardeur qu'ils déployaient dans leurs discussions dès le réveil. Il n'y avait jamais autant prêté attention. C'était plutôt Hélène qui gérait les matins d'école.

Moi je serai comme la fille du cirque qu'on a vu, à cheval, debout.

Mais tu ne sais même pas monter sur un cheval.

Je m'en fiche. Je n'ai pas peur. Je partirai dans une roulotte avec le cirque.

Il ne part pas le cirque qu'on a vu, il reste à Paris.

C'est pas vrai. Il part. J'ai vu les roulottes devant le chapiteau ? Maman me l'a dit que le cirque voyage. Et même on attache les chevaux devant les roulottes pour qu'ils les tirent. Tu te souviens du grand feu après le spectacle ? Ils en font tous les soirs au bord de la mer quand ils s'arrêtent pour manger et dormir. Moi je veux faire ça. Je ne veux pas habiter dans une maison. Je veux vivre avec des chevaux dans une roulotte et faire des spectacles debout sur des chevals avec une robe qui brille.

Et si moi je n'ai pas envie d'être à cheval et de faire des spectacles ?

T'es pas obligé de venir avec moi. T'auras qu'à rester ici.

Si, je viendrai avec toi parce que les jumeaux ne se quittent pas. Pas vrai papa ? Sébastien avait écouté ses enfants parler de leur avenir et avait constaté combien Léo était attaché à sa sœur, moins indépendant, émotionnellement fragile quand elle se détachait de lui ou ne l'emportait pas dans ses rêves.

Puis les jumeaux lui avaient à nouveau montré une carte qu'ils avaient reçue. Elle représentait une forêt et au dos, Hélène leur racontait qu'elle avait rencontré des singes, des plantes magiques déplaçant leurs racines durant la nuit, de quelques centimètres seulement afin que personne ne le sache. Il y avait une partie de l'histoire sur la carte de Léo puis elle se poursuivait sur la carte de Mona, si bien qu'ils avaient toutes les raisons de se rapprocher afin d'avoir l'histoire en entier. Les jumeaux ne s'étaient pas fait prier pour lui faire écouter le message du jour… La voix d'Hélène leur racontait combien elle pensait à eux, comme ce serait magnifique de se retrouver. Nous étions le jour 1 et à partir de là, disait Hélène dans son enregistrement, ils auraient une surprise chaque jour. C'était la nounou qui la leur donnerait le soir après l'école. C'était elle qui devait aussi leur faire écouter le message du jour. Rien ne trahissait dans sa voix le désarroi, la peine ou quelque chose que Sébastien aurait pu qualifier d'étrange. C'était le message d'une mère qui avertissait ses enfants que malgré l'impossibilité dans laquelle elle était de les joindre, ils ne resteraient pas sans nouvelles, sans sa voix… Elle riait en leur parlant et les appelait par ces petits noms qu'elle avait coutume de leur donner. Puis elle terminait par "Soyez sage avec grand-mère et Manou." Hélène ne mentionnait pas son père. Probablement parce que ce n'était pas à lui qu'incombaient les situations dans lesquelles les jumeaux risquaient de se rebeller. Le bain, le lavage des cheveux et mettre la table étaient exclusivement des demandes des grands-mères. Hélène ne faisait pas non plus allusion à Sébastien. Entendre sa voix était difficile. Il eut soudain envie de l'apostropher et même de l'insulter. Ce qui donnait sans doute raison à Hélène. Ne plus se parler durant dix jours le ramènerait à de plus justes sentiments.

Sébastien se rendait chaque jour à Paris en voiture ; ce trajet-là était son sas de décompression. Ces longues minutes dans les embouteillages lui servaient à préparer sa journée en écoutant les infos françaises, puis internationales. Durant le trajet du soir, il se délestait des nouvelles du monde en écoutant de la musique ou des émissions culturelles ou encore l'un des disques qui envahissaient régulièrement l'habitacle de son automobile. Au début de sa carrière il avait même écouté des cours d'espagnol alors qu'il pensait à l'époque pouvoir occuper un poste en Amérique du Sud. Conduire, s'instruire, découvrir… Bref, ne pas perdre de temps en passant chaque jour des heures à coller sa boîte à roues contre celle du voisin.

Quand il avait rencontré Hélène, elle habitait un minuscule studio à Montmartre. Ils l'utilisaient lors de leurs échappées amoureuses ou quand lui ne pouvait pas rentrer et qu'il devait travailler un peu plus tard à l'agence. À l'époque de leur rencontre, il aimait quitter Rambouillet pour venir dormir chez elle, mais depuis la naissance des bébés, ils s'échappaient moins souvent. Ils avaient même loué l'endroit à un étudiant, fils d'un de leurs amis, pendant la première année d'existence des jumeaux.

Rien n'était plus incompréhensible pour Sébastien que tous ces efforts qu'il avait le sentiment d'avoir faits pour donner une chance à son couple. Aujourd'hui l'amour semblait s'être éclipsé, jusqu'à le faire douter qu'il ait un jour existé. Où pouvait-on se rejoindre quand toute tentative de paroles ne faisait que rajouter à l'incompréhension, à la dysharmonie ? Ça revenait à sortir d'une impasse pour plonger dans une autre. Se dire qu'il l'aimait encore lui faisait mal. Rien qu'à l'idée d'un dîner à deux, une boule se formait dans son estomac. Il se demandait maintenant si elle avait ressenti la même chose, mais il en doutait. Il ne savait pas d'où venait le mal-être d'Hélène, mais il avait peur que le sien ne soit que le produit de ce qu'ils n'étaient pas arrivés à construire ensemble. Il avait été heureux qu'elle accepte de venir habiter à Rambouillet. Il avait tellement craint qu'elle ne veuille pas quitter Paris. Quand il l'avait rencontrée, c'était une urbaine qui arpentait les rues et les quartiers chaque jour. Elle lui avait raconté qu'elle aimait s'y perdre, se repérer au soleil, marcher des heures, saisissant le moindre spectacle comme un tableau. Un soir, elle l'avait baladé toute la nuit après la fermeture d'une boîte où ils étaient allés danser. Avec elle, il avait appris à écouter sur une même place les sons du matin et ceux du soir. Il avait humé l'odeur des marchés, découvert les arbres les plus beaux, salué des statues d'inconnus, repéré des plaques mentionnant des musiciens ou écrivains qui avaient habité dans des maisons devant lesquelles il était passé maintes fois sans rien savoir des célébrités dont elle lui avait raconté la vie. Il avait poussé les portes cochères d'immeubles où il ne connaissait personne, pénétré dans des cours arborées, marché le long des quais à des heures noires et silencieuses et même bu l'apéro sur des péniches avec des inconnus qui invitaient Hélène comme si elle était une amie. Pour toutes ces raisons, il avait eu peur de lui proposer de vivre dans sa ville d'enfance où habitait encore sa mère, où il possédait une maison et un jardin hérités de son père. Mais elle avait accepté et mieux, elle lui avait permis de redécouvrir la forêt de son enfance. Il finissait par croire que c'était elle qui était née là. Parfois elle retournait dormir à Paris chez une amie ou dans leur nid mais il se demandait, depuis quelque temps, si elle n'y recevait pas un amant. Ou ce type dont elle disait qu'il n'était qu'un ami tendre qui l'avait aidée. La tentation de la faire suivre était si glauque qu'il avait eu honte d'en avoir ne serait-ce que l'idée.

Ce matin, il lui semblait entendre leurs disputes somnambuliques, ces égarements de paroles qui ne disaient rien des vraies raisons de leurs éloignements. Tant de choses exprimées ne sont que la ligne de plomb des non-dits, comme si les mots soudain ne faisaient que vomir leur impuissance à nommer les véritables problèmes. Encombrements, reproches larvés, spéculations sur ce que l'autre pense, fait, ou cache. Affrontements dans lesquels toute tentative d'explication ne sert qu'à embrouiller le sens de ce que l'un ou l'autre veut clarifier. Peut-être est-ce le propre des couples qui s'éloignent de se crier des raisons incompréhensibles alors qu'ils sont encore si proches, se disait Sébastien ; tout comme ils se chuchotaient des secrets sans avoir besoin de les murmurer pour se comprendre alors qu'ils se connaissaient à peine. Les discussions acerbes duraient au fil des jours et finissaient par noyer l'amour qui restait entre eux en le diluant dans l'aigreur ambiante. La douleur des petits riens finissait par les déchirer.

Si on avait demandé à Sébastien ce qui lui avait plu en rencontrant Hélène, ce qui l'avait littéralement transpercé, ce qui faisait qu'il était encore avec elle douze ans après, il n'aurait pas su répondre. Et cette absence de réponse lui suggérait en son for intérieur de ne pas se poser d'autres questions à ce propos. Hélène était pour lui un mélange d'évidences et d'incompréhensions. Un assemblage irrationnel de désirs et d'exaspération. Un mystère qui était en train de basculer dans une curieuse association d'assouvissements et de regrets éternels. Ça le rendait fou, malheureux, en colère, frénétique, perplexe ou découragé. Rien de paisible ne sortait de ses réflexions concernant Hélène. Quand il lui arrivait d'entendre les récits d'autres hommes, en couple comme lui depuis plus de dix ans, ils avaient pour la plupart des vies éteintes, noyées dans un quotidien d'enfants et d'absence d'intimité dont ils ne savaient pas se dépêtrer si ce n'était en l'agrémentant de quelques écarts de séduction qui les rassuraient et remettaient en marche ce qui ronronnait chez eux. Au moins, estimait-il, quelque chose se passait dans son histoire à lui. Hélène inventait toujours des nouvelles raisons de s'arracher les cheveux !

Quand il quittait le bâtiment de l'AFP où il subissait chaque jour l'assaut furieux des nouvelles du monde, il pensait que retrouver un foyer loin des turpitudes de l'information lui aurait filé la nausée. Il lui fallait des séismes personnels, quelque chose de fort qui l'arrache à ce fil incessant qui crachait toute la journée le meilleur comme le pire, avec une préférence pour le pire. Pour le calme, il y avait la forêt et pour des histoires retenant son attention, il y avait Hélène. Certains jours, l'information à haute dose diffractait le temps jusqu'à le rendre inexistant. Parfois un événement remontait des archives une semaine après et lui semblait s'être déroulé des siècles auparavant. Les célébrités mourraient en quelques lignes, les anonymes crevaient par milliers tous les jours, sans autre sépulture que celle que leur donnait la guerre ou autre catastrophe. Être vivant revenait à s'extirper de ces fictions réelles que les journaux propageaient sans avoir l'air de se rendre compte que les mêmes histoires se répétaient en continu. Le pays, le nom du tortionnaire, celui des victimes changeaient mais les raisons demeuraient les mêmes. Prise de pouvoir, détestation d'un peuple, d'une religion, occupation de territoires, culte de la personnalité, désir de puissance, de richesse, sans compter les catastrophes naturelles… À ça, il fallait ajouter la criminalité ordinaire des pays en paix qui ne semblait pas avoir d'autres origines que le désespoir chronique et la misère quotidienne. Parfois la photo d'une mère pleurant mieux que les autres devant l'objectif retenait l'attention de tous. Rappel discret d'une symbolique biblique. Mais ça n'allait jamais au-delà de cette évaluation lapidaire qui dictait cette phrase insensée et tellement journalistique à ses collègues : "C'est une bonne image !" L'information ce n'était pas la découverte de l'humanité, ce n'était pas raconter la souffrance, la beauté des humains à travers ce monde, mais l'uniformisation des vies, la négation des âmes, la banalisation quotidienne des tragédies humaines. Le tout résumé par une image bien symbolique !

Sébastien avait passé deux heures à rédiger des articles de synthèse sur l'affaire Jean Faret, cet ancien militaire et chef de cabinet du maire de Béziers. L'homme qui avait ouvert le feu sur ce responsable des problèmes de sécurité, Safir Bghiouia, avait tiré avec un lance-roquettes sur des voitures de police. Et si un homme politique avait parlé de petite délinquance, Sébastien lui, estimait que l'exemple de ce jeune homme lié aux milieux islamistes et animé par son désir de martyr du jihad n'était pas à prendre à la légère. Le journaliste qui avait enquêté auprès de sa famille et de ses amis lui avait rapporté que le jeune homme avait voyagé, découvert l'islam radical et qu'il collectionnait les articles sur la guerre du Golfe. Il avait averti sa mère et ses sœurs qu'elles le voyaient pour la dernière fois et avait défié à plusieurs reprises le commissariat en se déclarant combattant d'Allah. Le ministre de l'Intérieur, Daniel Vaillant, avait estimé que c'était l'acte irrationnel d'un fou meurtrier. Pour d'autres, il n'y avait là que des problèmes de quartier sensible, de bandes rivales. Mais Sébastien se disait qu'un fou meurtrier n'a pas toujours sous la main une kalachnikov, un lance-roquettes et la photo d'Oussama Ben Laden dans sa chambre. Sans oublier d'y ajouter les dix-huit pains de plastic, les trente détonateurs et les deux cents grammes de dynamite retrouvés dans sa voiture. À l'agence, ça n'allait pas au-delà du traitement qu'on accorde à la tuerie d'un voyou ayant disjoncté dans un des départements les plus criminogènes de France. Sébastien n'avait pas insisté, il avait passé ses articles aux journaux locaux et programmé un passage pour la presse nationale dans le flux de la nuit. Après tout l'affaire avait déjà quelques jours, autant dire une éternité.

Il s'était dit pour la centième fois depuis le départ d'Hélène que lui aussi aurait pu partir. Mais Sébastien pouvait toujours décider de prendre le large, il serait inévitablement rattrapé par une voix, celle des infos, celle de la fureur du monde, celle qui lui soufflait tout ce que l'on devait écrire ou dire mais jamais la réalité de ce qui arrivait vraiment. L'information quotidienne, c'était le grand voile noir posé sur ce qu'on ne doit pas savoir. Il l'avait intégré petit à petit. L'information ne racontait rien de profond, seulement les choses qui étaient arrivées mais presque jamais pourquoi, comment et par qui elles arrivaient réellement. L'information ne servait qu'à déclencher des réactions en chaîne et en masse, la peur, l'indignation, le détournement d'autres intérêts, l'enthousiasme démesuré… Rien n'était neutre.

Pour l'heure, il se demandait à quoi ça pouvait bien servir de tout savoir sur le monde quand il n'était même pas capable d'organiser sa propre vie. Parfois les jumeaux lui demandaient ce qu'il faisait dans son travail. Il les avait emmenés pourtant, leur avait montré le fil des dépêches, leur avait fait visiter le service photo. Mais ce qu'ils avaient préféré, c'était la cantine et sa vue plongeante sur la place de la Bourse. Au retour, ils avaient expliqué à leur mère que leur école devait désormais leur préparer des steaks comme ceux que papa pouvait manger. Ils lui avaient aussi raconté que leur père n'avait pas grand-chose à faire dans son bureau car tout arrivait automatiquement dans son ordinateur. En pensant à eux, Sébastien sentit son cœur se serrer. S'ils divorçaient, ses enfants seraient déchirés. Ils connaîtraient ce qu'il avait vu maintes fois autour de lui : des femmes dont la hargne les poussait à refuser un droit de visite ou de garde, des hommes qui se vengeaient en ne versant plus d'argent, des enfants qui étaient les victimes innocentes d'une telle situation. Et il se refusait à ce que ses jumeaux vivent toutes ces horreurs qu'inventaient deux personnes qui avaient quand même passé du bon temps dans un lit pour les concevoir. Non, il ne voulait pas que Léo et Mona connaissent cette sorte d'enfer fait à celui ou celle qu'ils aimaient le plus au monde. Et pourtant il se souvint soudain que lors de cette terrible dispute avant le départ d'Hélène, il l'avait menacée de divorcer et de lui retirer la garde des petits. Il ne valait pas mieux que les autres !

Peut-être tenait-elle un journal intime… Peut-être l'avait-elle laissé quelque part. Sébastien se demanda s'il oserait y jeter un œil. S'il aurait le courage de supporter ce qu'elle pouvait dire de lui dans un cahier qu'il n'était pas censé lire. Ça lui paraissait à la fois un bon indicateur pour savoir ce qui l'avait poussée à partir et une très mauvaise idée car il se demandait s'il aurait le courage d'affronter son jugement écrit noir sur blanc. Et pire encore, de soutenir son regard si elle découvrait qu'il l'avait lu. Néanmoins, il se promit de jeter un coup d'œil dans la cabane au fond du jardin. Si elle avait planqué un cahier quelque part, c'était sûrement là. Et peut-être avait-il besoin de cet électrochoc pour savoir s'il était seul dans son délire de détestation ou si elle-même l'avait insidieusement pris en grippe. Il se sentit minable de ne pas vouloir s'avouer qu'il y chercherait encore la trace d'un amant ou d'un amour liquidant ce qui restait de leur couple.

Sébastien avait bu un verre avec le patron du café de la Bourse, son quartier général. Il avait eu le malheur de lui glisser discrètement que sa femme était partie pour dix jours. Il avait besoin de le dire à quelqu'un. Quelqu'un qui ne soit pas un ami ou un membre de la famille. Mais il s'en était mordu les doigts. Le patron, que ce genre de discussions inspirait particulièrement, s'était lancé dans un grand monologue.

"Vous voulez que je vous dise mon petit Seb. Elles sont chiantes. Chiantes et impossibles à comprendre et pourtant elles sont toutes pareilles ! Aussi compliquées les unes que les autres. Elles veulent tout et son contraire. Elles n'aiment pas les machos, mais les mecs gentils se font avoir ! Pas plus tard que la semaine dernière, Dédé, vous voyez qui c'est Dédé ? Le gros qui vient le matin prendre sa Suze et qui est motard chez vous ? Il me racontait qu'il était devenu un modèle, du genre attentionné. Dévoué comme pas deux. Il faisait le ménage, la vaisselle, lavait son linge, lui repassait même ses nuisettes. Eh bien elle l'a planté là ! Pour partir avec qui ? Un dandy qui n'en fout pas une mais qui a sûrement une belle voiture… La bonne vieille recette à l'ancienne. Un bon mec comme Dédé ! Je vous jure… Y a des claques qui se perdent !"

Sébastien avait fui. Les hommes accoudés au bar commençaient à s'en mêler pour raconter leurs séparations, la perversité des femmes et leur façon de profiter des situations pour tirer leur épingle du jeu. Il avait aperçu un journaliste du service économique qu'il connaissait, attablé au bout du bar et il n'avait guère envie que le patron s'adresse de nouveau à lui. Il s'était résolu à éviter l'endroit pendant quelques jours. Dans l'ascenseur, une fille qu'il ne connaissait pas racontait à une de ses collègues des infos générales, qu'elle partait en week-end avec son amant et que son mari n'y voyait que du feu. "C'est bien pratique le coup du reportage au dernier moment. Après tu n'es pas joignable, le rédac chef t'a demandé de rester un jour de plus… Royal l'alibi !" Elle riait de son habileté d'infidèle tandis que Sébastien regardait le visage empourpré de la journaliste qu'il connaissait et qui essayait visiblement de parler d'autre chose. C'était vrai que c'était facile pour un journaliste de tricher avec l'autre. Pour sa part, Sébastien avait toujours eu du mal à accorder son désir et sa culpabilité. Quand il en discutait avec Hélène, elle ne disait pas comme la plupart des femmes : si tu me trompes, tu en paieras le prix, ou je te quitte immédiatement ! Elle haussait les épaules et déclarait qu'elle ne croyait pas à la fidélité d'un couple qui dure. C'est impossible, disait-elle, de ne pas être séduit, de ne pas avoir envie d'aller goûter l'ailleurs, de ne pas succomber à la faiblesse charmante d'un regard langoureux. Et sa façon d'en parler, déjà, le rendait jaloux. Pourtant elle lui accordait cette même liberté, revendiquait le plaisir de ne pas vivre avec un frustré mais avec un homme qui assumerait ses désirs pourvu qu'il ne tombe pas dans la banalité d'une maîtresse à temps plein, dans les mensonges quotidiens pour rejoindre l'autre dans une même ville.

"Si tu es en voyage et que tu fais une rencontre, vis-la !" lui disait-elle. Il n'était pas sûr qu'elle puisse le supporter. Elle avait déjà prouvé qu'entre l'idée de l'élégant pardon accordé aux écarts de l'autre et la réalité, il y avait un gouffre. Sur le papier donc elle affichait une tolérance extrême tout en exigeant la même liberté de sa part à lui. Mais il n'était pas dupe. Elle le provoquait beaucoup. En réalité elle aimait déclencher sa jalousie pour se rassurer. Quant à lui, il n'avait pas cette largesse d'esprit. Il estimait que dans un couple, on se doit fidélité et honnêteté, tout en étant incapable de gérer ses propres attirances. Il s'était déjà fait coincer dans quelques discussions où il avait été obligé d'admettre que dans les moments les plus amoureux, on n'a guère envie d'aller batifoler avec une autre ! Que dire des moments où il se sentait plus absent ? Et que faire alors de sa sincérité ? Admettre que la longévité d'un couple repose sur quelques écarts ou au contraire soutenir que ces écarts risquent de le mener à sa perte ? En réalité, Sébastien ne voyait pas de solution à ce problème qui, pensait-il, dépend des couples et de la force de chacun, mais il y a une chose qu'Hélène lui rappelait souvent : "Pour continuer à s'aimer, il faut entretenir un certain feu et ça ne se fait pas tout seul !" Elle soutenait même que ça pouvait être un boulot à temps plein ! "Aller vers un ou une autre qui ne vous connaît pas est à la portée du premier imbécile venu. Il n'y a rien de plus facile que de séduire quelqu'un qui ne sait rien de vous, lui rappelait-elle sans qu'il sache vraiment si c'était une opinion ou une menace. Mais être aimé de celui qui a vu vos faiblesses et vos défauts, ça c'est une performance de haut vol. Continuer à étonner l'autre, le surprendre et le maintenir dans un suspense qui lui donne envie de comprendre et d'explorer l'âme de celui ou celle qu'il voit sans cesse lui échapper, le plonger dans une admiration toujours renouvelée, demeurer à ses yeux un inconnu séduisant, le voilà le vrai amour."

Sébastien admirait la clairvoyance d'Hélène et ne se sentait pas capable d'activer en lui cette ardoise magique dont elle semblait naturellement dotée, car elle effaçait les ressentiments et semblait disposée à repartir comme si rien n'avait eu lieu. Mais il arrivait aussi qu'elle lui rappelle certains événements du passé qu'elle avait mal digérés si bien que tout ce qui avait paru effacé resurgissait sans crier gare et qu'il ne savait plus vraiment à quoi se fier.

HÉLÈNE

Elle n'a sans doute dormi que trois ou quatre heures… Le gong qu'elle avait peur de ne pas entendre s'est doublé du son d'un réveil dans un box voisin. Gestes d'automates. Hélène décide de remettre la douche à plus tard, après le petit-déjeuner, afin de prolonger la torpeur de la nuit. Le ciel est constellé d'astres et le petit chemin qui mène à la salle de méditation est un sentier luisant. Pas de manager à l'horizon. Pas d'enseignant non plus. Pour cette méditation, elle aurait pu rester dans son dortoir, mais la curiosité l'a emporté. Les participants qui choisissent la grande salle entrent seuls pour se placer sur leur carré dédié. Chose qu'elle n'avait pas remarquée la veille, les nouveaux donnent dans l'opulence et construisent leurs nids avec une profusion de coussins tandis que les habitués devant eux sont plutôt sobres. La pénombre de la salle lui donne des allures de chapelle. Cette fois Hélène ne s'évade pas seulement dans ses pensées ; elle navigue dans une zone floue entre les bulles d'un sommeil incertain et les errances d'un rêve inachevé. Elle décide alors de finir la méditation dans sa chambre. Dehors, l'aurore tremblote dans une douceur rosée. Tout en maudissant sa docilité, Hélène file dans son dortoir sans traîner, pour ne pas être tentée de se promener en écoutant les premiers chants d'oiseaux.

D'un box à l'autre, on entend tout. On peut aisément deviner si la fille d'à côté médite ou dort encore. Le lit ne grince pas de la même façon. Même les respirations lui parviennent car dans cette écoute attentive, tout est perceptible. On entend le pas glissé de celles qui regagnent ou quittent leur chambre, la porte d'accès à la salle des douches, les cheveux que l'on brosse, le froissement des vêtements, les fermetures éclair, et des frôlements plus fins qui évoquent la lingerie qu'on enfile ou enlève. Quand on fait taire toute pensée, on a la perception d'un aveugle. Hélène commence tout juste à l'expérimenter.

Elle ne pensait pas que ça puisse exister, cette faculté de l'esprit qui bondit hors de sa gangue comme s'il était en danger. Comme si le faire taire bâillonnait son expansion, terrassait son autonomie. Il n'agirait pas autrement si on le menaçait, se dit-elle. Son esprit lui propose n'importe quoi, saute d'un souvenir à un autre, se saisit d'une sensation pour faire croire qu'il a compris et qu'il participe activement mais en réalité il planifie l'évasion, il tisse une toile, déroule un écran géant sur lequel il projette plusieurs choix aussi attractifs les uns que les autres. Son esprit l'emporte, il détourne, il divise, il louvoie, il fait abstraction, il biaise, il noie le poisson, fait diversion, repose même les armes en jurant qu'il n'a pas voulu faire sécession. C'est sans doute la première fois qu'elle se sent désolidarisée de lui. Comment est-ce possible ? A-t-il peur ? Peur qu'elle soit quelqu'un d'autre qu'il ne gouverne pas !

Si ça n'était pas si épuisant à vivre, ce serait risible. Bon, on y retourne voir le nez ? lui propose-t-elle comme une tentative pour faire la paix.

Je l'avais oublié ce journal que j'avais tenu durant les jours qui précédaient notre mariage. Pourquoi y repenser aujourd'hui avec l'envie de relire ce qu'il contenait ? Ma vie est parsemée d'écrits abandonnés dans de jolis cahiers que j'oublie et qui révèlent, quand je les retrouve, une tout autre version de mon vécu, parfois à l'opposé de mes souvenirs si bien que ma mémoire me fait l'effet d'une sorcière qui saupoudrerait mon cerveau de philtres divers, pour transcender l'oubli ou travestir le réel. Pourquoi nous sommes-nous donc mariés ? Parce que sa mère y tenait et qu'il n'a pas osé lui dire non, ou s'est-il vengé de ce désir d'union en épousant la mauvaise candidate ? Parce que ma mère à moi trouvait ça obsolète, ridicule et que j'ai eu envie de lui tenir tête histoire de lui démontrer que son "interdit d'interdire" trouvait les limites de sa propre permissivité dans la rébellion ! Tout est affaire d'inversion de pouvoir. Ma mère était une révolutionnaire de 68 qui méprisait le mariage et moi j'épousais celui que j'aimais par pur romantisme. En nous disant oui, d'une certaine façon nous disions non à nos mères. Pourtant dans ce petit journal de quatre jours, je me souviens avoir décrit la façon dont nous faisions abstraction des enjeux familiaux, car désormais sa mère regardait la mienne avec un petit air de triomphe à peine voilé et mes parents s'appliquaient à marquer leur territoire d'une fantaisie que je ne leur avais plus vue depuis longtemps. Pour clore les difficultés, éviter les aigris de sa famille et la liste de mariage mesquine, nous sommes partis en voyage. Et nous nous sommes mariés à Zanzibar. L'appel à la prière qui semblait convoquer le ciel à la rescousse cinq fois par jour est devenu le chant qui rythmait nos journées à préparer des noces catholiques dans une ville essentiellement musulmane. Construite par des missionnaires français au milieu du XIXe, la cathédrale Saint-Joseph de Stone Town avait des allures insolites dans cette ville si africaine. Je pourrais me repasser l'ensemble de ces journées dont je crois n'avoir rien oublié. Le bleu du ciel comme recouvert d'une gaze brûlante, les parfums de la rue, épicés et graisseux, l'eau mêlée de fleur d'oranger qui coulait sur mes mains avant le déjeuner. Le bras de Sébastien qui entourait ma taille, ses lèvres qui effleuraient mon oreille pour me murmurer des mots d'amour tandis que je regardais le tronc d'un manguier centenaire en me disant que nos quatre membres ne pouvaient en faire le tour. Des détails insignifiants se sont gravés au fil de ces heures tout autant que les moments symboliques de l'échange de nos serments. Tout est devant mes yeux quand je les ferme. Mais mon rêve des mille et une nuits s'est maintenant achevé. Nous affichons plus de deux mille six cents nuits au compteur de la séduction, je rêve d'autre chose et si le bon sens dit vrai, quand on commence à compter, c'est qu'on n'aime plus. Si la tentation des épousailles est d'être moins seul, c'est l'inverse qui s'est produit. À vouloir frissonner dans une moindre solitude, nous sommes deux à nous perdre dans un vide sidéral que nous n'avions pas mesuré. Chaque soir quand Sébastien revient de l'agence, mon corps ne vibre plus à l'unisson d'un désir commun et ça me foudroie. Quand je passe près de lui, je n'ai plus envie de le toucher, son odeur même, m'est étrangère. Est-ce là ce que l'on nomme le bonheur des dissonances ?

Tandis qu'autour de son nez, il ne se passe toujours rien, une douleur lui vrille le dos, une autre lui cloue l'épaule. Elle essaie de respirer normalement, de se concentrer sur l'absence de sensations en guettant une présence nasale. Un cauchemar ! Elle se sent glisser sur le côté… Hélène souffle, souffre. Son équilibre est incertain. Les coussins n'arrangent rien. Ça y est. Elle arrête de respirer. Son nez la nargue. Il reste absent et son inaccessibilité est un échec. Le silence lui arrache d'anciens non-dits qui vibrionnent autour de ses pensées parasites. Les vestiges de son chaos sont sans cesse devant ses yeux. Submergée, insatiable, elle court, elle aspire, elle ressent, elle vibre mais tout s'évanouit et elle se retrouve accrochée au bord d'un monde qui lui est interdit. Comme si elle ne parvenait pas à passer les rouleaux d'écume qui barrent l'Océan pour rejoindre là-bas un horizon plus plat. Comme si chaque épreuve n'était qu'une étape parmi les millions qui se présentent à la porte. Le chemin est si long qu'il lui semble infini et devenir ce chemin ne serait pas le posséder ou en être profondément issue.

Ce qui lui est inaccessible voyage en elle. Hélène se sent prise d'une fièvre sans nom. Tout la rend fragile. Souvent elle se dit : je n'en suis que là ! Comme s'il y avait un niveau à atteindre. Tout est incompatible avec une vie qui se targue d'être la seule. Elle attend quelque chose, mais quoi ? Elle vole dans d'autres songes ensablés d'absence. Elle pressent d'autres mondes où l'enveloppe se libérerait du poids de l'incarnation. Elle voit des couleurs qui se rejoignent pour en former de nouvelles. Là tout de suite, ce ne sont plus ses narines qui se manifestent mais une sorte de vertige, tout tourne de plus en plus vite autour d'elle. Prise de panique, elle ouvre les yeux et constate que dans la pièce, tout est normal. Hommes et femmes méditent les yeux fermés. Face à eux les enseignants n'ont pas bougé. Elle referme ses paupières, honteuse de sa peur. Se concentre à nouveau. C'est difficile. Elle a envie de fuir. Pourquoi rester ?

"Ton nez est une incroyable provocation sensuelle", m'a-t-il dit en me rencontrant. Qu'était Pierre pour moi ? Je ne sais pas bien. Il était écrivain et je ne l'étais pas. J'écrivais. Éminemment sensuel, dangereusement tactile, il avait vingt ans de plus que moi. Je l'avais rencontré dans un théâtre où je prenais des cours. Il venait répéter avec un musicien pour faire des lectures de son dernier roman. Nous nous sommes revus. Sébastien et moi traversions à ce moment-là de bons moments, nous allions partir en voyage en laissant les jumeaux à sa mère, il m'offrait une semaine à l'île Maurice. Je n'en revenais pas de cette idée formidable, m'emmener pour mon anniversaire dans cette île dont je rêvais adolescente. Ce n'était pas tant les palmiers et les plages qui me faisaient vibrer mais plutôt le passé littéraire mythique de l'endroit. Un peu comme Zanzibar dont le simple mot traînait en son sillage un cortège de parfums, de fantasmes et de sensations dont mon imagination s'emparait immédiatement pour faire danser des histoires. Bref je n'avais pas envie de foncer tel un papillon de nuit sur une lampe, dans le piège charnel que me tendaient les bras d'un autre. La première fois qu'il m'a invité chez lui, je savais que j'allais devoir lui résister ou céder. Il m'avait effleuré les lèvres lors d'une précédente rencontre et toutes les promesses contenues dans cet au revoir, ainsi que cette invitation chez lui, auguraient d'une envie de transformer l'essai comme auraient dit les adeptes de rugby. Je n'ai jamais aimé décider à l'avance ce qui va se passer. C'est donc dans une absolue candeur que je me suis rendue chez lui. Robe noire, pas de décolleté, d'un aspect sobre et presque intouchable, j'étais cependant vêtue d'une lingerie noire à faire se pâmer tout homme un peu sensible, histoire de recouvrir un sexe impeccablement épilé et dont la peau fragile embaumait des huiles secrètes tahitiennes. Il y a une certaine gloire à se refuser quand on sait que tout est possible, désirable, et qu'on mène un combat important auquel on ne veut pas déroger. Il est utopique de croire au plaisir d'une jouissance si banale qu'elle en devient ridicule. J'étais en train d'apprendre qu'être désirée ne suffit pas. Aussi, ce jour-là j'ai quitté son appartement avec la sensation triomphante d'avoir remporté une victoire. Pas dans la bataille que je menais contre ses mains caressantes ou son regard enveloppant. Mais bien dans celle que je gagnais contre mon désir de m'abandonner, de me laisser choisir et d'être en cela si féminine et tellement prévisible. L'abstinence est une arme redoutable. Elle glorifie celui qui la maîtrise et le pousse aux extrêmes d'un désir tenace. Je vois bien que celles qui pratiquent le laisser-faire qui confine à la gentillesse, à la douceur de ne pas décevoir peuvent comprendre la bataille souveraine qu'on mène avec les années. Et cela n'a rien à voir avec le calcul pervers d'une capricieuse, le mépris ou je ne sais quoi d'autre. Je crois que laisser du temps à l'inclination rend à chaque pliure ses vertus et sa noblesse. Combien de temps pouvais-je tenir ? me demandais-je. Le temps que je succombe avec la sensation d'être la chèvre de M. Seguin ? Ou tout au contraire que je m'échappe sans regret d'une passade dont l'issue me paraissait, jour après jour, plus futile que fatale ? L'alchimie des corps se serait contentée de cette histoire-là mais il fallait y ajouter celle de l'esprit. Les mots dits qui, si je ne les maudissais pas encore, tissaient une toile plus dangereuse que celle de ses mains et de son désir. Il s'agissait d'une âme sœur. Il disait que je devais écrire, il s'étonnait que je ne sois pas sur les rayonnages de sa bibliothèque. Sur ses étagères plus que dans son lit, voilà où était ma place. Pourquoi rajouter des livres aux livres, mes mots à ceux d'auteurs bien plus grands, déjà là… "Tu ne dois pas penser à ça mais à ce que l'instinct te souffle, grondait-il. Te rends-tu compte que je serai ta muse et que tu seras la mienne ? Amusons-nous ma muse et tu succomberas à mes baisers enflammés. Tu es si incandescente et je suis si combustible. L'alité rature chérie, et il n'y a que ça de vrai… Nous passerons nos journées au lit, les doigts tachés d'encre…" S'il ne réussissait pas à me convaincre de me laisser aimer, il semait très sûrement le désir d'écrire et de le proclamer. En cela, il me faisait déjà un enfant dont il n'aurait jamais la paternité.

Ah oui… Le nez ! Hélène se remet mentalement sur son appendice nasal et tente de sentir quelque chose. Rien ne se passe. Elle n'est même plus sûre d'avoir deux narines. Pas de démangeaisons, pas de froid ou chaud, pas de gratouillis, pas de transpiration sur la moustache… Rien. Ce souffle qui sort et entre, la preuve de sa vie même est un fantôme qui se moque de son attention. Il n'existe qu'en respirant bruyamment. Elle sait que trois jours sont prévus pour sombrer dans cet exercice et il en reste deux. Et ce n'est que le début de l'après-midi… Elle va mourir, d'ennui ou de désespérance à moins que ce ne soit d'impuissance. Elle se concentre. Durant une minute ou deux elle croit tenir, mais les arborescences d'un souvenir balaient l'instant. C'est une chasse aux sensations dont elle revient bredouille. Et même exaspérée. Méditer pour être plus calme dit-on dans les articles des journaux féminins. Qui écrit ces balivernes ? Et qui les croit ?

Je suis dans la cour de mon école. J'ai huit ans. Ce jour-là, je vais découvrir la liberté. Depuis des semaines, une fille me fait du chantage. Elle m'a vu embrasser un garçon sur la bouche et me menace de le dire à tout le monde. C'est une sorte de rite à la récréation. Un groupe décide chaque jour de la fille qu'il fera pleurer. Je serai celle-là si je ne lui donne pas cette veste à fleurs qu'elle adore, ma poupée qui dit maman, mon stylo quatre couleurs, ma gomme en forme de carré de chocolat. Chaque jour ses désirs se succèdent et me font cauchemarder. Je pleure dans mon lit le soir et je ne sais pas comment m'en sortir. Je ne veux pas qu'on étale mon baiser sur la place publique, je ne veux pas m'effondrer devant les autres parce que je suis amoureuse d'un garçon. J'ai peur qu'on révèle son nom et qu'il ne veuille plus m'aimer. La dernière exigence de mon apprenti maître chanteur me foudroie. Elle veut mon cahier intime. Celui qui ferme à clé, celui où j'écris mes histoires, des poèmes, tout ce que j'aime, tout ce que je déteste. Je promets de l'apporter le lendemain. Mais le soir même, je décide que ça doit finir. Je vais affronter le groupe qui fait pleurer les plus faibles. Je ne sais pas encore comment, mais je vais le faire. Le lendemain quand je lui annonce que je n'ai pas apporté le cahier et que je ne lui donnerai plus jamais rien, je vois ses petits yeux se plisser sournoisement et elle m'assure que ça va être sacrément terrible. Quand la cloche sonne, mon cœur bondit. Je suis à la fois animée d'une force inconnue et… terrorisée. Je décide que non seulement je vais m'en sortir, mais aussi retourner la situation contre elle et récupérer mes affaires. Quand elle explique que j'ai embrassé un garçon sur la bouche et que les autres se tournent vers moi pour se moquer, au lieu de me recroqueviller comme une victime qui attend les coups, je me redresse et crie : "Regardez-la, Sandrine. Elle est jalouse, elle est moche, personne ne l'embrassera jamais et en plus elle m'a volée… C'est pour ça qu'elle veut me faire pleurer. Elle n'a pas d'amoureux. Elle n'en aura jamais. C'est elle la méchante ! Et je veux qu'elle me rende mes affaires !" Je tremble en parlant mais ma harangue emporte la foule de ces crétins. Les élèves enhardis par mon discours se retournent vers elle qui subit l'humiliation à ma place. Je ne suis pas fière, mais je suis libérée. Dans les jours qui suivent, il m'arrivera de la plaindre car le groupe ne va plus la lâcher. Il réclame son butin. Ce sentiment d'immense pouvoir va m'accompagner longtemps. Pourquoi l'ai-je perdu aujourd'hui ? D'un regard, ils pourraient tous me faire pleurer.

La rage de devenir quelqu'un a obscurci mes aspirations à être. J'ai quitté l'imaginaire pour me conformer au prévisible. Car vivre dans la pensée commune, l'ambition sociale, ce n'est plus inventer. C'est inverser les codes magnifiques et lumineux pour verrouiller ce coffre dont on a refermé les portes de l'intérieur. La porte a claqué. Sommes-nous nombreux là-dedans ? J'étouffe mais "ils" ont déclaré qu'être semblable aux autres sauve de tout. J'y crois ferme et ça n'a pas l'air si terrible. On ne voit pas ce que ça donne de l'extérieur. Seuls les êtres libres voient les autres, enfermés. Les êtres empêchés ne voient pas les êtres libres tant ils se croient libérés. Ils entendent seulement leur différence, ils les détestent d'emblée et cette haine viscérale les soulage un peu, mais ils ne savent pas pourquoi. L'obligation sociale de l'ascenseur, de l'évaluation, entamée dès la maternelle a bâillonné les mots qui jaillissaient pour tracer leur chemin de lumière. J'ai brisé dans une sorte de cave personnelle la clarté intense qui m'enivrait. J'ai écrit dans l'ombre, j'ai passé les mots sous silence et j'ai disparu à l'intérieur du désarroi de ce qui naissait avec tant de désinvolture.

Je crois que mon court passage dans l'Éducation nationale a signé mon arrêt de mort. Que j'aie pu miraculeusement décrocher un poste de fonctionnaire et que je le quitte au bout de quatre mois, a été ma déclaration de guerre inconsciente à un système que j'avais eu l'air d'intégrer auparavant. C'était un peu comme si j'avouais enfin que je ne voulais pas travailler, ni être opérationnelle, que je préférais vivre aux crochets d'un homme et accessoirement de la société. On m'aurait pardonné de ne pas avoir pu y entrer, mais certainement pas d'en sortir volontairement. Jusqu'alors on avait plaint mon incapacité et toléré mes tâtonnements. Je me cherchais. J'étais jeune et pénible mais ça allait venir... Mais cette fois ayant obtenu le graal, je le jetais à la poubelle et avec lui la chance qui m'était donnée de m'intégrer ? Le doute n'était plus possible et je n'avais plus d'excuses. Personne n'avait considéré combien ça me coûtait de faire ce geste. Je n'étais pas à ma place et je sentais que cette situation d'imposture risquait de m'achever.

Hélène est lasse de son esprit insoumis. Elle a l'impression de tenir la queue d'un tigre qui court, ruant de toutes ses forces, la traînant derrière lui sans qu'elle puisse l'arrêter. Il se retourne pour la mordre et c'est aussi dangereux que de se laisser entraîner. Pourtant elle le veut ce lâcher-prise. Elle la désire de toute son âme cette concentration sans pensée. Mais comme le sommeil, son esprit la kidnappe. La voilà ailleurs et quand elle en prend conscience, encore envahie de tant de choses, elle se rend compte qu'elle se fout pas mal de sentir sa respiration, de percevoir son souffle et elle est de moins en moins calme. Combien de temps peut-elle se concentrer ? Une minute ? Ça lui paraît large ! Combien de temps de vagabondages peut-elle s'accorder ? Les jours qui ne s'enfuient pas sont malheureux. Ils étirent en longueur leur infinie destruction en broyant le cœur, en distordant le corps ; leur souffrance se vautre dans une sensation immobile.

Les jours qui ne s'enfuient pas donnent au temps sa longueur, ils semblent compter triple, ne jamais être au bout. Ils puisent dans la douleur sidérale leurs raisons de durer. Ils justifient l'envie de fuir, la fin des songes, l'impatience presque d'une mort certaine. Pourtant les jours qui ne s'enfuient pas sont une raison d'être humain. D'aspirer au bonheur éphémère, à la légèreté du temps qui passe, aux amours qui s'évanouissent, aux baisers qu'on vole, à l'espace pour vivre des passions dans la clarté d'un temps qui s'enfuirait.

Ma mère faisait les marchés. Elle vendait des habits, des bijoux, des plantes médicinales. Elle vendait aussi les miels de mon père, ses fromages de brebis. Elle partait tôt le matin avec son camion et me déposait chez Manou, une contraction de manounou sans doute... J'étais heureuse. Je vivais dans un paradis qui ne devait pas représenter plus de cinq cents mètres carrés de jardin, pour moi un immense parc où j'ai appris à marcher, où j'ai rencontré un pommier, des poiriers, des pêchers, des cerisiers, un prunier, des framboisiers, des groseilliers, des fraisiers et des milliers de fleurs. Il y avait aussi une cabane, ma maison personnelle, un poulailler, des dizaines de petits recoins pour se cacher. Parfois je montais dans la voiture rangée dans le garage et je conduisais mes petits amis imaginaires sur des routes parfumées et dangereuses. Le jardin faisait tout le tour de la maison qui disposait de plusieurs entrées. C'est là sans doute, entre zéro et cinq ans que toutes les histoires s'élaborent. Je construisais quelque chose en osmose avec ce lieu magique. Les adultes qui m'entouraient n'étaient que douceur et bienveillance. Je les faisais rire. Ils m'aimaient et cet amour faisait grandir la certitude d'avoir une place qui fut mienne, d'être accueillie. Ce n'est que plus tard que j'ai compris que partout où j'irais, il faudrait toujours recommencer pour avoir le droit d'être là, d'y être comme on le ressent et non pas comme il se doit.

Moi et mon envie d'être aimée… Éternel problème. Qui ai-je choisi véritablement ?

Personne. Je me suis laissée choisir. Qui m'aime me prenne ! J'étais si éblouie qu'on me trouve belle ou désirable. Ça n'allait pas avec ce que je pensais de moi-même. Car si j'avais l'air sûre de moi au quotidien dans tout ce que je faisais d'instinct, je me retrouvais gauche et empotée dans une assemblée de plus de cinq personnes. Pas assez grande, pas assez brune, pas assez diplômée, trop frisée… Même dans l'entourage de Sébastien, on m'aimait parce que je faisais le pitre. Je les faisais rire. Et puis je les avais un peu ébahis quand j'avais eu mes bébés. Un premier enfant, c'est déjà pas facile, pensaient-ils. Alors imaginez, des jumeaux ! Mais ce n'était pas difficile, je n'avais aucun mérite, il fallait juste écouter, être là, dans la douceur de la découverte et de l'instant. Tout était une conquête et j'avais aimé ça. Cette aventure quotidienne. Et puis les bébés, ça ne juge personne. Ça s'exprime simplement. C'est au moins aussi fluide que de ne rien faire en écoutant sa respiration.

Je sens que je vais y arriver ! Me voilà proche de mon nez.

Vendredi 7 septembre

2e jour

Depuis toujours quelqu'un en moi, de toutes ses forces a essayé de n'être personne.

ALBERT CAMUS,
Carnets.

HÉLÈNE

"L'aventure de l'instant. Les mots ne nourrissent pas le silence, ils s'en extraient..." C'est ce qu'elle a pensé en ouvrant les yeux après la première méditation. Il n'y a pas d'heure dans la salle commune. Les horloges sont pour la salle de restauration ou celle des douches. Le temps n'existe que pour manger ou s'immerger et savoir combien de minutes il reste avant que le gong du retour au bateau de silence ne retentisse. Depuis son réveil au seuil de cette deuxième journée, tout est en morceaux... Elle réfléchit par bribes, détache ses cheminements intérieurs. Quelque chose se fragmente. C'est fou d'être emplie de tant de paroles depuis qu'elle fait silence ! Quel boucan de s'entendre penser ! Habituellement, elle n'y prête pas attention. C'est sans doute un bruit comme un autre, couvert par la gymnastique du mouvement. Hélène en est ébahie. La vie se résume donc à ça : quatre-vingts pour cent d'actions qui s'enclenchent presque automatiquement sans que la pensée consciente ne s'en mêle et vingt pour cent de pensées. Quelle justification formidable à tous ses actes que ce raisonnement logique, parfois même philosophique, qui fait semblant de mener la danse de ce qu'elle désire soi-disant objectivement.

Il reste donc zéro pour cent d'écoute intérieure. Elle le constate devant ses pensées éparpillées : elle en est arrivée au-delà de la simple distraction, tout simplement en situation d'implosion… Yeux, bruits, oreilles, sollicitations, cerveau-ordinateur qui ne traite pas les informations comme il le devrait car justement, il n'est pas une machine.

Comme la veille, Hélène apprécie la douceur feutrée du petit matin, mais cette fois, son nez respire loin d'elle-même comme si elle se trouvait à côté de son corps, un peu sur sa gauche. Et puis non, son enveloppe semble se rapprocher et elle la réintègre. La sensation est fugace mais suffisamment forte pour qu'elle éprouve le besoin d'ouvrir les yeux. Le cœur battant, la nuque raide, elle est tentée de se lever pour fuir mais se retient et referme les yeux. Autour d'Hélène, les autres sont assis en tailleur et tous semblent calmes, pourtant elle croit percevoir la cacophonie de leurs pensées. La plupart des esprits se cognent aux parois du cerveau et comme des oiseaux affolés essaient d'échapper à cette méditation qui veut les museler. Et ces soupirs, ces raclements de gorge, ces bruits de ventre ou ces gargouillements intérieurs ne racontent-ils pas les tourments de chacun d'eux ? Tous orchestrent un concert d'incertitudes, de peurs, de souffrances pour essayer de calmer des années d'agitation. Pourquoi serait-ce simple ? Ce matin le petit-déjeuner lui paraît moins savoureux que celui qu'elle a imaginé hier soir en se couchant ou même à son réveil. Hier, Hélène n'avait pas vraiment faim mais le fait de savoir qu'elle n'allait pas manger jusqu'au lendemain matin l'a rendue nerveuse. L'imagination est un puissant véhicule du manque. Le désir est infiniment plus impérieux que la réalité de son assouvissement. Mais à ce titre elle le trouve plus intéressant car elle constate qu'il est vite chassé par une autre pensée tout aussi exigeante.

La veille, Hélène a visité l'espace de nature qui leur est réservé. Elle sait que du côté des hommes, il y a aussi un champ et une forêt qu'elle ne verra pas, qu'on devine à travers les haies ou les palissades. La différence entre ces deux espaces est frappante. Comme si chacun était l'antithèse de l'autre. En marchant dans le champ et en s'approchant de la forêt, elle en subit immédiatement l'attrait. Les quelques chemins qui s'engouffrent dans les sous-bois exercent un irrésistible appel à rejoindre cette zone d'un vert sombre d'où s'échappent des ambiances totalement différentes de celles de la plaine vert pâle qui offre sa chair au ciel. Fermée, boisée de bouleaux et de chênes, la forêt ne laisse que peu de lumière passer. Boulot et chaînes ! Intéressante la forêt ! se dit Hélène. Ah les pensées, encore et toujours, et celles que génèrent les mots. Les sons des mots qui ne raisonnent plus à haute voix, mais ne cessent pas pour autant de résonner en douce.

Elle a d'ores et déjà élu un des arbres comme son préféré. Elle chante dans sa tête, *Auprès de mon arbre* et l'appelle Nestor… Puis elle remarque une jeune fille blonde qui vient comme elle s'adosser à son écorce. Et plus tard une autre encore. C'est fou ce qu'il a comme succès ! C'est lui que toutes les filles choisissent. Il est plutôt moins bien placé sur le chemin que les autres. Mais c'est inexplicable le charme, même celui d'un arbre séculaire.

Au petit matin, la forêt révèle de frêles silhouettes qui captent son attention. Hélène les guette discrètement. Elles inspirent sa réalité du moment, une réalité à laquelle il est interdit de jeter des coups d'œil trop appuyés. Le champ la rend nostalgique. Elle se sent mieux dans la forêt luisante où les merles chantent sans discontinuer. Un parfum douceâtre dont elle n'arrive pas à déterminer l'origine, un mélange d'humus, d'effluves de mousse et d'odeurs de troncs humides, a envahi l'atmosphère. Tout ce que procure le silence, le fait de marcher en écoutant ses pas, de sentir la nourriture sans en parler avec quiconque, de respirer en ne faisant que humer l'air, de manger en ne faisant marcher que ses papilles et ses mandibules, de regarder en ne faisant que voir ce qui est là sous ses yeux, d'écouter et d'entendre la réalité présente, prédispose à se souvenir d'événements qui ont marqué ses sens précédemment.

J'ai connu Marrakech il y a longtemps. J'y rejoignais Fred, un nouvel amoureux et j'étais dans la joie de découvrir un pays que je ne connaissais pas. Toute référence à cette ville me venait des écrivains voyageurs ou des écrivains marocains dont les récits baignaient dans le conte, l'art de la poésie, où l'on glanait tout le charme de l'Orient, de l'Afrique... Je me souvenais de Paul Bowles dans *Leurs mains sont bleues*.

> Ici dans ce paysage entièrement minéral, éclairé par les étoiles comme par des feux, même la mémoire disparaît ; il ne reste que votre respiration et les battements de votre cœur.

Pour voyager je ne plongeais jamais dans les guides ou dans l'histoire d'un lieu, mais bien dans la géographie romanesque qui distillait la vie intime de personnages sur cette terre-là. Je lisais le cœur battant d'une ville, d'un quartier, à travers les aventures d'êtres attachés à leurs cultures. La voiture qui m'emmena de l'aéroport à la place Djemáa el-Fna roulait sur une petite route bordée de palmiers. Le ciel était d'un bleu électrique. Au loin, on apercevait les sommets de l'Atlas enneigés. Nous étions au printemps quand une quinzaine de degrés sépare le jour de la nuit. J'habitais dans une maison dont les murs donnaient sur la place. L'amant qui m'accueillait me proposa un jeu. Il m'installa confortablement sur une petite terrasse, avec un thé à la menthe et injonction de ne pas regarder au-delà des hauts murs d'enceinte du riad, tandis que le soleil déclinait faisant du tadelakt un mur rougeoyant qui rappelait les dunes du désert. J'écoutai donc les bruits de la place qui prenaient plus d'ampleur à mesure que la nuit voilait la ville de son tulle bleu étoilé. Les parfums des épices, les odeurs de graisse de brochettes, la mie des petits pains chauds, arrivaient à me faire oublier le sifflement strident des flûtes des dresseurs de serpents ou des tambours des Gnawas. J'avais faim. Les cris, les conversations en arabe, cette vie trépidante que je percevais sans voir aucune image, avec pour seul horizon ce mur qui s'obscurcissait, l'appel du muezzin, ajoutaient encore aux sensations charnelles de ce voyage oriental. Je passai ce début de soirée à siroter mon thé, entendre, respirer, ne rien voir, ne rien toucher, juste désirer que tout ça fût bien réel. J'avais la sensation qu'une main invisible montait le son et augmentait l'intensité des effluves à mesure que la nuit tombait comme si quelque fête nocturne était en préparation.

Ce soir-là, je vis certes le mur rose puis bleu, le vol des martinets, les plantes qui grimpaient le long des murs. Mais le reste des images que je projetais sur les sons, les parfums et les sensations fut bien plus impressionnant encore. La nuit tombée, redescendant dans le petit jardin du riad, je laissai les sensations de cette place sur la terrasse et le calme des fontaines s'empara de moi. Je me consacrai aux délices d'un tajine de poulet aux raisins. Quand je découvris la place le lendemain matin, j'eus l'impression d'avoir été abusée la veille tant son calme contrastait avec ma bande-son parfumée. Tout ça n'avait donc été qu'une vaste mise en scène ? Mais le soir même, la folie s'empara de nouveau de l'esplanade et cette fois je vis ce que j'avais senti et entendu. J'ajoutai aux sensations de la veille des tableaux colorés : les yeux soulignés de khôl, les regards si perçants des Berbères, le sourire édenté des musiciens, les gestes gracieux des hommes enturbannant les touristes pour tenter de leur vendre des chèches, les brochettes dégageant une fumée odorante, les cobras ondulant au son des ghaitas que la veille j'avais seulement imaginés en frissonnant.

Au milieu des marchands en tout genre, ces serpents tendaient au spectateur le miroir hypnotique de leur fascination. Une faune bigarrée, exotique, hétéroclite, vendeuse, menteuse et accueillante envoûtait la foule se mêlant à la sensualité du soir sur cette place qui semblait concentrer Marrakchis et visiteurs pour quelques heures seulement. Je sais qu'il ne reste aujourd'hui de ce charme du voyage qu'un simulacre organisé et agressif où quelques touristes tentent de repousser l'assaut furieux d'un plumage d'Européens trop riches et déconnectés de la vraie découverte.

Je me concentre sur ces souvenirs magiques qui furent l'antichambre de mon premier voyage dans le désert. Il est probable que si j'étais allée directement me promener sur la place ce premier soir, je n'en aurais pas gardé ces éblouissantes sensations d'aveugle. Et sans doute ne me seraient-elles pas restituées maintenant avec tant d'acuité par ma mémoire exsangue, fouillée, retournée par ces heures de silence, cet abandon progressif d'un envahissement quotidien et insidieux. Peut-être est-ce là, dans cette ambiance où tout était étrange, où chaque panneau indicateur racontait une histoire dans une langue que je ne pouvais lire, dans cette profusion de signes invisibles, cette profonde appartenance d'un lieu à une culture dont j'étais si éloignée, que je fus jetée entre les pages blanches d'un cahier emporté à tout hasard. Prise à la gorge par les sensations, je plongeai au cœur des mots parce qu'il fallait rendre compte, ne pas oublier. Il n'était pas possible de taire ces choses sans les nommer, je les sentais se coller à ma peau, extraordinaire sentiment qui présidait à l'éclosion d'un amour fou pour le voyage et les histoires à raconter aux autres. Je comprenais enfin ce que j'avais pu lire, pendant des années. Les sentiments, les rapports humains ambivalents. Pour toucher les choses, les événements et les personnes, tout était dans l'ailleurs. Vivre et faire éprouver pour être devenait une tentation, une raison suprême de partir et parfois d'aimer.

Il est difficile d'imaginer soixante filles et femmes de tout âge, en situation de huis clos et en silence au XXIe siècle. C'est ce qu'aime Hélène dans ces jours étranges, cet espace de vie inconnu et l'extrême respect qui baigne cette aventure. Tout ressemble à un pensionnat avec ses dortoirs, ses règles assez strictes mais c'est le contraire d'une vie de régiment qui mènerait à une autorité punitive. Chacun s'est engagé et reste responsable de cet engagement. Pendant la méditation du début de l'après-midi, une fille court soudain vers la sortie comme si elle s'échappait. Hélène ne peut s'empêcher de l'envier, de se dire que cette révolte, tous la portent en eux et n'osent pas la laisser déborder. Le mal-être des autres sécurise, normalise le désarroi de chacun.

La fille semble perdue, en colère. La porte claque. C'est inhabituel. La manager se lève et lui emboîte le pas. Le visage de l'enseignante ne reflète pas d'agacement ou d'ennui, mais une profonde compassion. En ouvrant les yeux, Hélène saisit le regard de cette femme qui les dévisage avec un amour immense, comme s'ils étaient tous ses enfants. Étonnée, elle les referme aussitôt. Est-ce pour rappeler la méditante à l'ordre que la manager l'a suivie ? Plus tard Hélène revoit la fille qui depuis le début du stage se met en rupture, va mal et fait rejaillir sur le lieu sa haine d'elle-même. La manager lui parle avec une voix douce, l'accompagne. Ce n'est pas la première fois. Hélène se dit qu'ailleurs, la fille aurait été expulsée et si elle n'avait pas été entourée de la douceur et de la bienveillance de l'encadrement, elle serait déjà loin. Depuis le premier jour Hélène note que certains sont insupportables, révoltés, comme des adolescents insolents et ingérables, mais ils sont traités comme des enfants en danger, des êtres qui ne s'aiment pas et qu'il faudrait secourir. Cette douceur des accompagnants, servants, encadrants, la trouble. Elle jure avec la réponse agressive de la plupart des humains quand ils sont confrontés à la réaction abrupte des autres. Ceux que la douceur rétracte sont des corps récalcitrants que l'absence de parole fait exploser. À les regarder, Hélène éprouve ses propres envies de révolte, ce qui s'échappe du comportement quand la carapace se rompt.

Elle se réjouit que cette retraite n'ait rien à voir avec la religion. Les religions prônent hypocritement qu'il faut être bon, qu'il faut devenir ceci ou cela mais ne donnent jamais la clé du mal-être, la raison de nos côtés sombres, de l'agressivité. Aucune religion n'enseigne ce qui fait que l'on nourrit l'amour ou la haine en soi. Elle ne sait pas comment la méditation agit mais elle sent qu'elle est proche du pourquoi des choses, de l'origine réelle de ses actes, loin de la culpabilité et de la peur. Est-ce qu'on peut être foncièrement mauvais ? Peut-on combattre en soi quelque chose de haïssable ou le laisse-t-on s'emparer de notre être ? Hélène se dit que le mal le plus subtil n'est jamais décrypté. Son remède est donc voué à l'échec permanent. Depuis toujours elle sent que la culpabilité est la base souveraine de sa vie. Si on n'est pas à la hauteur, on culpabilise. Voilà la règle qui fait loi. Et ce système est si perfectionné que ceux qui réussissent pleinement, joyeusement, culpabilisent également. Hélène hait cette culpabilité cultivée par tous avec la passion d'un converti, voire d'un moine zen. La moelle d'un athée est pétrie de religion coupable. Quelque chose lui souffle que la vraie liberté n'est pas là.

Un homme assez gros se distingue durant les méditations parce qu'il éructe, rote, soupire, transpire, renifle, se mouche, bref il ne cesse de manifester bruyamment sa présence. Il exaspère Hélène d'emblée. Elle soupire et lui en veut de partager ainsi l'état de ses tuyauteries. Pourquoi est-il si égoïste ? Il pourrait par exemple penser que d'autres vivent les mêmes choses que lui, mais sans le manifester. Comme il se trouve au bord de l'allée qui sépare les hommes des femmes, Hélène a la sensation qu'il est juste derrière elle. À la fin de la séance, elle remarque qu'il n'est pas assis par terre en tailleur, mais sur une chaise. Le voilà baptisé le Gros Dégueulasse... Hélène sourit de lui avoir trouvé un nom et sort dans les premières, épuisée par la diversion qu'il a opposée à son désir de concentration. Elle s'assoit sur un tronc d'arbre non loin de la porte et regarde les ombres des femmes sortant du bâtiment. Le soleil l'enveloppe d'une chaleur douce qui détend ses muscles contractés par la pose en tailleur.

Une jeune femme quitte la salle de méditation en titubant. L'heure qu'elle vient de passer a sûrement été rude. Ses traits sont tirés et douloureux. Hélène remarque qu'elle tient une bouteille de bière qu'elle balance négligemment au bout de son bras. Ça lui donne envie de rire. Bien sûr la bouteille est pleine d'eau et elle l'a probablement choisie pour sa capsule hermétique mais le spectacle s'apparente à un film mettant en scène une rixe dans un saloon de l'Arizona. Même les anciennes ont l'air d'en baver ! C'est rassurant et ça tendrait à prouver deux choses : qu'il y a un bénéfice à l'opération puisqu'elles sont revenues, et que ça prend du temps car elles n'ont pas l'air d'être plus avancées que les nouvelles. Parfois les filles semblent avoir vécu des choses impossibles. Elles ont un pull sur la tête ou marchent comme des vieillards, ou encore elles se précipitent dans le champ avec l'air d'un forcené qui se dit qu'il y arrivera… Mais on ne sait pas vraiment à quoi. D'autres fois, les mêmes ont l'air de flotter au-dessus du sol, de s'abandonner au bras d'une réalité apaisée. Hélène se surprend à penser tour à tour qu'elle ne parviendra jamais à franchir ces dix jours parce que le temps passe trop lentement et que le gong rythme une sorte de continuité insupportable. Mais l'heure d'après, tout change, tout bouge en elle. Elle est passionnée par ce qu'elle vit à l'intérieur de son corps, par la performance d'une plongée dans ce silence et ce temps démultiplié. Ce qui lui vient à l'esprit n'est pas ce qu'elle croyait. Tout ce qui semblait si important n'est pas au rendez-vous. Comprendre qui elle est, ce qu'elle désire vraiment, ce couple qu'elle forme avec Sébastien…

"Se battre contre soi-même est un combat que l'on redoute de gagner. C'est ce qui en fait une tragédie et une lutte de longue haleine", se dit Hélène en regrettant pour la première fois depuis deux jours de ne pas avoir à portée de main un stylo et du papier.

Qu'est-ce que l'amour ? À quel instant bascule-t-on ? Et qu'est-ce exactement, être aimée ? Au début de leur relation Hélène ne se sentait pas amoureuse mais "accro" aux compliments de Sébastien, droguée de caresses, abreuvée de son assiduité. Après avoir couché le premier soir, elle l'a rejeté, boudé, fait attendre. Finalement le désir alangui de ce beau garçon devenait l'objet de son affection la plus profonde. De son côté, il avait été courtisé, beaucoup et depuis toujours. Il n'avait rien à faire. Les filles en voulaient à sa gueule d'ange. Il avait l'art de briller en société et de les renverser par son aspect de gendre idéal. Ce dont Hélène n'avait cure. Elle le trouvait trop sage, trop parfait, trop bon élève, trop gâté par les filles. Quelque chose la poussait irrémédiablement vers les mauvais garçons, les gueules cassées, les rebelles insolents, les blessures d'enfance créatives. Alors lui… Pourtant il faut avouer qu'au bout de quelque temps elle avait été impressionnée. Il s'accrochait. Et lui qui n'avait jamais cru au coup de foudre, était sûr qu'elle était la femme de sa vie ! Il avait eu des signes, disait-il. Ça troublait Hélène plus habituée à la conquête, à l'aventure. Il y avait toujours une ou deux filles qui convoitaient ses coups de foudre et elle se battait pour l'emporter. Là, pour une fois, elles étaient un nombre incalculable et elle n'avait rien à faire. Personne n'avait jamais déposé son amour à ses pieds avec autant de candeur. Elle avait mis longtemps à se l'avouer mais l'enlever à ces créatures fardées, souvent très intelligentes et riches, qui papillonnaient autour de lui, avait de quoi la motiver. Sébastien, qu'elle croyait sincère, lui donnait de l'épaisseur. Le jour où elle lui avait lu ses poèmes, il l'avait achevée en lui déclarant : *Tu ne sais pas qui tu es. Tu es une fille extraordinaire et tellement différente des autres.* Le piège absolu. Fallait-il être jeune et si innocente pour s'émouvoir d'une telle déclaration. Mais à l'époque il le pensait. Elle en était sûre. Tout comme elle était persuadée qu'il ne le pensait plus aujourd'hui ! Et le malaise qu'elle éprouvait en envisageant de le quitter lui montrait à quel point l'admiration et l'amour s'étaient confondus. Avant de le rencontrer Hélène n'avait jamais imaginé vivre avec un seul garçon. Elle se voyait partager sa vie entre un pianiste pour les caresses et la musique, un marin pour naviguer, qui ne soit pas trop souvent là pour cultiver l'absence, et un poète pour partager la littérature et la philosophie. Elle se voyait cheminer amoureusement de l'un à l'autre. Elle se projetait princesse d'une forêt secrète où plus il y a de loups, plus on a d'histoires à vivre. Elle avait retrouvé récemment cette chanson qu'elle écoutait sans cesse à l'âge de vingt ans. Ça s'appelait *Bonheur*. Ces mots étaient les siens et cette voix portait sa révolte. Quelques bribes lui étaient revenues avant même qu'elle n'enclenche la cassette…

Tu voudrais pouvoir tout saisir
La main, la pensée, le couteau
Te coucher tard, te lever tôt
Savoir la douleur le plaisir
Tu voudrais pouvoir caresser
Tous les cous, toutes les épaules
Entre tous les draps te glisser
Tomber les masques et les rôles.

La mémoire fonctionne comme l'appétit. On la nourrit des premiers souvenirs et elle retrouve le reste comme si elle le ressortait d'une armoire oubliée. Hélène s'était surprise à fredonner les paroles de ce refrain qu'elle n'avait plus écouté depuis des années :

Bonheur, bonheur, désir comme un appel
Bonheur, tout ce qui vit te fait envie
Bonheur, tu te jettes à l'eau, tu souris
Désire et tu commences à vivre

Tout ça ne correspond absolument plus à cette vie dans laquelle elle se croit oubliée, rejetée par Sébastien. Son existence est devenue ce qu'elle a cru et non ce qu'elle aurait pu en faire. Pourtant elle ne peut s'empêcher de penser que quelque chose l'attend, même si elle semble avoir posé ses valises pour toujours. Elle est amère en se remémorant ces illusions. Depuis sa plus tendre enfance, Sébastien navigue. Il a franchi toutes les étapes, du scout marin au diplôme de moniteur, mais Hélène se dit que dans sa fascination pour l'océan, elle a confondu l'amour de Sébastien pour la mer, cette aptitude à mener un bateau, et ce fantasme qu'alimentent les marins au long cours. Lui n'est qu'un minet de nautisme dominical. Elle se souvient de l'avoir considéré comme un navigateur. Mais il ne désirait pas naviguer, il faisait la course et voulait gagner. Il participait à des compétitions étudiantes. Il avait la voile combative alors qu'elle cherchait un aventurier, avide de grands espaces et d'océans inconnus. Elle prend conscience aujourd'hui qu'en le regardant bondir dans les cordages, elle a voulu voir un pirate en partance là où évoluait un jeune homme bien amariné. Et maintenant, quoi faire de ses projections imbéciles ? Elle a en quelque sorte épousé un paquet de promesses mais aucune n'a été tenue parce que ce n'était pas lui qui les avait faites. C'est elle, avec ses rêves d'histoires à écrire, qui les a inventées. Et surtout, où se cache cet amour qu'elle lui réclame mais qu'elle n'est pas sûre de lui donner ?

Quand elle sort de la salle de méditation, elle a l'impression de ne jamais avoir rencontré son nez et de n'avoir rien suivi de ce qui lui était demandé. La voilà en quête d'elle-même, aussi cancre qu'elle l'était à l'école. En vagabondage, en fuite sur les chemins du souvenir, en rupture avec le programme prévu.

Amère et dégoûtée, elle se jette sous l'eau d'une énième douche. Elle l'écoute glisser le long de son corps et c'est tout. Comme si par esprit de contradiction elle était soudain capable, hors du temps de la méditation, d'être attentive à ses sensations et rien qu'à elles sans être encombrée du reste. Elle sourit. Sur la porte, un papier indique comment nettoyer l'espace. C'est très précis, il faut éliminer l'eau avec la raclette, briquer la robinetterie avec la petite éponge, laisser le bac et les montants aussi purs que possible. Comme il est inscrit de mettre des gants pour nettoyer la robinetterie, Hélène traduit immédiatement : "Comme ça on ne laisse pas d'empreintes si on vole les robinets…" Elle est prise d'un violent fou rire. La voilà, dans sa douche hoquetant toute seule. Elle nettoie en essayant de se calmer, d'achever ce rire le plus silencieusement possible. Tout est impeccable quand soudain, l'eau de la douche d'à côté passe sous la cloison et envahit son bac. Charriant… un moustique mort… "*My God!* La fille d'à côté a assassiné un moustique, elle a donc rompu son síla et c'est moi qui vais hériter du meurtre !" se dit-elle. Mais le doute plane, c'est peut-être elle qui l'a tuée cette bestiole ! Le fou rire la reprend. Elle rit sans pouvoir s'arrêter, puis constate l'oubli de sa serviette à l'extérieur. Il va lui falloir sortir nue pour aller la chercher. Elle oublie tout, renverse tout. Elle l'a remarqué, dans le silence, on est deux fois plus maladroit. Elle a l'impression d'être en permanence sous le regard des autres, de ne pas pouvoir faire passer sa maladresse dans une conversation. Elle ne peut plus noyer ses gestes dans le bruit des voix. Tout le monde est attentif donc tout le monde va forcément voir qu'elle s'y prend mal. C'est une peur de timide ou de prétentieuse qui s'ignore. Elle s'est rendu compte en y pensant attentivement que la timidité est aussi une forme d'ego. Courir le risque de paraître stupide aux yeux des autres sans s'en affecter est la preuve d'un certain détachement de l'image de soi.

Hélène sort discrètement et court vers sa serviette. Ça ne la gêne pas vraiment d'être nue devant les filles, mais il est clairement formulé dans le règlement qu'il faut être discret pour ne pas déranger les autres. Malheureusement son corps, parti pour satisfaire son manque de moments comiques, glisse, titube et elle manque de s'étaler avant de saisir dans un mouvement improbable sa serviette et une partie de ses vêtements. Et la voilà repartie à rire… Si les démangeaisons, froideurs, frissons, bref sensations attendues autour de son nez étaient aussi fidèles que ce rire qui se demande pourquoi elle ne veut plus de lui, elle aurait déjà la palme des sensations nasales. Pourtant ce rire qui lui paraît salvateur est comme un réflexe nerveux. Quelque chose lâche, se rompt en elle. Une posture ? Une réserve ? Un chagrin ? Elle ne se reconnaît plus, ne sait plus bien comment fonctionne ce corps privé de paroles et de conversations. Elle qui n'a jamais eu peur de la solitude se sent à la fois seule au milieu des autres, et reliée à eux comme jamais. C'est d'autant plus étrange qu'Hélène connaît parfaitement cet état d'abandon dans un lieu envahi de gens. Mais cette fois, tout est différent. L'enveloppe de son corps est devenue un véhicule qu'elle actionne consciemment. Chacun de ses gestes s'enlace aux mouvements de sa pensée. Et cette pensée habite la moindre particule de son corps, comme une conscience.

Après s'être habillée en hâte, Hélène quitte le bâtiment, bien décidée à calmer ses accès d'hilarité au fond de la forêt. Mais avant, elle veut examiner les nids d'hirondelles sous le porche. Il y en a quatre, ce qui explique l'intensité du ballet auquel elle assiste chaque jour à l'heure du repas. Sous chaque nid, on a placé une petite tablette en bois évitant aux débris de tomber. Ce rebord sert également de perchoir aux hirondelles et là encore Hélène y lit une attention à l'autre, fût-il un oiseau.

Elle marche sur le chemin de gravier qui mène à la forêt. Elle s'est habituée maintenant à croiser les autres sans les saluer, sans même leur jeter un regard. Le ciel s'est divisé en deux laissant des franges irisées qui s'étirent sur le cadre bleu qu'elles recouvrent peu à peu. Sur le fond encore azur, quelques oiseaux passent et leur ventre blanc se met à luire dans le soleil presque disparu. Une fois enfuis, ils laissent la place à l'astre qui passe la cime des arbres et inonde tout le champ qui s'allume presque instantanément. Mais déjà un nuage s'en mêle et la scène s'éteint. Une armée pommelée arrive en cavalcade pour masquer le bleu électrique de la coupole naturelle. Toute la beauté d'un lieu immobile ne cesse d'être en perpétuel changement. Hélène le comprend maintenant : ne plus être attentif à l'état du ciel ou du monde autour de soi, c'est accepter d'être là comme on irait à un spectacle qu'on ne regarderait pas. On fouillerait dans son sac, on se tournerait, on ferait autre chose, on serait très agité et on ne saurait rien de ce qui est en train de se dérouler sur la scène. "Toute ma vie j'ai fait ça, pense-t-elle. Réagir sans cesse, sans observer ce qui se déroulait sous mes yeux. Et dans la moindre de ces actions, quelque chose d'enfoui très profond remontait, s'exprimait et je n'en savais rien !"

Le discours du soir confirme ce qu'elle a vécu :

"L'esprit est comme un animal sauvage. Dangereux tant qu'il n'est pas dompté. Mais si on l'apprivoise alors il devient un allié. Il est cent fois plus fort qu'un animal sauvage. Personne ne peut nous faire plus de mal que notre esprit sauvage et personne ne peut nous aider plus que notre esprit. Dompter un animal sauvage est long et il faut travailler patiemment sans détester cet animal."

SÉBASTIEN

Ces trois jours avaient permis à Sébastien de se rendre compte que sa vie s'était morcelée. Il n'avait presque jamais gardé les jumeaux seul et ce rapport à ses enfants sans la présence d'Hélène le déroutait. Il appréhendait déjà les deux jours du weekend. Il se sentait envahi de douleurs dorsales qu'il n'avait jamais ressenties. Son appétit s'était tari et le peu qu'il mangeait restait accroché à son estomac, hésitant sur la direction à prendre, marinant entre la digestion et le reflux. Son esprit vagabondait dans un passé qui ne concernait pas seulement sa vie avec Hélène, mais s'étendait à sa conception de l'existence dans des rêves anciens.

Sébastien n'aimait pas la nostalgie. Il gardait peu de souvenirs de son enfance. Quelques bribes de vacances avec des cousins perdus de vue depuis, un hôtel sur un bord de plage en Bretagne, des visites dans le Bordelais à des grands-parents austères qui ne s'adressaient à lui que pour le questionner sur ce qu'il voulait faire plus tard ou sur le niveau de ses notes. Du côté paternel il n'y avait plus de parents vivants et il n'avait connu que deux oncles, qui étaient devenus militaires comme son père. Une solution proposée pour avoir un niveau d'étude et faire quelque chose de sa vie quand on était prématurément orphelin à une certaine époque. Sébastien avait aimé les récits de leurs vies à l'étranger. Ils avaient été ses premiers informateurs sur la situation politique et stratégique des territoires français. Les échanges qu'il avait pu avoir avec eux quand il était adolescent l'avaient passionné. Hélène s'étonnait souvent que sa vie n'ait commencé qu'à l'adolescence, comme si toute son enfance avait disparu dans un grand trou noir, sans mémoire. Elle lui avait suggéré de creuser cette absence, mais il n'en voyait pas l'intérêt puisque rien ne lui manquait. Au début, ils en riaient ensemble car Hélène insinuait que quelque chose d'étrange ou de suspect avait pu se dérouler à cette époque. Puis son insistance avait quelque peu agacé Sébastien qui avait très bien intégré l'anormalité de cette amnésie et ne désirait pas y remédier.

Il n'y avait rien de bien alléchant dans cette journée du 7 septembre. Il regardait d'un air morne le fil des dépêches tombées depuis six heures du matin. "… Pierre Fabre rachetait l'agence Sipa" où Sébastien avait fait son tout premier stage de journaliste. Il avait été pris en amitié par ce Turc qui l'avait fondée, Göksin Sipahioglu, un photographe faiseur de scoops, arrivé à Paris avec son appareil photo en 68 et une force de caractère hors du commun. C'était un personnage ! Sébastien l'avait vu se diriger très sérieusement vers le réservoir à piécettes de la machine à café alors qu'un photographe lui réclamait l'argent de ses derniers reportages. *Combien je te dois ?* avait-il demandé sans rire ; il devait de l'argent à tous les grands reporters qu'il avait fait débuter, mais eux, lui devaient tout. Avec cette vente, un des symboles de la photo de reportage de ces dernières années disparaissait. Sébastien se souvenait d'avoir dit à des photographes qu'ils exerçaient une profession presque morte et que bientôt, on pourrait extraire *la* photo de n'importe quel reportage filmé. Les vieux lui avaient ri au nez. On y était. Et il était sûr que très bientôt, l'image prendrait le dessus et peut-être même dans sa propre agence. Pour l'instant, ça ronronnait encore un peu trop à son goût. Il avait des tas d'idées pour construire ce nouvel avenir journalistique, mais avant, il fallait qu'il accède à un poste plus important. L'AFP était une vieille *lady* où il fallait attendre que les vieux tombent de leurs fauteuils pour prendre leur place. Il n'en avait pas parlé à Hélène, mais il avait fait une demande pour un poste de rédacteur en chef qui allait être créé en lien avec les nouveaux médias. Il était inquiet. Quelque chose lui disait qu'il pouvait se faire doubler par un collègue pistonné ou quelqu'un qui arriverait de l'extérieur et serait nommé hors des règles d'usage.

Il aurait dû s'excuser auprès d'Hélène, prétendre que le stress qu'il vivait en ce moment à son bureau le rendait nerveux et qu'il n'avait pas voulu l'insulter comme il l'avait fait. Il avait perdu patience, il l'avait menacée. Mais elle l'avait provoqué et surtout, elle avait saisi ce prétexte pour l'abandonner en début d'année scolaire. Ce n'était plus à lui de s'excuser ! Si elle faisait amende honorable, car il ne doutait pas de la voir revenir avant dix jours, il concéderait que ses reproches étaient décalés, qu'il regrettait de s'être emporté, mais il ne ferait certainement pas le premier pas. Et que dire de ce moment où il avait marché vers elle, la main levée. Il savait très bien ce que signifiait la violence physique. Il l'avait trop côtoyée dans les faits divers pour la minimiser. Un homme violent avec sa femme ne pouvait prétendre qu'il ne recommencerait pas. Il n'avait pas frappé Hélène, mais ce qu'il avait vu dans ses yeux en s'approchant d'elle, main levée, l'avait terrifié : une incompréhension soudaine, la perte instantanée de toute illusion à son propos, de tout amour sans doute. La surprise puis le dégoût avaient changé l'expression de son visage. Baissant son bras instantanément, il s'était demandé comment il avait pu en arriver là. Puis il avait voulu la prendre tout contre lui, mais elle s'était reculée brusquement et avait fui dans leur chambre dont elle avait claqué la porte. La clé avait tourné dans la serrure et il n'avait plus rien tenté pour lui parler. Il avait dormi sur le canapé. Le lendemain, il était parti très tôt à l'agence et depuis il ne l'avait pas revue. Il essayait de se raccrocher à l'idée qu'il n'était pas passé à l'acte et qu'elle l'avait provoqué en lui balançant qu'elle serait sans doute plus heureuse avec un autre. Mais soudain une pensée l'avait traversé. Cet autre, existait-il déjà ? Avait-elle raconté cette dispute à des amis communs ? Et si elle l'avait fait, que penseraient-ils de lui ?

Ils avaient eu souvent des discussions autour du métier de Sébastien. Quand il lui arrivait de passer à l'agence, elle restait fascinée par le fil des infos qui tombaient toute la journée, par le lien entre toutes ces dépêches. Elle lui avait déjà demandé s'il se rendait compte à quel point ces nouvelles du monde étaient parcellaires, ne donnaient absolument aucune information sur l'état réel de l'histoire des hommes. Ils s'étaient même querellés à ce propos. Hélène lui avait fait remarquer que dans la presse, les morts étaient des mots, des phrases qui décrivaient des situations, des pourcentages, des proportions, des nombres, des chiffres, parfois des noms célèbres, mais souvent les attentats les plus sanglants avaient lieu dans ces pays incertains aux gouvernements délirants. Sébastien, comme ses collègues, ne faisait presque plus cas des barbaries quotidiennes. Tous savaient que les mêmes grandes puissances mondiales s'affrontaient en divers pays à travers ce qui paraissait n'être qu'une guerre limitée à un lieu. En parlant de tout ce qui se passait dans le monde au quotidien, on avait tendance à tout minimiser, tout banaliser. Chaque jour, les manifestations, les protestations des plus pacifiques et les massacres des plus belliqueux ne racontaient qu'une seule chose dont plus personne n'avait conscience : quatre-vingt-dix pour cent des habitants de la planète aspiraient à vivre en paix tandis que les dix pour cent restants mettaient le monde à feu et à sang. La mondialisation de l'information rendait la planète uniformément sauvage, sanglante et le regard quotidien de ceux qui racontaient ces conflits ne traduisait plus l'effroi mais l'habitude. Ceux qui recevaient toutes ces informations avaient tendance à prendre le même chemin. C'était comme ça…

À cela, il fallait ajouter que la fiction n'était pas en reste et faisait monter les enchères de la violence au rythme d'une ingéniosité croissante des effets spéciaux. Ça tuait et ça guerroyait de plus en plus fort et le sang coulait toujours plus rouge tandis que la caméra se rapprochait des plaies et des coups que le quotient émotionnel devait encaisser. On s'embrassait moins dans les films. On avait remplacé les gros durs d'autrefois, ces sentimentaux dont personne ne s'offusquait qu'ils puissent soudain se retrouver dans des scènes d'un romantisme désuet, par quelques êtres aux sentiments lointains ou pire, des étreintes sexuelles toujours plus crues et vouées à l'échec amoureux.

Bien sûr, c'était Hélène qui lui avait fait remarquer à quel point le sentimentalisme fleur bleue des vieux films avait disparu. C'était toujours elle qui faisait le lien entre les images de l'information et celles de la fiction. Et même si Sébastien n'avait pas envie de penser à elle de façon positive, il ne pouvait lui enlever cette part de réflexion dont elle parsemait sa vie. Avec Hélène, il lui semblait que son métier n'était pas le même que celui dont il discutait avec d'autres journalistes. Sa femme lui offrait une vision totalement décalée et il trouvait ses points de vue à la fois surprenants et irréalistes. Mais il se rendait compte qu'on aurait pu tout aussi bien voir les choses comme Hélène les lui présentait et il se disait que le monde ressemblait furieusement à la vision que chacun en avait. Il n'osait pas s'avouer que cette conception si libre de l'histoire des humains lui faisait peur. Il tenait à une distance objective quand il lisait des livres d'histoire, mais dans sa vie quotidienne de journaliste, il adoptait parfois un point de vue non publiable dans l'immédiat.

Un nombre incalculable de fois depuis son départ, il avait constaté qu'Hélène aurait dit ci ou pensé ça. À peine trois jours et il se prenait en flagrant délit de penser avec ses yeux à elle, avec ses points de vue, alors qu'il lui en voulait tellement de l'avoir abandonné avec les enfants. Comme si elle s'extrayait du couple qu'elle avait mis en vrac. C'était encore plus pathétique de s'apercevoir à l'occasion de son absence, de cette place qu'elle avait prise dans ses pensées et dans sa manière de voir les choses. Elle lui manquait comme si elle était morte. Après tout, depuis qu'ils se connaissaient, ils n'avaient jamais passé trois jours sans se parler. Allait-elle le laisser réellement à ce désarroi pendant dix jours comme elle le lui avait écrit ?

Sébastien s'était débrouillé pour ne pas être d'astreinte durant le week-end. Il s'attendait à ce que les enfants commencent à se plaindre de l'absence de leur mère et il voulait être entièrement disponible pour eux. Il avait peur de ce qu'il allait devoir inventer, Hélène avait toujours des tas d'idées pour les occuper ; il prévoyait de les emmener dans un parc d'attractions. Il n'avait aucune envie de rencontrer leurs amis qui avaient des enfants et qui invariablement poseraient des questions sur l'absence d'Hélène. Il mesurait désormais ce qu'une séparation impliquerait. Une sorte de gouffre où ils n'auraient plus jamais rien en commun si ce n'était leurs oppositions, leurs invraisemblances, leur envie d'en découdre. Par ailleurs, il pressentait qu'il allait devoir mettre son nez dans ce qu'il détestait. Ce matin, Mona s'était plainte de ne pas avoir sa robe préférée qui était toujours dans le panier de linge sale. Elle avait demandé pourquoi elle n'était pas lavée et commencé à bouder quand son père l'avait rabrouée. "Quand maman est là..." Le froncement de sourcil de son père l'avait stoppée net dans ses plaintes et elle ne lui avait plus décroché un mot jusqu'au portail de l'école où elle avait refusé de l'embrasser.

Sébastien ne se demandait jamais comment les choses se faisaient dans la maison. Il y avait du linge repassé et prêt, tout était à sa place et tout était propre. Il aidait à débarrasser la table, mettait volontiers le couvert ou préparait un plat de temps en temps, mais il ne connaissait absolument rien au fonctionnement régulier de sa propre maison et cette découverte le consternait. Il se souvenait d'avoir eu quelques discussions musclées à ce propos quand Hélène lui balançait soudain qu'il était comme un coq en pâte et que ça le rendait *semblable à la plupart des autres mecs* – expression qu'il détestait – persuadé que les femmes devaient s'occuper d'une maison et les hommes jouir de ce confort quotidien de façon naturelle. Elle lui rappelait régulièrement qu'il avait grandi comme un fils unique dont la mère argentée payait des femmes de ménage et que c'était une facilité de vie qu'il ne prenait jamais en compte. Hélène avait obtenu d'être aidée à partir de la naissance des jumeaux, période à laquelle il avait cessé de lui dire que de toute façon, hormis ses petits boulots irréguliers, elle était entretenue à ne rien faire et qu'elle pouvait quand même au minimum s'occuper de la maison. Il ne s'était jamais aperçu qu'Hélène quand elle travaillait et gagnait un peu d'argent l'investissait immédiatement dans le paiement des heures d'une femme de ménage.

Elle détestait plus que tout nettoyer leur maison et lui avait plusieurs fois fait remarquer que rien de génétique ne prédisposait plus une femme qu'un homme à ce genre de tâches. Hélène aimait cuisiner, repasser, jardiner, étendre du linge au soleil ou créer de ses mains toutes sortes d'objets, bref être dans une vacance d'esprit qui n'incluait aucun nettoyage, rien qui soit le geste de frotter ou de remuer des saletés qu'elle dût faire disparaître. Mais Sébastien n'avait jamais voulu l'entendre car il considérait que ça faisait partie de ses caprices. Repenser à toutes ces fâcheries qui empoisonnaient leur existence le rendait agressif et le persuadait d'être dans son bon droit. Hélène avait un caractère de princesse qui n'aurait jamais pu être Cendrillon. Rien en elle n'était docile ou serviable. Il s'en était réjoui puis plaint. Qu'importait maintenant, son absence et son abandon le faisaient cruellement souffrir. Il voulait qu'elle revienne.

La mauvaise nuit qu'il avait passée à se tourner et se retourner dans son lit lui avait ôté tout scrupule. Il fallait qu'il sache ou qu'au moins il tente quelque chose pour la retrouver. Il s'était souvenu qu'il n'avait jamais regardé ce que cachait ce coffre à l'entrée de la cabane. Pour être tout à fait honnête, ça ne l'avait jamais intéressé. Mais dès que l'expresso qu'il était en train de se préparer serait prêt, il irait jeter un coup d'œil dans ce qu'il imaginait être la clé du départ d'Hélène. L'excitation que suscitait en lui l'espoir d'une découverte le mettant sur la voie lui parut dérisoire et presque infantile, mais il fallait bien tenter quelque chose pour ne pas devenir fou. Quand il essaya d'ouvrir le coffre, celui-ci résista, sans doute le bois qui avait gonflé et l'amas de feuilles qu'il voyait dépasser des jointures. Il finit par céder sous la pression de la poussée de Sébastien. À l'intérieur, pas de cahiers secrets. Seulement des plumes, des pommes de pin, de la mousse, des bouts de bois et des pierres aux formes étranges, tous les trésors qu'Hélène ramassait dans la nature pour en faire des lampes, des meubles, des plateaux, des attrape-rêves. Elle organisait souvent des espaces vivants sur une table pour que les enfants fassent évoluer leurs Playmobil ou chevaliers dans un décor naturel étrange. Il sortit quelques branches afin de vérifier que les carnets dans lesquels il la voyait écrire ne se trouvaient pas en dessous de ces trésors de nature et sursauta comme un gosse pris en faute. Une voix l'interpellait :

— Bonjour, vous devez être Sébastien ?

Une femme se tenait de l'autre côté de la haie, à quelques mètres de lui, sans doute perchée sur un escabeau. Elle brandissait un sécateur.

— Ça ne vous ennuie pas que je coupe un peu la haie ? Pardon de vous déranger dans votre rangement…

Sébastien se sentit rougir, comme s'il n'avait pas le droit de fouiller dans un coffre qui était dans son propre jardin mais qu'une voisine pourrait identifier comme étant celui d'Hélène. Il haussa les épaules pour se débarrasser de ce sentiment ridicule et se força à être aimable.

— Bonjour, vous êtes une amie de Raymond ?

Elle eut un petit rire.

— Sa femme… Je suis sa femme.

Sébastien ne put cacher son étonnement. Il connaissait son voisin depuis longtemps et il ne l'avait jamais entendu parler de sa femme. Il savait qu'il avait des enfants qui habitaient à l'étranger et lui rendaient visite une fois par an, mais Raymond n'avait jamais soufflé un mot à propos de leur mère, ni même suggéré qu'il pourrait avoir une relation quelconque. Par discrétion, Sébastien ne lui avait jamais posé la question, pensant son épouse décédée. Et depuis qu'il habitait la maison avec Hélène, c'était elle qui, le plus souvent, parlait avec Raymond. À ce qu'il en savait leurs conversations concernaient surtout le jardinage, les noms des plantes et des oiseaux de la forêt de Rambouillet dont il connaissait tous les chants, qu'il était capable de reproduire presque à l'identique. La femme semblait capter ses pensées.

— Mon mari m'a beaucoup parlé de votre femme Hélène…

— Elle n'est pas là, s'empressa de dire Sébastien.

— Je sais. Je l'ai vue partir avec un gros sac il y a quelques jours. Je n'ai pas osé la saluer car j'avais peur de la retarder.

Sébastien était consterné qu'une voisine qu'il n'avait jamais vue en sache plus que lui sur le départ de sa femme.

— Oui elle est partie dans la famille et je ne pouvais pas l'accompagner à la gare…

Il s'arrêta brusquement car il se sentait ridicule. Il n'avait absolument aucun besoin de justifier le départ d'Hélène en débitant un mensonge qui sonnait faux. Où allait elle en réalité ? Il aurait voulu pouvoir questionner sa voisine sur ce départ dont il ne savait rien. Était-elle avec quelqu'un ? À l'annonce du départ d'Hélène son estomac était descendu d'un cran sous le poids insupportable de la pierre qui venait d'y atterrir. Il avait bien vu que sa valise à roulettes était toujours sur l'armoire. Pourquoi avait-elle pris un sac à dos ?

— Je me disais qu'à son retour vous pourriez venir dîner à la maison ? Je suis là encore pour quelques jours ou quelques semaines. Ça dépendra de Raymond… S'il peut me supporter, ajouta-t-elle dans un petit rire.

— Ma femme revient dans dix jours, répondit machinalement Sébastien qui était encore troublé par ce qu'il venait d'entendre. Ça fait longtemps que vous êtes séparée de Raymond ?

Après tout, que risquait-il en questionnant sa voisine sur sa vie personnelle ?

— C'est une longue histoire ; j'ai fait une grave dépression… Un jour je suis partie dans la forêt pour… me suicider. On ne m'a retrouvée que deux jours après. Ensuite j'ai été enfermée dans un hôpital pendant assez longtemps. Raymond venait me voir mais je ne pouvais plus vivre avec lui. De toute façon à cette époque, je n'en avais plus envie. Voilà. Ça fait bien longtemps que nous n'avons pas vécu ensemble, mais c'est un bon gars. Il ne m'a jamais abandonnée.

Après ces quelques confidences, elle le regarda avec gentillesse, en attente de ce qu'il pourrait bien en dire. Sébastien hocha la tête sans un mot. Il n'avait jamais su comment recevoir les confidences de quiconque, les récits où trop d'émotionnel affleurait le dérangeaient. Sébastien racontait la vie des humains mais ne s'intéressait jamais à l'individualité des êtres. Il coupa court à la discussion et s'excusa de devoir s'absenter. Il devait récupérer ses enfants. Il était parti chercher Léo et Mona en voiture à l'école de musique et ceux-ci s'étaient disputés à propos d'une surprise qu'ils voulaient faire à leur père. L'un voulait en parler avant que la surprise n'arrive et l'autre ne voulait pas. Sébastien avait essayé de tempérer leur emportement en leur disant qu'ils n'avaient qu'à tirer au sort. Il leur avait expliqué comment tirer à la courte paille et Mona avait gagné. La surprise serait tue jusqu'à ce qu'elle pointe le bout de son nez. Les jumeaux avaient supplié leur père de les faire dîner dehors sous l'auvent en lui promettant de bien se couvrir ; c'était tellement mieux de jouer à ce que ce soit encore les vacances, avait dit Mona ! Sébastien s'était rendu aux désirs de ses enfants. Il faisait doux et ils n'avaient pas école le lendemain. C'était presque un soir de fête. Il apportait le dessert quand soudain il les avait entendus. Léo et Mona surexcités avaient parlé en même temps. "C'était ça la surprise ! Ça a commencé hier soir quand tu n'étais pas là. Mamie a dit que c'était plus tôt que d'habitude parce qu'il a fait très chaud cet été." Le brame du cerf en forêt de Rambouillet ! Les jumeaux adoraient cette période où ils écoutaient ce chant rauque et profond qui retentissait chaque soir durant un mois et montait de la forêt toute proche.

L'année précédente, les jumeaux avaient supplié leur père de les emmener voir la saison des amours. Ça ne l'enchantait pas particulièrement. Il avait le souvenir d'avoir vu dans sa jeunesse un combat très violent dans lequel un jeune cerf était mort et il n'avait pas très envie que les jumeaux assistent à ce genre de spectacle. Mais lors d'une promenade en bordure d'un champ, au coucher du soleil, ils avaient aperçu un troupeau de biches et son vieux cerf tentant de protéger sa harde tandis qu'un jeune mâle retroussait ses babines. Fascinés et respectueux de la distance à adopter, les jumeaux et leur père avaient assisté au combat entre les deux cervidés. Plus tard, leur mère leur avait expliqué que c'était de cette façon que les mâles séduisaient les femelles et construisaient leurs familles. Ils avaient regardé Bambi, pleuré la mort de sa mère et lors du feu dans la forêt, mais le combat de Bambi pour conquérir sa belle les avait fait rire. Et ils se promenaient désormais en espérant rencontrer Panpan, M. Hibou qu'ils entendaient le soir et peut-être Bambi qui, à n'en pas douter, habitait Rambouillet.

Cette fois, considérant qu'ils étaient un peu plus grands, Sébastien leur avait raconté qu'à cette période les cerfs sont très fatigués, qu'ils se battent toute la nuit en poussant leurs cris d'amour pour séduire leurs belles et affirmer leur force. “Ils perdent au moins vingt kilos, ils surveillent leurs hardes, essaient de ne pas se faire piquer des femelles par les plus jeunes qui doivent combattre pour se constituer un troupeau en volant les biches des autres mâles. Ils doivent aussi faire des bébés aux biches de leurs tribus. Vous savez ces faons qui naissent au printemps et qu'on croise parfois avec leurs mères quand on se promène…”

Mona avait soudain demandé avec un sourire candide. “Est-ce que tu as combattu des mâles toi aussi pour faire tes bébés et gagner maman ?” Son frère s'était mis à rire tandis qu'au même moment le cri rauque et déchirant d'un cerf tout proche avait rappelé à Sébastien qu'Hélène était sans doute partie avec un autre puisqu'elle ne revenait pas. Tout un tas de réflexions cyniques lui avaient traversé l'esprit. Mais à qui aurait-il bien pu casser la gueule puisqu'il ne savait rien de ce possible rival ? Et puis aurait-il eu encore l'envie de se battre pour garder Hélène ? Tandis que Léo faisait remarquer à Mona que les hommes n'ont pas plusieurs biches et qu'ils ne font pas des bébés à plusieurs mamans, le brame avait repris. Un son guttural presque d'agonie. Ce cri-là signifiait que le vainqueur était en rut. Pourtant Sébastien y avait perçu l'écho d'un cri coincé au fond de sa gorge depuis qu'il se débattait avec ses rancœurs. Il sentit à nouveau son crâne se fendre en deux. La migraine reprenait et se prolongeait à la base de sa nuque. Il respira profondément et proposa aux enfants de rentrer pour jouer à un jeu calme avant d'aller dormir. Il n'avait plus envie d'entendre les cerfs. Par chance Mona avait un peu froid et Léo voulait lui montrer une nouvelle construction réalisée dans sa chambre avec ses Kapla. Ils suivirent Sébastien soulagé de ne pas avoir à batailler pour qu'ils ne traînent pas dehors. Après le dernier baiser du soir, il glissa une allumette sous les pommes de pin installées sous le petit bois surmonté de trois bûches. Quelqu'un avait préparé le feu pour la soirée. Le crépitement des flammes l'apaisa. Il s'installa dans le fauteuil que prenait toujours Hélène…

Samedi 8 septembre

3e jour

Il y a assez de tout dans le monde pour satisfaire aux besoins de l'homme, mais pas assez pour assouvir son avidité.

Mahatma Gandhi

HÉLÈNE

Hélène ouvre les yeux et tout le monde est nu dans la salle de méditation. Elle éclate de rire. C'est un fou rire inextinguible. L'enseignante se lève, vient vers elle et lui ordonne d'arrêter de rire. Elle n'y arrive pas. Parce que l'encadrante est nue également. Ses seins se balancent au rythme de sa colère. "Il faut me pardonner, lui dit Hélène, je suis née en 1970 et j'ai été conçue à Woodstock. Ça marque une fille pour toujours ! J'ai souvent vu ma mère se jeter dans les rivières après avoir balancé tous ses vêtements prestement, ce qui me choquait beaucoup quand j'étais enfant. Moi je ne voulais pas être nue ! Je voulais un haut de maillot de bain dès l'âge de quatre ans. Maman ne comprenait pas." L'enseignante s'en fout de son histoire et lui ordonne de sortir avec sa grosse voix. Ce décalage incongru réveille Hélène. La femme qui les guide est douce et pleine de compassion. Même nue, elle ne pourrait pas être ainsi. Hélène est dans son lit trempée de sueur, encore secouée par le rire. Elle se redresse et aspire une grande goulée d'air de la nuit. Au loin un renard glapit. Elle pense aux filles qui sont sous une tente et se rendort.

Ne pas faire d'un lieu un endroit quotidien qu'on ne regarde plus… Ce doit être valable aussi pour les êtres avec lesquels on vit. Hélène regarde deux marguerites enlacées, entend l'échange d'une vache, d'un coq et d'une colombe. Sur fond de gazouillis, quand elle arrête de marcher, tout bouge autour d'elle. La vie infinie et discrète fourmille et se préoccupe peu du fait qu'on lui prête attention. Le bruissement des feuilles mouillées le matin, la forêt encore noire, resserrée sur sa nuit à peine achevée, encerclée de lumière, pas encore réveillée, mais déjà animée. Ce n'est qu'une passation entre l'ombre et la lumière. Les animaux de la nuit se sont tus pour laisser la place à d'autres sons qui surgissent. Quand le concert des oiseaux commence le matin, Hélène a l'impression que ce sont les branches elles-mêmes qui chantent. La plupart du temps, ces choristes restent invisibles.

Contempler. Le soleil levant roussit la luzerne et donne aux arbres de la grande allée des allures de jeunots se dirigeant vers l'école sur fond de ciel bleu nuit. La lumière bouge d'instant en instant et battre des cils est l'assurance d'en perdre un fragment ; la plaine a gagné du terrain durant ce millième de seconde d'absence. Le ciel dévoile un nuage seul qui s'avance comme une sentinelle, un explorateur ; d'autres suivront peut-être. Quelques tourterelles passent. Dans la grande salle, pendant la méditation du matin et du soir, durant ce moment où ont lieu le lever et le coucher du soleil, les méditants sont en parfaite stéréo. Du côté des hommes par les fenêtres donnant sur la forêt proche, parviennent les appels et sifflements des merles du sous-bois. Du côté des femmes, c'est le jardin d'où montent les babillages des rossignols, des rouges-gorges et des hirondelles qui saluent l'aurore ou le crépuscule. Au cœur de ce joyeux tintamarre, le silence recueilli de leurs souffles est une grâce, un bercement.

Sam et Joe sont deux grands arbres jumeaux. C'est ainsi qu'Hélène les a baptisés. Ils poussent sur une même racine, c'est la sensation qu'ils donnent car ils forment à leur base un hamac recouvert de mousse. Chaque jour après le repas de onze heures, elle se love entre ces deux troncs en plein cœur de la forêt. Ils sont au carrefour des différents sentiers et de là, elle peut observer le ballet des filles déambulant tout autour. Comme elle ne marche pas sur un des chemins mais reste tranquillement posée au cœur de la nature, les autres ne la remarquent pas, ce qui lui laisse tout loisir de les observer dans cette étrange solitude qui les rassemble au cœur du silence. Hélène aime infiniment leurs visages perdus dans ce qu'elles sont en train de vivre et sans doute dans bien d'autres choses dont elle ne sait rien mais qui animent leurs expressions. C'est une observation différente de celles qu'on peut faire dans une ville, à la terrasse d'un café. Regarder des êtres en pleine conscience est un spectacle bien plus fascinant que celui de l'absence habituelle qui les jette dans des comportements inconscients. Elles ne flânent pas. Elles marchent sur ce chemin parallèle de l'intériorité. En voici une, cheveux remontés sur la nuque, robe noire boutonnée haut, silhouette fluette dans le petit matin. On dirait Jane Eyre. Ces moments pourraient s'appeler l'éloge de l'espace vacant, et rien n'est plus rare aujourd'hui. De temps à autre, un nuage s'écarte et laisse passer le soleil. La forêt se trouve alors parsemée de petites taches de lumière qui se posent en un clin d'œil sur les troncs, les feuilles et le sol mousseux. Hélène sourit en imaginant un éclairagiste invisible qui obéirait à l'injonction d'un chef opérateur. *Roger, mets-moi donc un projo dans ce coin-là !* Une robe couleur de printemps revêt soudain les cimes des arbres qui semblent s'agiter pour se faire remarquer. Posée ainsi, il lui est aussi plus facile d'apercevoir les oiseaux quand ils sautent de branche en branche avant de chanter. Elle repère les piverts toujours à l'ouvrage et dont les coups réguliers sur le bois dur ne manquent pas de faire lever les têtes de quelques filles étonnées de ce son inhabituel et presque humain. Tant d'urbains sont la plupart du temps incapables de reconnaître les bruits de la forêt, les chants des oiseaux et des insectes. Son amour pour les bois et la chance qu'elle a eue de vivre à proximité l'ont sauvée de cette ignorance. La douceur de la mousse qui l'accueille atténue la dureté de l'écorce. Une odeur qu'elle n'arrive pas à identifier, différente de l'habituel parfum des sous-bois, envahit ses narines dès qu'elle s'installe entre Sam et Joe. Un peu sucrée, douce et humide, elle monte d'une plante inconnue. Hélène ne voit ni fleurs ni herbes qui puissent produire cette fragrance étrange. La tête appuyée sur Sam, les yeux au ciel, elle admire la haute futaie et ses mouvements gracieux. Parfois ça s'entrechoque et ça grince, comme si les arbres tenaient une conversation mystérieuse. Certains tapent leurs branches alors que d'autres évitent de se toucher. Est-ce un hasard ?

“Je crois qu’il faut passer le troisième jour.” Hélène se le murmure pour se rassurer. Qu’importe, elle a tant de plaisir dans la nature et parfois fugitivement dans la salle de méditation le matin à quatre heures, dans cette douce torpeur où la qualité du son atteint le stade d’un concert de silence de cent quarante personnes, qu’elle ne partirait pour rien au monde. Et ça tombe bien. Elle s’est engagée, est censée rester ! Bientôt il y aura à nouveau le gong. Envie de dormir et de s’abandonner là. Mais non. Elle ne loupe jamais l’heure. Prendre le temps à bras-le-corps. Oublier les autres, c’est négliger le rendez-vous qu’on a avec soi. Pourtant son envie de fuir existe toujours. Fugitivement. Abandonner tout ça et rentrer auprès de ses enfants. Et tout de suite des justifications interviennent pour lui donner raison. C’est une lutte de se méfier de soi-même et de tout ce qui pousse à abandonner.

Hélène a superposé tous les coussins pour bien s’installer. Elle les enjambe et, soucieuse de ne pas se retrouver dans la même situation et les mêmes pensées que la dernière fois, elle se dépêche et là survient la catastrophe : la pile de coussins bascule. Hélène se retrouve en situation de culbuto. Comme le jouet des jumeaux, elle tombe à la renverse. Elle sent monter un rire spontané, violent, irrépressible qu’elle réprime en toussant. Honteuse, elle écoute sans oser regarder autour d’elle. N’a-t-elle rien provoqué chez quelqu’un d’autre qui aurait vu la scène ? Elle s’efforce de ne pas se repasser le film de ce qui vient d’arriver. Elle fera ça plus tard dans sa chambre pour pouvoir en rire seule et se soulager. C'est difficile de ne pouvoir rire. Elle ne pensait pas…

Dès qu'Hélène sort de la salle de méditation, elle s'étire longuement au soleil. C'est une sorte de moment divin où elle décide de faire sa valise et de partir ! Les dix heures par jour en lotus commencent à se faire sentir. Il est interdit de faire du sport ou de pratiquer le yoga. Tout est centré sur la méditation en elle-même. Alors les méditantes marchent, tendent leurs bras vers le ciel comme pour attraper un inaccessible rêve. Et quand la vibration du gong marque la fin de la pause, à nouveau rien ne pourrait plus détourner Hélène de ce chemin entrepris.

Sur le pas de la porte du bâtiment une bergeronnette femelle est coursée par un mâle. Après s'être déployé dans une sorte de sérénade, il essaie à trois reprises de grimper sur son dos, mais elle le repousse. Il finit par s'envoler. Peut-être lui a-t-elle dit que ce n'est pas la saison ou qu'elle en a un autre. Hélène soupire. Après sa nuit torride, ces tentatives d'accouplement d'oiseaux la dépriment. Ces parades de mâles ont quelque chose de ridicule qui lui rappelle les tentatives verbales des hommes. Serait-elle en colère contre eux ? Elle décide de s'asseoir au milieu du champ ; une hirondelle la frôle en faisant un rase-mottes. Ça vole à quelle vitesse une hirondelle ? Rien que pour ces questions essentielles qui naissent du silence, cette aventure lui paraît plus reposante que tout ce qu'elle peut faire d'habitude pour trouver un peu de tranquillité.

Elle regarde à la dérobée toutes ces filles et femmes dont elle partage l'intimité mais ne connaît pas la vie. Elles dansent leurs gestes quotidiens en vivant dans le silence ; tout est subtil, se manifeste avec la force d'un bruit. On a le temps de se voir même si on ne se regarde pas, remarque Hélène qui ne se lasse pas d'épier ses compagnes. Elle se demande d'où elles viennent, ce qu'elles font là. Leurs existences se limitent à ces dix jours tissés ensemble, ce qu'elles mangent, ce qu'elles révèlent en marchant, ce qu'elles portent comme couleurs, comme motifs… Hélène les observe au-delà du vêtement qui se confond dans le flou de ce qu'il dégage. Car rien n'est moulant, tout est mouvement, devenir, gonflement, creux. Combien ont un fiancé, un ami ou une amie qu'elles ont laissé dix jours et qui vit cette affaire comme une drôle de lubie, un abandon ou bien alors lui-même l'a fait et leur a suggéré d'essayer ? Combien sont seules à disposer de ce temps à s'offrir ? Car c'est bien de cela qu'il s'agit. Toutes s'offrent la possibilité d'être réellement elles-mêmes. Combien ont un chagrin d'amour et sont parties par dépit ? Au retour vont-elles les estimer, les aimer mieux, les quitter ? Quelque chose de si puissant et qui va si profondément à l'intérieur de l'âme va forcément déranger des situations, quelles que soient les vies de chacune. Elles partagent cette prescience.

Hélène n'a plus envie de fuir. Elle adore vivre avec toutes ces femmes dans ce qu'elles ont de plus sensuel et de plus abandonné. Ici pas de représentation, pas de préparatifs, pas de maquillage. Hélène les trouve belles, émouvantes, courageuses, tenaces, fragiles, dignes, secrètes. Elles dégagent une douceur sous laquelle perce leur énergie. Elles émergent de cette enveloppe qu'elles laissent s'évanouir au fil des jours de méditation. Elles sont comme une sorte d'espoir puissant d'un devenir épanoui. Tout se lit dans leurs regards, leurs démarches, leurs épaules qui cessent de se voûter sous le poids de la vie dont elles se dégagent ; elles semblent se déployer comme si elles allaient prendre leur envol. Tout se voit dans la manière de respecter les autres, de fermer les yeux, de déposer une assiette, de laver un bol. Tout est attentif, minutieux. Tout se dessine et les couleurs dont elles se parent en font des tableaux. Ces femmes sont des princesses. Hélène s'amuse à leur distribuer des origines en lisant sur leurs visages : il y a la Princesse maorie, la Princesse caribéenne, la Princesse égyptienne, le trio des Extrêmes-Orientales, la Princesse du Kerala et la Princesse soninkée qui médite en jardinant.

Sans doute y a-t-il les filles de la forêt et celles des champs. Certaines, quand elles approchent cette porte noire qui donne accès aux bois, ralentissent le pas, hésitent puis tournent et reprennent le chemin plus large qui longe le champ. Tandis que d'autres foncent directement sans marquer ce temps d'arrêt. Ce sont toujours les mêmes qu'Hélène croise dans la forêt. Parfois elles se font la politesse de se détourner de leur chemin, de prendre un autre sentier afin de ne pas se rencontrer sur l'étroitesse du tracé. Elle ne croit pas se tromper quand elle sent la complicité qui se tisse autour d'un parcours, d'un lieu qu'elles affectionnent. Hélène sait qu'une des filles s'installe entre Sam et Joe quand elle n'y est pas. Elle l'a aperçue de loin. Et l'autre aussi le sait, quand l'une d'elles s'approche, l'autre lui laisse la place. Il existe une vraie joie dans l'élégance discrète du silence.

En ce début de soirée, tandis qu'Hélène rejoint la lisière du champ, Elle aperçoit deux ou trois filles, le regard tourné vers celui d'à côté. Là-bas, devant un bosquet, trois biches se nourrissent, surveillant furtivement un danger éventuel. Une femme qu'Hélène a nommée Suzanne et qui marche toujours en traînant les pieds, avance avec difficulté sur le petit chemin ; comme à son habitude, elle regarde par terre. Toutes tentent de l'avertir du spectacle en le regardant fixement, espérant qu'elle va lever la tête et les voir. Elles espèrent aussi que le bruit qu'elle fait ne va pas faire fuir les biches. Mais Suzanne avance comme une forcenée sur le chemin. Le spectacle délicat et tendre de cette fin de journée lui échappe comme sûrement tant de choses nous échappent en permanence, le spectacle d'un monde écrasé par notre indifférence, pense Hélène. Toutes les questions qu'elle se posait trouvent ici une réponse. Elle se croyait folle quand elle se demandait pourquoi travailler, pourquoi aller tous les jours rejoindre des gens dans un boulot, puis partir en vacances, puis recommencer, voir quelques amis, parler des mêmes choses toujours, se réjouir, se désoler puis vieillir, puis mourir… ? Est-ce que tout ça a du sens ?

Pourquoi essayais-je de plaire à tout le monde en voulant contenter chacun tout en étant si peu troublée de ne ressembler à personne ?

“Vous savez, le secret ce n'est pas tellement de choisir une filière qui n'est pas bouchée”, me disait-elle… Et je me demandais s'il était bien judicieux de choisir l'expression *filière pas bouchée* pour créer l'envie d'une activité qu'on va pratiquer au moins huit heures par jour ! “Oui, concluait la dame sûre de son fait, il faut vous orienter en fonction de vos capacités, mais quand même un peu de votre désir. Sinon, glissait-elle en aparté, ça risque d'être très long la vie… Bon, je ne vais pas vous raconter la mienne, mais moi voyez-vous, j'ai changé de métier et orienter les jeunes, ça me passionne !" Je ne lui ai pas demandé ce qu'elle faisait avant, ça me faisait trop peur. "Qu'est-ce que vous aimez faire ? Ce que vous aimez le plus au monde… C'est ? – Écrire", ai-je répondu sans hésiter. Elle a froncé un sourcil. "Oui bon ça ce n'est pas un métier, mais il y a des jobs en rapport avec l'écriture."

"Avocat ? Celui qui fait un max de paperasse ? ai-je demandé goguenarde. – Non je pensais plutôt à journaliste. C'est un domaine où il y a des tas de spécialités. Vous pouvez mélanger le plaisir d'écrire et autre chose, une matière où vous êtes bonne, l'économie, la science… – L'anglais ? ai-je risqué. – Ah non, là ils ont des correspondants mais ça vous servira l'anglais c'est sûr ! Il y a aussi la presse d'entreprise. C'est très vivant comme boulot." J'ai donc appris ce jour-là qu'il y avait sûrement des boulots morts. Qu'elle ne m'a pas cités. "Prenez par exemple le journal de La Poste, il a plein de lecteurs. Je le sais parce que mon mari y travaille." Et voilà ce qu'on peut faire de vos rêves. Mais je ne voulais pas être écrivain. En réalité, j'écrivais. Après avoir quitté la conseillère d'orientation, j'ai acheté une boussole. Juste pour ne pas perdre le sud. Parce qu'au nord, il pleut et il fait froid.

C'est l'heure du goûter. La banane et l'orange qu'elle mange ne lui ont jamais paru être des fruits aussi savoureux qu'aujourd'hui. Hélène capte le regard d'une ancienne qui lorgne le bol d'une nouvelle. Cette dernière s'est posée à côté d'elle avec une préparation de bananes coupées en morceaux qui baignent dans du chocolat. C'est très odorant. Les anciennes ne boivent qu'un bol d'eau citronnée. En voilà une vraie épreuve pour dompter l'avidité ! L'ancienne finit par se lever pour s'asseoir ailleurs. Hélène note qu'il n'y a aucune trace d'hostilité ou d'agacement dans ce déplacement. La nouvelle ne s'est aperçue de rien et semble se régaler avec sa préparation de gourmande. Pendant ce temps, une bestiole vient se suicider dans l'eau citronnée d'Hélène. “Je jure que ce n'est pas moi qui l'ai tuée !” pense-t-elle.

Nous allons entendre le discours du troisième soir. C'est devenu un rite maintenant de s'installer dans la salle de méditation, toujours sur nos coussins mais pas forcément en tailleur, disons plus confortablement, sans être couchés, pour écouter la traduction du discours de Goenka. Seuls les natifs de la langue, ou ceux dont le français n'est pas la langue natale peuvent écouter le discours en anglais dans une autre salle plus petite où ils bénéficient de l'image et du son. Nous nous contentons de la voix française qui est agréable mais ne vaut pas l'accent traînant et drôle de Goenka. Ainsi chaque soir, nous sommes informés sur un ton moqueur des affres de la journée et des perspectives du lendemain, ainsi que maintes petites anecdotes qui agrémentent le discours.

Nous avons droit ce soir aux explications des sensations. Nous sommes un amas de bulles et de particules. Goenka raconte l'histoire d'un scientifique qui est arrivé à cette même constatation, mais sans avoir expérimenté l'écoute de ses sensations. Il a donc découvert la même chose qu'un méditant, mais lui, est resté plein de tensions et de stress. Et voici la fameuse définition d'un mot mystérieux entendu le premier jour dans la bouche des anciens. Anitcha (anicca). Tout change. Tout est mouvant chez un être et c'est une loi universelle de la nature à laquelle nous appartenons. "*Tout est éphémère, se manifeste et disparaît à chaque instant mais la rapidité de ce processus crée l'illusion de la permanence. La flamme d'une bougie et la lumière d'une lampe électrique sont toutes deux en constant changement. S'il nous est possible, par nos propres sens, de découvrir le processus du changement, comme dans le cas de la flamme d'une bougie, alors nous pouvons briser l'illusion. La loi du changement qui est universelle se moque pas mal de notre tendance à voir le monde tel que nous le considérons et non pas tel qu'il est.*"

SÉBASTIEN

Hélène n'était toujours pas revenue. Elle n'avait pas téléphoné non plus. Les enfants avaient reçu une troisième carte postale. Sous enveloppe et postée du centre de Paris. Les autres aussi étaient postées de la capitale, mais pas du même quartier. Elle était peut-être là, hébergée, mais par qui ? Ou alors elle avait confié à quelqu'un le soin d'envoyer ces lettres. Sébastien se sentait furieux de ne rien savoir ou plutôt de devoir s'en tenir à sa lettre, à cette absence de dix jours sans contact et à laquelle il n'avait tout d'abord pas cru. Les cartes des enfants n'étaient pas plus explicites. Elle leur racontait des histoires de forêts, inventait des personnages. Rien qui puisse donner la moindre indication sur sa destination, ni sur ce qu'elle faisait.

Pourtant Hélène n'était pas du genre rancunier. Au plus fort de ses colères, elle claquait la porte et partait dans la forêt. Quand elle revenait, elle ne lui faisait pas la gueule. La vie reprenait son cours comme si la dispute n'avait pas existé. Souvent il s'excusait car il avait conscience d'être blessant, méprisant ou injuste, ce qu'elle n'était pas. Elle pouvait être délirante, de mauvaise foi, exaspérante mais ne le traitait jamais mal. Hélène ne l'insultait pas. Elle comparait son attitude à ce qu'il avait été auparavant et c'était bien pire d'être comparé à un *soi-même* qui lui avait été supérieur. Elle ponctuait cette comparaison de cette phrase douce et assassine : Comment se fait-il que tu aies tellement changé ?

En entrant dans leur petit appartement montmartrois, Sébastien était plein d'espoir, mais elle n'y était pas et il n'y avait aucune trace du gros sac dont avait parlé sa voisine. Il avait décidé d'y dormir et avait bénéficié de la gentillesse de ses beaux-parents qui avaient accepté de passer la nuit à Rambouillet pour s'occuper des enfants. Ils n'étaient pas très heureux de la situation dans laquelle leur fille avait mis leur famille, les prenant tous en otage avec son départ précipité. Sébastien avait la sensation d'être la victime d'un de ses coups de tête et ça lui convenait bien que son entourage, y compris les parents d'Hélène, soit à ses côtés. Heureusement, le boulot à l'agence était plutôt serein. Pas de Coupe du monde, de visites de chefs d'État étrangers, ou de gros événements qui auraient sollicité sa présence sur des heures supplémentaires. La routine en quelque sorte. Après un samedi éreintant à jouer avec ses enfants du matin au soir, il se réjouissait de dîner avec son vieux copain Georges, photographe à Gamma. Ce dernier en savait un rayon sur la vie en couple et notamment sur ses côtés sombres. Il l'emmenait toujours dans des restaurants incroyables qui venaient d'ouvrir et que seuls les célibataires toujours à l'affût d'une vie nocturne connaissaient. En général Sébastien se régalait car

Georges était gourmand. Par ailleurs, ces endroits branchés étaient toujours peuplés de belles filles que son copain semblait connaître personnellement. Il pensait que ça lui ferait du bien une soirée entre hommes. Georges n'avait vu Hélène qu'une seule fois et depuis trois jours Sébastien ne répondait au téléphone qu'en étant sûr de celui ou celle qui pouvait appeler. Il n'avait pas envie de parler de la disparition d'Hélène car il avait trop peur de découvrir que d'autres étaient au parfum de ce qu'il ignorait de leur couple.

Georges arriva en retard, remonté contre la police et les magistrats antiterroristes qui venaient de retenir un de ses copains, photographe de l'agence Gamma, quatre-vingt-seize heures en garde à vue. Ce journaliste qui travaillait sur le dossier du groupe Armata Corsa était un spécialiste des affaires corses depuis dix ans.

— Tu te rends compte, éructait Georges, il y a dans cette île des dizaines d'assassinats politiques non élucidés et ils n'ont rien d'autre à foutre qu'interroger Jean-Pierre sous prétexte qu'ils ont reçu une revendication.

— Nous faisons le même boulot, répondit laconiquement Sébastien. Seule la finalité change. Alors quand un mec est spécialiste, ils espèrent apprendre ce qu'ils ne savent pas d'une affaire…

— Mais tu trouves ça normal toi ? Il n'est pas inscrit sur ma carte de presse que je suis censé partager mes infos avec la police…

— Évidemment que non, mais moi je bosse toute la journée avec des journalistes qui risquent leur vie et ce n'est pas la garde à vue qui les attend si on les chope, c'est l'assassinat ou la torture. Ça m'étonne un peu que tu aies l'air de découvrir que c'est un métier dangereux…

— Mais pas en France, mon vieux. Je te parle du territoire français là !

— Je sais bien, mais ce métier n'est pas plus facile à exercer dans une démocratie. Les actes y sont plus fourbes et les protocoles plus compliqués pour museler ton savoir-dire mais ça ne signifie absolument pas que tu peux publier tout ce que tu veux. Surtout quand tu attaques les zones sensibles du pouvoir, du contre-pouvoir, du terrorisme et des magouilles en tout genre. Aménager ton article pour que tes investigations fâcheuses arrivent à destination sans être atteintes par une censure quelconque est un exercice de haute voltige. Même si cet exercice est impensable dans une dictature et censé être simple chez nous, ça dépend de ce à quoi tu t'attaques. Essaie donc de fouiller du côté de l'armée, du nucléaire, ou des territoires où nous avons des intérêts financiers…

— Évidemment, toi tu bosses dans une agence officielle de l'État, assena Georges en se marrant.

— Dans laquelle je suis quand même supposé être libre de faire mon métier et protégé par une structure qui garantit la liberté de l'information…

— Et tu l'as déjà sentie cette censure ?

— Il y a quelques années, oui. Pas sous la forme d'une censure à proprement parler. C'était beaucoup plus subtil. Au tout début de ma carrière, j'étais encore en stage à l'agence et j'ai bossé sur la réélection de Mitterrand. Son visage apparaissait dans le logo du journal télévisé associé à des images de modernité qui auraient pu faire basculer les indécis. Cette affaire d'images subliminales tout d'abord dénoncées par un canard avait bénéficié d'une sorte de non-lieu de la part de la Commission nationale des libertés, tu sais cette antenne ancêtre du CSA. J'avais contacté notre correspondant AFP à l'Élysée pour lui demander si Mitterrand avait selon lui orchestré tout ça et il m'avait ri au nez.

— Je vois. Un genre de : Vous êtes jeune mon garçon, il ne se passe rien et vous avez trop d'imagination.

— Exactement ! Alors qu'en réalité, un Américain spécialiste des images subliminales était venu des États-Unis pour bosser sur le générique du journal... En France on ne parlait jamais d'images subliminales et il y avait peu d'ouvrages, voire pas du tout sur le sujet.

— Et ça s'est terminé comment ?

— Je n'avais aucun moyen de soutenir ma version. L'organisme légitime estimait qu'on n'était pas dans une manipulation du subconscient puisque la longueur de l'image dépassait le temps requis, alors que voulais-tu que je fasse ? Le truc a été oublié et s'est éteint. Moi-même je finissais par me convaincre que j'étais ridicule et que je me prenais la tête avec un sujet qui n'en était pas un. Et ce n'était pas une bonne idée pour un débutant.

— Et aujourd'hui tu en penses quoi ?

— J'ai toujours gardé un doute. Mais tu sais les jeux de pouvoir et la politique ne fonctionnent qu'avec des non-dits que nous n'allons pas fouiller. Et même quand il y a des scandales, ils ne sont pas orchestrés par hasard. Le public ne se demande pas dans quel but on lui apprend telle ou telle chose.

Et encore moins pourquoi on lui révèle cette chose à ce moment-là.

À cet instant, ils furent interrompus car deux filles extrêmement sexy vinrent embrasser Georges qui leur présenta Sébastien et promit de les rejoindre au bar à la fin de leur dîner, voire de leur offrir un verre. Sébastien regardait Georges faire son numéro et se disait qu'il n'avait pas la moindre envie de batifoler et de discuter avec des inconnues pour une soirée de drague convenue. Il se sentait fatigué et de mauvaise humeur depuis que ces filles s'étaient approchées d'eux car toute présence féminine lui rappelait toutes ces choses auxquelles il ne voulait pas penser. Georges s'en aperçut.

— Tu ne m'as pas dit ce que me vaut ta présence à un dîner, veille d'un dimanche en famille, vénérable père d'une paire d'enfants ?

— J'avais besoin d'air. Hélène est partie.

— Fichtre ! Ad vitam æternam ?

Sébastien ne put s'empêcher de sourire ; Georges quand il était embarrassé utilisait un vocabulaire désuet qui rendait la situation comique.

— Dix jours en principe. Mais en réalité, je n'en sais rien du tout. Je ne sais pas non plus où elle est, avec qui et ce qui va se passer à son retour.

— C'est la première fois qu'elle te fait un coup pareil ou c'est une habituée ?

— Non c'est la première fois. Elle m'a juste laissé une lettre où elle explique qu'elle n'en peut plus, qu'elle ne téléphonera pas et ne donnera pas de nouvelles pendant dix jours. Et évidemment, je ne peux pas la joindre. À part ça, elle poste une lettre pour les enfants chaque jour.

— D'où est postée la lettre ?

— De Paris ! Ça me rend fou mais je me dis aussi que ça peut être quelqu'un d'autre qui s'en charge.

— Elle a un amant ?

— Qui posterait les lettres pour mes enfants ?

Georges éclata de rire.

— Non je pensais plutôt à son départ pour une virée amoureuse de dix jours. Sébastien tiqua.

— Franchement je n'en sais rien. Je gamberge tellement que j'en deviens fou.

— Et toi ?

— Moi quoi ?

— Tu as une maîtresse ?

— Tu lui cherches une excuse ?

— Non je demande, c'est tout... Mais j'ai déjà la réponse. Si tu avais une maîtresse, tu ne serais pas dans cet état.

— Tu crois toi qu'il suffit d'avoir une autre femme dans sa vie pour prendre bien le départ de celle avec laquelle on vit, celle avec laquelle on a fait des enfants ?

— Non, mais tu serais plus lucide, plus décontracté du gland, comme disait Depardieu dans *Les Valseuses* !

— Imagine... La voisine l'a vue partir avec un gros sac. Elle qui ne se déplace jamais qu'avec des valises à roulettes !

— Ça te semble important comme information ?

Sébastien sentait poindre l'ironie dans la question de Georges.

— Non mais son discours habituel c'est de dire qu'elle a beaucoup trop porté les jumeaux et que maintenant, quand elle part en voyage, tout roule... Et là comme par hasard, elle a pris un sac à dos. Comme une adolescente qui part en trekking ! Ça me rend dingue de ne pas savoir où elle est et d'apprendre les détails de son départ par la voisine !

— Tu lui as demandé si elle était seule quand elle l'a vue partir ?

— T'es fou ! J'ai pas osé. Je suis quand même censé savoir où va ma femme et avec qui ! D'ailleurs ce n'est pas vraiment ma voisine, c'est la femme de mon voisin…

— Oui, c'est assez courant…

Sébastien se rendit compte de ce qu'il venait de dire et eut un rire amer. Le garçon apportait plusieurs petits plats sur un grand plateau sans que personne ne lui ait rien commandé.

— J'ai pris la liberté de te prescrire un menu "dégustation". Tu vas m'en dire des nouvelles. Le patron est en cuisine et c'est un ami. Goûte-moi toutes ces merveilles et dis-moi si ton accablement ne devient pas subitement indécent.

Georges le regardait d'un air compatissant et Sébastien apprécia qu'il ne lui ait pas resservi ses théories sur les relations multiples et la duplicité des femmes qui justifiait selon lui toutes les trahisons. Il se rendait compte que c'était pourtant ce qu'il était venu chercher. Un homme qui n'aimait pas la notion de couple et qui conjuguait le provisoire avec l'acharnement d'un traumatisé. Pour Georges, vivre avec une seule femme était la certitude d'un chagrin insondable et la malchance d'un hasard qui vous avait poussé à tomber amoureux. Et quand on tombait, c'était bien connu, on avait toutes les chances de se faire mal. Pour l'heure, Sébastien tenta de repousser l'amertume qui l'asphyxiait et de se consacrer à son assiette comme s'il était dans un caisson de décompression. Georges de son côté, surveillait ses premières bouchées comme s'il l'avait veillé au sortir d'un coma.

Hélène avait toujours des réserves quelque part. Il en était sûr. Elle avait sûrement rangé un tube de dentifrice dans un des placards du couloir. Il trouva une boîte avec des boules de Noël et des lumières de toutes les couleurs qui lui rappelèrent la fois où elle avait transformé leur nid d'amour en chambre des mille et une nuits. Ils étaient censés y dormir après avoir fait les courses de Noël pour les jumeaux et toute la famille rassemblée pour la veillée du lendemain soir, mais quand ils étaient arrivés, elle avait allumé des dizaines de guirlandes, quelques bougies, et il avait eu la surprise d'un petit dîner en amoureux. Ce beau souvenir lui rappela d'autres fêtes qu'Hélène aimait préparer pour lui et il sentit son cœur se durcir et la peine de leur désastre envahir à nouveau son esprit. Instantanément une sorte de migraine s'empara de sa tempe gauche tandis qu'il continuait à chercher du dentifrice. Pourtant la soirée lui avait fait du bien. Ils avaient finalement rejoint au bar les copines de Georges qui étaient d'origine russe. Sébastien, tout comme Georges, avait voyagé dans les pays de l'Est avant et après 1989. Ils avaient donc d'abord parlé de la chute du mur de Berlin, de la chute du communisme et de la libération de toute une génération de jeunes Russes. Puis l'alcool aidant, leurs conversations étaient devenues moins politiques et plus triviales. Il avait un peu oublié Hélène pour se perdre dans le regard translucide de Tatiana. De son côté Georges avait cessé de réciter les différentes subdivisions de la Tchétchénie pour impressionner sa compagne du moment qui, elle, était née à Grozny ! Puis ils s'étaient éclipsés discrètement en adressant un petit signe d'excuse à Sébastien. Un peu plus tard, Sébastien avait quitté Tatiana et le bar, abandonnant une fausse romance qu'il pressentait comme une erreur. Il voulait confier à la nuit seule, les dévorations de son âme et ne se sentait pas la force d'orchestrer une vengeance dérisoire qui ne le consolerait pas. Il était rentré à Montmartre.

Assis sur le canapé, tenant à la main un verre où il venait de glisser un cachet d'aspirine, Sébastien considérait d'un air morne un grand ouvrage de cuir reposant aux côtés des autres sur les rayons de la bibliothèque puis, mû par une soudaine intuition il s'en saisit et découvrit que ce n'était pas un livre mais une boîte imitant une couverture, scellée par une fermeture à glissière qu'il s'empressa d'ouvrir. À l'intérieur, il y trouva un petit ordinateur qu'il brancha immédiatement. Pour le code, il entra la date de leur rencontre qui se révéla fausse, puis celle de leur mariage et en recours ultime celle de la naissance des jumeaux. L'ordinateur qui était une version miniature de celui qu'il avait offert à Hélène pour son anniversaire sembla réfléchir quelques secondes puis lui accorda l'accès demandé. Il n'eut pas de peine à trouver un dossier *ÉCRITURE* où Hélène semblait avoir rangé de nombreux documents. En cherchant un peu plus, Sébastien trouva un sous-dossier qui se nommait *EUX* et contenait des documents portant chacun un prénom masculin. En riant de parvenir si vite à ses fins et encore embrumé par tout l'alcool qu'il avait ingurgité, il ouvrit celui qui portait le prénom *Laurent*. Dès les premières lignes il se décomposa puis cliqua sur un autre prénom, un autre encore et se laissa tomber, accablé, sur le bord du canapé. Tous les prénoms du dossier correspondaient à des amis ou copains de leur connaissance et dans chaque document, Hélène décrivait une relation intime et parfois assez crue avec chacun d'entre eux. Le style changeait un peu, les histoires étaient différentes mais Sébastien pouvait reconnaître ses amis et certains noms ou ex-collègues dont Hélène lui avait parlé. Pour une raison différente qui ne venait pas toujours d'un besoin qu'elle aurait eu d'avoir avec eux des relations physiques, Hélène décrivait un rapport sensuel, voire sexuel, sans aucune ambiguïté possible. Une ou deux fois il trouva le récit à la troisième personne mais toujours précédé de celui qu'elle avait vécu et qu'elle racontait en disant "je". Lui-même était mentionné dans une culpabilité qu'elle aurait pu avoir envers lui ou de façon plus fantasmée dans ce que l'acte suggérait de duplicité, de mensonge et d'excitation quand par exemple il avait lieu alors que lui-même se trouvait dans la pièce à côté. Sébastien sentit sa migraine s'intensifier comme si un bûcheron abattait quelques arbres dans sa tempe gauche. Il n'en revenait pas. Était-ce bien son Hélène, cette femme qui vivait des aventures avec tous leurs copains ? Ce descriptif au cordeau, cette sexualité débridée qui n'était ni le reflet de sa sensuelle épouse, ni ce qu'il pouvait deviner de ses amis le déroutait. Était-il possible d'être si intelligent et intuitif, mais si innocent au point de méconnaître à ce point sa femme et ses amis ? D'autant que les actes n'étaient pas dénués de tendresse ou d'amour. Il y avait du coup de foudre à la clé, des assouvissements dus à une longue période de désir sage, enfin tout y était…

Le dégoût prenait le relais de tout ce qui se succédait à une folle allure dans son esprit et dans son cœur. Il venait d'ouvrir un document nommé Raymond et découvrait la relation qu'Hélène entretenait avec ce qu'elle appelait *les chairs alanguies*... Dans une immense tendresse totalement insupportable, elle faisait l'apologie du *peau à vieille peau*, décrivant la douceur du sexe de leur voisin avec un luxe de détails qui l'achevèrent. S'il l'avait soudain découverte meurtrière en trouvant un cadavre en plusieurs morceaux dans leur congélateur, il n'aurait pas été plus sidéré. Il se demanda s'il aurait le courage d'attendre son retour pour en savoir plus ou s'il allait devoir interroger tous les mâles de leur entourage pour savoir s'ils avaient réellement couché avec sa femme. Si ça n'avait pas été si pathétique, la situation aurait pu lui paraître risible. Il se rendit compte qu'il n'avait plus un seul ami à qui confier ce qu'il venait de trouver là. Comment raconter que l'on est cocu à des hommes qui sont déjà tous au courant ?

Il n'y a pas de texte qui ait du style dans les dépêches AFP et même les articles les plus longs qui s'efforcent de raconter en détail une histoire, s'en tiennent aux faits. La chair de la langue en est réduite à sa fonctionnalité, le mot juste traque les possibles incandescences. Les journaux qui reçoivent ce récit brut de l'agence ajouteront leur style personnel à ce tissu d'infos duquel rien ne dépasse qui n'ait été passé au crible de ce cahier des charges informatif et ultra vérifié. Sébastien était submergé par le style de sa femme. Le luxe de détails sensuels, la richesse des aventures vécues presque contredite par leur nombre, le terrassait. Une vague nausée se tenait comme un animal à l'intérieur de ses tripes aux côtés d'une peur sans nom. Pas un de ses copains proche ou éloigné n'avait pu échapper à cette mante religieuse dont il ignorait tout. Il avait bien lu que certaines histoires étaient entièrement dues à la hardiesse des hommes qui les avaient déclenchées, mais Hélène semblait toujours partante, dangereusement troublée ou à l'évidence très consentante. Il avait même trouvé dans ses relations multiples un copain qu'il ne lui avait jamais présenté mais dont il lui avait beaucoup parlé et qui, curieusement, n'habitait pas en France. Comment l'avait-elle croisé ? Il n'en était même plus à se demander comment elle l'avait séduit. Et tandis que sa consternation s'enlaçait à son effarement, il s'allongea en pensant que pas un de leurs amis ne pouvait le prendre pour autre chose qu'un pauvre naïf et que la totalité d'entre eux ignoraient sans doute qu'ils faisaient partie d'une collection assez importante qu'il nommait déjà : Les hommes d'Hélène. Et plus que ça encore. Les hommes dont Hélène avait eu l'ignoble idée de garder la trace en gravant leurs étreintes en noir sur blanc. Le mal avait été consommé, puis raconté. Il était donc double et ne pourrait jamais plus cesser d'avoir eu lieu. Elle en était grièvement coupable, il en serait éternellement blessé. Il tomba presque évanoui dans un sommeil désespéré et sa dernière pensée fut pour la première chose qu'il ferait à son réveil : effacer tous ces documents. S'il ne pouvait inverser le cours de choses et retourner à son innocence d'homme confiant, il ôterait à cette femme que désormais il haïssait, toute possibilité de relire ou de faire lire ses ignominies. Il serait son dernier lecteur. Une pensée voulut percer sur cette histoire de lecture et d'écriture, mais son cerveau ne la laissa par arriver jusqu'au conscient. Hélène… Elle Haine…

Dimanche 9 septembre

4e jour

Il faut entrer en soi-même armé jusqu'aux dents.

Paul Valéry,
Quelques pensées de Monsieur Teste.

HÉLÈNE

Quatre jours ! Il a fallu quatre longs jours à son esprit pour la boucler ! Ou du moins se tenir dans une paix relative qui va lui permettre de se consacrer à ce qui se déroule ici et maintenant. Vivre au présent. Tout le monde a déjà entendu ce conseil, mais personne ne le suit jamais. Seuls les enfants sont dans le présent, se dit-elle. C'est ce qui les jette au beau milieu de la route quand ils poursuivent un ballon. Déclarer que son esprit se tait désormais serait un peu excessif. Disons qu'elle peut tenir plus de cinq minutes sans être obligée d'aller le chercher dans des souvenirs, des élucubrations diverses, des rancœurs, ou des plans mirifiques d'avenir insolite !

La deuxième bonne nouvelle de la journée tombe lors de sa méditation de huit heures. Désormais résignée à ne rien sentir hormis ses douleurs de dos, elle se concentre sans conviction sur l'espace qui borde ses narines. Soudain une sorte de frisson, qui se prolonge en démangeaison, prend naissance à la base de la narine gauche et fait un arc de cercle pour atterrir symétriquement à la base de la droite. Elle en pleurerait de joie. À partir de là, un festival de sensations envahit son nez et ses abords. Elle a même des sortes de frissons dans les épaules, le coude gauche et les cuisses. Elle prend ça pour un hasard, voire un bonus ! Elle en oublie même ses douleurs et sort de la salle réjouie et fière, comme si elle avait réussi un examen.

Il fait toujours aussi lourd. Hélène prend sa troisième douche de la journée. L'eau sur son corps est un miracle, la chaleur semble se dissoudre grâce à ce liquide qui coule sur sa peau… Le silence a cette vertu, rendre aux gestes quotidiens l'intense bonheur d'exister. Ce sont maintenant ses balades, ses abandons au spectacle de la nature qui sont envahis de souvenirs incongrus. Ils ne semblent pas avoir de liens avec la méditation, mais sait-on jamais…

Ils étaient face à face avec un verre de vin, fêtant leur première année passée dans le même appartement quand Sébastien lui a dit : je crois que j'adorerais te faire un enfant. Hélène a souri, lui a demandé de la regarder dans les yeux pendant un long moment, puis elle lui a déclaré : ça y est, je suis enceinte ! En réalité elle l'avait appris le matin même et ne savait comment lui en parler. Il a ri et ne l'a pas crue, jusqu'à ce qu'elle lui montre le test qu'elle avait gardé planqué dans son tiroir à chaussettes. Il est resté muet, mesurant la distance entre le désir et le projet devenu leur réalité en un instant.

Sam et Joe sont ses jumeaux des bois. Assise sur la mousse entre leurs troncs, elle repense à ses jumeaux à elle. Elle n'arrive plus à se souvenir de la tête qu'a faite Sébastien quand on leur a annoncé qu'ils étaient deux. Pour sa part, Hélène s'est sentie ravie de cette situation. Quand elle s'interrogeait vraiment, elle n'en menait pas large, mais elle était sûre qu'elle saurait se servir de son instinct. Pas l'instinct maternel, oh non pas celui-là. Une autre sorte d'intuition qui relevait de l'aventure que tout le monde ne vit pas. C'est-à-dire la vraie vie de l'aventure. Partir sur des chemins inconnus pour inventer sa vie. Et comme toute la journée, elle était seule avec eux, elle avait tout le loisir de chercher ce qui pouvait le mieux convenir à ces petits arrivés sous ses ailes.

En quittant le sous-bois plus tempéré, au moment où la chaleur s'abat sur son corps, une image lui vient. Pourquoi n'y a-t-elle pas pensé plus tôt ? Cet immense champ qui s'offre à la canicule donne envie d'y voir une splendide piscine ! Elle sent déjà le frôlement de l'eau, se voit nager dans cet extraordinaire espace semblable à celui qu'elle avait découvert avec Fred à Marrakech. Un lieu de rêve malheureusement pollué par les délires d'un infâme DJ qui l'avait transformé en boîte de jour avec rythmes battant à leurs oreilles jusqu'à flinguer leurs tympans pour l'éternité. Même sous l'eau, le vacarme était encore audible et donnait l'impression de se noyer irrémédiablement dans les vibrations d'une planète étrangère. Rien que le souvenir de cette piscine détruite par le volume sonore suffit à lui gâcher le silence ! Elle en a mal à l'estomac et revient en douceur à ce désir positif de nager en plein champ…

Il fait lourd, très chaud, orageux. Puis un vent se lève. Elles sont une vingtaine dans le champ balayé par des rafales tièdes. Elles regardent à l'horizon le ciel noir dont les nuages rangés en escadrilles ne vont pas tarder à envahir leur azur encore flamboyant. Les hirondelles se sont mises à raser le sol en silence tandis que plus haut, mais à une altitude moins élevée qu'habituellement, les martinets zèbrent inlassablement le ciel avec des crissements stridents. Hélène voit sa jupe longue s'envoler quand une rafale s'engouffre sous les plis. Elle sent le souffle tiède sur son visage. C'est bientôt l'heure de se concentrer. Bien que ce soit possible à cette heure-là, Hélène n'a aucune envie d'être dans sa chambre pour méditer. Elle se dirige donc avec les autres vers la salle. Les premières gouttes de pluie tombent au dernier coup de gong. Durant le début de la méditation, l'orage s'abat en grondements puissants. Même les éclairs sont perceptibles à travers le rideau de leurs yeux fermés. C'est un moment électrique, intense et la ferveur du groupe s'en ressent. Il semble même servir de support à une partie de ses douleurs dorsales. Par les deux fenêtres restées entrebâillées, des parfums de terre et de fleurs exacerbés par la pluie se faufilent jusqu'à leurs narines, désormais ultra sensibles. C'est une méditation magique, presque irréelle.

L'orage accompagne ce qu'elle n'arrive pas à mettre à distance pour se consacrer aux chatouilles de son nez, à son dos qui hurle. Depuis sa première sensation matinale, elle n'a plus aucun mal à percevoir les ailes, les bords et l'espace qui se trouve dans la lignée de ses narines qui frémissent et se relaient pour lui envoyer des signaux très nets. Elle se demande comment elle n'a pas réussi à expérimenter toutes ces subtilités pendant les trois premiers jours. Elle ne sait à quoi attribuer ce miracle ou la difficulté qui l'a précédé. Peut-être que l'esprit était tellement pollué par les pensées extérieures qu'elle n'avait aucune disponibilité pour que les extrémités nerveuses soient au rendez-vous. Mais à quoi ça va bien leur servir de percevoir ces chaleurs, démangeaisons, chatouilles, pincements… ?

Entraînée par l'orage et le mouvement des autres, Hélène s'est abandonnée et elle est impressionnée par la force que dégage le groupe en méditation. C'est la première fois qu'elle a un sentiment aussi intense. La pluie s'est arrêtée quand elles sortent pour la pause de cinq minutes avant de reprendre. La terre dégage une puissante odeur de fer et de pluie d'été. Les oiseaux ont recommencé à chanter et les insectes comptent leurs morts. Puis le gong résonne avec plus d'intensité, comme si elles allaient s'enfuir, et toutes se dirigent à nouveau vers la salle. Hélène ne regrette pas le moment exceptionnel qu'elle vient de vivre, mais habituellement dans sa chambre, elle allonge ses jambes, bloque son dos contre le mur et aborde sereinement dans l'heure suivante sa position du lotus. Elle s'inquiète pour ses courbatures, d'autant que cette fois, ils vont apprendre la technique de la méditation vipassana. La voix de Goenka leur annonce une nouvelle contrainte qui la terrifie. Elle va devoir rester totalement immobile pendant toute l'heure. Voilà ! Mais quelle idée d'avoir fait l'heure précédente assise en tailleur dans la salle ! Elle pressent que ça va être difficile. Et que dit-il encore ? Que les méditants auront désormais trois fois par jour, cette obligation ? Absolument pas un mouvement pendant la totalité de l'heure. Elle regrette instantanément de ne pas l'avoir su avant car elle se sent déjà mal installée, tordue et voilà que son dos reprend sa sérénade douloureuse. Peut-être pourrait-elle se redresser ? Discrètement ? Après tout, c'est barbare de ne pas pouvoir changer de position. Que risque-t-elle en manquant aux règles ? Elle a besoin de bouger, elle doit se remettre d'aplomb et s'ils ne sont pas contents, c'est pareil ! Mais une autre petite voix se fait entendre, plus impérieuse encore que son mécontentement. Est-ce que ce n'est pas bientôt fini cette négativité ? C'est la consigne du moment, il faut que tu arrêtes de jouer ta chochotte. Tu vas rester ainsi et tant pis si tu es tordue ! Tes jambes commencent déjà à s'ankyloser en te lançant des avertissements impérieux pour que tu bouges ? Tu n'as qu'à leur répondre que ça ne va pas être possible et que tu es occupée ! Car la voix de Goenka vient juste de les enjoindre de partir du sommet du crâne et d'examiner toutes les sensations dans les différentes parties de la tête, du visage, puis du cou et ainsi de suite sur toute la surface du corps. Que ce soit des impressions douloureuses ou agréables, il faut rester de marbre. Car toute sensation qui apparaît est amenée à disparaître et doit être accueillie dans la plus grande neutralité.

À peine Goenka a-t-il fini d'énoncer cette recommandation qu'une chaussette étroite enserre le haut de ma tête et une sorte de coulée descend doucement tout autour de mon visage. Comme si quelque chose me touchait véritablement. Je ne suis pas du tout en train d'examiner chaque partie de ma tête. Le flot descend lentement et arrive à mon cou. Je sens mon corps happé par un boyau qui glisse autour de moi et me broie. Ce courant ne descend pas à la même vitesse partout, si bien qu'une partie de mon épaule gauche est congestionnée, tandis que de l'autre côté, plus bas, ma côte est broyée. Mon dos est un immense champ de douleur, traversé lui aussi par cette descente opaque comme si une bête se glissait entre ma peau et mes os. Je suis à la fois effrayée et fascinée par ce que je suis en train de vivre à l'intérieur même de cette douleur. Je n'ose même pas ouvrir les yeux de peur que ce mouvement qui s'intensifie comme s'il allait m'étouffer ne s'arrête. Mon intérêt pour l'expérience diminue la douleur. J'ai toujours l'impression d'être penchée sur la gauche, mes jambes sont prises dans un baquet de béton et je pense fugitivement qu'au bout de cette heure, je ne pourrai certainement pas sortir de cet état, ou du moins pas sans un brancard. Pourtant l'étonnement devant la puissance de cette absorption physique l'emporte sur tout le reste. Toutes les pensées qui me viennent sont liées à cette sidération, à l'expérience extrême que je suis en train de vivre. Est-ce ça, la technique vipassana ? J'essaie en même temps de suivre ce que dit la voix, mais c'est très difficile car je ne peux pas m'arrêter à chaque partie emportée par ce mouvement inexorable qui descend jusqu'au bout de mes talons et remonte vers le sommet de la tête. Sur l'espace de mon dos, on a monté un échafaudage qui est directement vissé dans mes omoplates et un certain nombre d'ouvriers microscopiques placent des boulons et perforent ma peau en les ajustant. Tandis que je remarque ces maux dorsaux, la chaussette qui m'enserre ne cesse de descendre et de monter. Le flux est inexorable alors que la voix nous conseille à nouveau d'examiner les sensations, partie par partie. Moi qui suis déjà complètement partie, je ne peux qu'essayer de suivre le mouvement. Je n'ai même plus le loisir de maudire ces douleurs que je dois considérer avec neutralité. Par-dessus tout et même surpassant la souffrance ressentie, une question me vrille l'esprit. Comment ça marche ? Comment puis-je me retrouver dans un état qui me fait penser à ce que doit vivre un bébé sortant du corps de sa mère ? J'espère, sans m'en souvenir, que c'est moins éprouvant. Dans cette crispation lucide et cynique, je constate que mon esprit n'a plus vraiment le loisir de s'échapper, sinon pour quelques réflexions étonnées et acerbes sur ce que je suis en train de vivre. Ça y est. Goenka a commencé à chanter comme il le fait à la fin de chaque méditation. La fin des souffrances… Tout du moins j'espère, de celles que je ressens maintenant. Neutre, avait-il dit. Facile à demander, mais en réalité c'est la douleur qui prédomine ! Moi qui ai été si longue à sentir mon nez, me voilà embarquée à grande vitesse pour sentir tout le reste du corps. L'heure s'achève et avec beaucoup d'appréhension, je tente de bouger. Tout a l'air de se fragmenter dans mon corps, comme si j'avais été enterrée dans du sable humide qui aurait séché et à ma grande surprise, j'arrive à me lever sans problème. Quand je sors de la salle, je réalise que je marche en apesanteur et que je n'ai plus aucune affection dorsale, même pas celles que j'avais depuis trois jours. Un vrai miracle ! Je me sens légère et dans un bien-être absolu. Éberluée, je me dirige vers le réfectoire, mais j'avoue que j'ai plus envie d'une coupe de champagne pour fêter cette extraordinaire méditation que de siroter de l'eau citronnée en dégustant une banane et une orange. Je suis ébahie et pleine de questions. Comment peut bien fonctionner cette histoire ? Les particules du corps ? Elles s'assembleraient et se sépareraient ? Oui mais comment se fait-il que je ne sente plus rien ? Désormais je n'ai plus qu'une idée, recommencer cette expérience et peut-être comprendre. Je sirote mon eau citronnée et je jouis de cette libération totale, de mon corps tout neuf. La vie me paraît incroyablement belle et prometteuse. Jamais je ne me suis sentie aussi bien, aussi calme, aussi confiante en l'avenir. Et d'ailleurs je me fous totalement de l'avenir. Seul compte ce moment, ce que je viens juste de vivre et ce chant d'oiseau qui s'emmêle à la saveur sucrée de mon orange.

Plusieurs fois par jour Hélène bénit ce silence imposé. Elle s'aperçoit maintenant que si les méditants pouvaient parler, tout en serait changé. Ils ne pourraient s'empêcher de comparer leurs expériences, de débattre sur tel ou tel aspect de la méthode. Or il n'y a rien à dire de ce qu'ils sont en train d'expérimenter. Tenter de ramener ce qu'on ressent à des mots est vain tant il est difficile d'identifier ce qu'on vit, ce qu'on en attend, ou ce qu'on traverse. Régulièrement, l'enseignante invite les méditantes à s'asseoir devant elle par groupe de trois afin de vérifier que tout se passe bien. Elle pose quelques questions sur ce qu'elles ressentent et c'est le seul moment où chacune peut entendre leurs différences de vécu. La responsable, toujours rassurante, certifie qu'il y a plusieurs formes de sensations, qu'elles ne doivent jamais se préoccuper de ne pas encore ressentir telle ou telle chose… Tout se présente au rythme de chacun. Quand Hélène a rendu compte de ce flux enveloppant qui descendait le long de son corps elle s'est culpabilisée de son enthousiasme sans nuances, alors que cette expérience n'avait rien de très agréable puisqu'elle était traversée de perceptions douloureuses. D'autant que sa voisine elle, n'avait rien senti… Mais n'est-ce pas le but ? Se réjouir de toute sensation, fût-elle désagréable, et n'exprimer aucune négativité ? Se réjouir non, mais tout au plus rester neutre, lui a précisé l'enseignante.

Hélène a débarqué en ces lieux parce qu'elle était tombée dans un gouffre de désespoir trop profond. Mais jamais elle n'aurait soupçonné que les murs de cette crevasse puissent être tapissés d'étoiles. Elle est submergée de bouffées d'amour, de présences, de sentiments tendres et d'espoir. C'est si étrange de revenir à soi-même, de constater que son vécu n'a été jusqu'alors qu'un jugement porté sur une situation regardée d'un œil unique. Il en va de même de tous ses sens. Elle redécouvre le relief, la profondeur, le volume, les dimensions cosmiques de son corps et de son âme. Si bien que les lieux, les événements et tout ce qu'elle appréhende désormais avec deux oreilles, deux narines et des millions de papilles dont elle ignorait l'existence, lui paraissent nouveaux. Elle peut palper ces sensations avec une joie réelle, animée d'une reconnaissance immense envers ce qui l'entoure et qu'elle ne comprenait pas. De l'intérieur vers l'extérieur, elle ne voit plus les mêmes choses. Et surtout, ce qui lui paraissait irrémédiable, très grave, incontournable et marqué par le sceau d'un malheur éternel, ne l'est plus. Les situations sont légères, ramenées à une échelle insignifiante. Elle a l'impression de regarder sa vie avec distance, un sourire impossible à lui ravir. Où est passé le poids qu'elle portait ? Elle n'arrive pas à savoir comment le fait d'avoir été percluse de douleur pendant une heure a pu lui procurer cette légèreté de plume au vent, et mieux, la perspective que ça pourrait recommencer n'arrive même pas à l'assombrir tant le résultat lui semble miraculeux. De toute façon, tout change. Si les douleurs reviennent, elles repartiront…

Hélène attend beaucoup du discours du soir qui, elle l'espère, lui fournira des explications concernant son expérience de ce jour. Goenka parle de tout ce que les humains enregistrent dans leur corps physique. "… *d'innombrables réactions biochimiques et électromagnétiques se produisent continuellement à travers tout le corps, mais vous n'en avez pas connaissance. Dès qu'un son se produit, il y a une sensation sur le corps, mais lorsque le cerveau la reconnaît et l'évalue, cette dernière devient agréable ou désagréable, en accord avec cette évaluation. Les sensations apparaissent sur le corps et sont ressenties par l'esprit. Ce même processus s'accomplit pour chaque organe sensoriel : les yeux, les oreilles, le nez, la langue, le corps. Pareillement, lorsqu'une pensée ou une idée est connectée à l'esprit, cela produit une réaction physique, agréable ou désagréable, et on réagit avec goût ou dégoût. Ce goût momentané se développe en désir tandis que le dégoût se mue en aversion et tous deux se transforment en attachement. Des nœuds commencent à se former au plus profond de nous-même. Les* sankharas. *Ce sont ces* sankharas, *perceptions physiques inconscientes, qui sont engrammés dans le corps et nous rendent heureux ou malheureux.*

Ce sont eux qui remontent à la surface du corps lors des méditations. Ce qui explique les douleurs puis parfois, d'autres sensations plus agréables... "

Hélène comprend alors qu'il faut cultiver cette attention aiguë pour écouter tout ce que le corps a enregistré. Tout affleure et si elle peut casser le réflexe habituel d'aversion ou d'addiction en restant neutre en toutes circonstances, elle désactive la programmation. Elle ne doit pas se laisser faire par des sensations grossières qui capteraient son attention et la feraient passer à côté de perceptions plus subtiles. Il paraît que certains méditants recherchent des impressions spéciales, attendent quelque chose d'extraordinaire. Hélène n'en revient pas. Que pourrait-elle attendre de plus que tout ce qui s'est manifesté dans son corps avec autant de force ? Mais cette expérience qu'elle a vécue n'est peut-être pas celle des autres. Comment savoir ? Et puis, va-t-elle se manifester à nouveau ? Et que va-t-il se passer si elle ne ressent plus rien ? Hélène a peur soudain. Parce qu'elle sait qu'elle n'a pas rêvé, que son corps lui a fait vivre durant une heure des douleurs incroyables, des étouffements, des frissons, des picotements, des paralysies... Et comment expliquer que tout a disparu et qu'ensuite toute la normalité de son corps lui a été rendue comme si aucune de ces sensations étranges n'avait existé ? Il restait seulement cette légèreté, ces bouffées d'amour et de joie. Hélène est inquiète et fascinée. Elle voudrait en savoir plus.

Ce qui rend les choses réelles, c'est de les vivre plus intensément au présent sans penser à l'avenir. C'est ainsi que mes premiers amours ont marqué mon âme. Tout mon être exultait, dans le frisson de l'instant, dans l'emportement d'un baiser, la fragrance d'une peau. Tout était remarquable et remarqué. Et puis ce présent intense était suivi de l'après, ce chemin du retour où je me repassais l'instant fini comme une chanson aimée, je le prolongeais et il devenait mon film culte. Je rembobinais mille fois le juste avant, je ralentissais l'action, le pendant, le juste après. Je réentendais sa voix, ses mots, ses déclarations, la lueur de son désir, la brillance de sa pupille. Et ces actions engrangées et mille fois revécues fabriquaient mes mythes, alimentaient mes fantasmes et creusaient la tombe de mes manques futurs. J'ai fabriqué le jour où cet être ne serait plus le même, où je ferais la comparaison entre l'être aimé à cet "avant" magnifié, en introduisant dans mon discours ce petit mot, indicateur du temps… *Avant* tu étais comme ci ou tu n'étais pas comme ça. Et rien n'est plus terrible qu'être comparé à soi-même sans pouvoir lutter ! Juste avant d'être comparé à un autre, un substitut de "toi avant", apparu à l'étape suivante. Est-ce bien cela que j'ai fait subir à Sébastien ? Et lui ? N'était-il pas l'héritier d'un autre désir, celui que j'avais eu pour mon premier amour, le premier qui a imprimé à mon corps ma façon d'aimer, de désirer, de jouir et de vivre l'amour ?

Un ultime regard dehors avant de m'éteindre : les traces d'un géant rose enjambent le ciel et me font sourire. La beauté colore mon âme. Quand tout se tait, seule demeure la beauté. Elle resplendit plus intensément parce qu'on est disponible pour elle, pour la laisser résonner en soi. Elle raconte ce que l'on est profondément, elle vibre à l'unisson de soi, à l'unisson des autres en soi. J'ai pris le temps de passer de la crème sur mon visage, toucher ma peau, enfiler une chemise en coton doux. Une mère ne fait plus ça. Elle court, fait tout à la fois, ça et d'autres choses : elle s'encapsule dans le temps des autres. Une mère est impeccable, maquillée, préparée, mais elle ne s'est pas vue dans la glace. Elle ne s'entend plus, n'écoute que lui, l'enfant ou les enfants, et parfois très loin, l'appel d'un ailleurs, quand elle réussit à le capter. Lâchons les pensées… Même étendue sur mon lit, j'éprouve une joie indicible de rejoindre ce qui parsème mon corps de sensations étoilées. Je sais bien qu'il ne faut pas s'y attacher, mais c'est plus encore la découverte de cette méthode qui m'éblouit que les sensations elles-mêmes… D'ailleurs ces picotements fugitifs ne sont pas forcément très agréables. Ils sont une promesse. Écouter enfin chaque seconde engrangée. Poser le sac plein de pierres. Je somnole entre méditation et sommeil… Soudain, c'est l'horreur. Une fête bat son plein dans un des villages voisins. Un boum boum incessant de techno envahit notre planète de silence. Comme si nulle part on ne pouvait être à l'abri du monde. La musique devient brutale, elle incarne nos actions, nos désirs abrupts. Il paraît que les tympans mettent une semaine à se remettre d'une soirée en boîte. Comment font ceux qui y vont tous les week-ends ? Même la distance qui me sépare de ce vacarme ne me met pas à l'abri de l'exaspération ; je finis par renoncer à la fenêtre ouverte. Pourtant j'aime entendre le gong du matin se glisser jusqu'à mon sommeil. Tant pis, au loin quelque chose n'en finit pas de se taper la tête contre les murs. Les oreilles détruites n'entendent plus rien. Seul le corps vibre comme s'il jouissait de mourir en rythme. Et pourtant ce n'est pas grave. Si l'agacement a percuté quelques anciennes sensations, la prise de conscience des réactions de mon corps a instantanément stoppé ce réflexe. Je suis là. Intensément, sans rien construire autour. C'est donc un soir furieux mais baigné d'or. Et même si je ne dors pas, je flotte. Où noyer la pensée sinon dans le texte ?

SÉBASTIEN

Peut-être ne se sent-on jamais aussi vivant que lorsqu'on tue, peut-être la vie n'a-t-elle pas le même prix quand on peut la perdre à tout instant, quand elle se tient serrée à la défense d'une cause, exacerbée par l'éphémère, enlacée au précaire, enflammée par la passion du sens qu'on lui donne. Voilà ce qui pousserait les hommes à ne jamais se tenir cois dans la paix. C'est dans l'adversité qu'on se dévoile. Les héros naissent des choix que le destin les pousse à faire. L'accomplissement ne naît pas dans un salon au coin de l'âtre, mais dans le feu nourri du combat.

Sébastien aimait comprendre. Il avait cru fermement en son choix de découvrir le présent de l'histoire des hommes. Il voulait suivre et décrire l'actualité, les conflits, la politique, l'économie, la stratégie, le pouvoir. Il voulait mettre en mots ces événements que d'autres étudiaient au passé. Il avait été arrogant, croyant qu'il ferait mieux ou qu'il allait changer le regard qu'on pouvait porter sur le monde. Il avait intégré une grande agence en faisant le choix de l'objectivité, en rejetant l'étroitesse d'un journal ou d'une télévision, en travaillant à la source. Mais il s'était trompé. Il en était aujourd'hui fermement convaincu. Cette discussion, il l'avait eue avec de nombreux journalistes de terrain ou d'agence, mais celui qui l'avait le plus impressionné était un homme d'investigation qui avait choisi son camp en suivant pendant des années un guerrier, un poète, un grand homme selon ses dires, presque un personnage. Un dénommé Christophe de Ponfilly lui avait communiqué sa fougue, sa conviction. Non, on ne pouvait jamais être objectif, et croire en son impartialité était un leurre. Rapporter l'information, c'était déjà mentir en choisissant un camp.

Sébastien avait rencontré Christophe à l'agence au tout début de ses voyages en Afghanistan. Ce dernier avait choisi de retourner régulièrement dans ce pays dont il disait que tout le monde se foutait, ou presque. Il racontait y avoir rencontré l'authenticité, un pied de nez au bluff, aux héros de pacotille comme il les appelait. Il s'agissait du commandant Massoud, un homme cultivé, un stratège qui s'était d'abord battu pour mettre dehors les soldats russes, puis s'était fait dérober le pouvoir avant même qu'il ne réussisse à s'en emparer complètement. Était-ce parce qu'il ne voulait que la paix pour son peuple, parce que les Américains avaient soutenu les plus fondamentalistes et que Massoud était opposé aux extrémistes religieux ou politiques, ou plus tristement encore, parce qu'il ne parlait pas anglais et qu'il n'était pas un interlocuteur fiable pour les États-Unis ? Massoud s'était réfugié dans une vallée du Nord et n'avait jamais cessé de combattre la dictature fondamentaliste des talibans soutenue par le Pakistan et de façon plus floue par les États-Unis. Quelle que soit la réponse, Christophe avait abandonné cette planque de journaliste objectif que revendiquait Sébastien. Il avait parlé à la première personne dans ses films, il avait interrogé ses pairs sur les dérives de ce métier de plus en plus compliqué à pratiquer. Il avait affirmé que son admiration pour un homme et pour son peuple pouvait aussi porter l'information et la dénonciation de la dérive des gouvernements du monde. Mais il s'était heurté à un mur. Personne n'avait écouté Massoud relayé par ce journaliste engagé. Car si Christophe avait diffusé la parole du commandant de la vallée du Pandjchir, c'était parce qu'elle dévoilait le dysfonctionnement d'un pays où le combat qui faisait rage n'était que la partie visible de l'iceberg sur lequel pouvait s'écraser l'Occident.

On venait d'apprendre que Massoud, celui qu'on appelait le Lion du Pandjchir, avait été blessé... Mais il était peut-être mort et aucun détail n'avait encore filtré. L'information ne pouvait être diffusée. N'ayant pas réussi à joindre son ami par téléphone, Sébastien avait consulté les récits que Christophe avait faits durant toutes ces années.

Malgré l'intensité avec laquelle il travaillait, il ne pouvait se détacher tout à fait de ses problèmes personnels. Sa découverte avait changé les choses en les aggravant. Ce n'était plus le départ d'Hélène qu'il ruminait maintenant mais cette immense trahison qui lui donnait des nausées dès qu'il repensait aux mots qu'il avait lus, qui martelaient sa tête, faisaient naître des images de frénésie et de désir d'autant plus faciles à convoquer qu'il connaissait bien les partenaires de ces aventures sexuelles. Ses amis ! Le terme s'étranglait dans sa gorge. Pas un ne manquait au palmarès ! Il avait cherché dans sa mémoire. Il s'était demandé s'il avait osé un jour imaginer une histoire érotique avec les amies de leur couple, mais il devait avouer que son désir n'avait pas dépassé l'appréciation naturelle d'une courbe, d'une robe joliment portée, d'un sourire solaire. Il avait été sensible à la sensualité et l'avait parfois exprimé, mais ça n'allait vraiment pas plus loin.

— Est-ce que tu as déjà couché avec Hélène ?

Sébastien avait mûrement réfléchi. Il s'était imaginé posant la question à plusieurs de leurs amis mentionnés dans les écrits et celui qui lui semblait le plus sage et le plus calme, celui qui ne s'emporterait pas, celui qui supporterait le mieux la gêne, les explications ou les aveux, c'était Yann. Mais peut-être était-ce le seul dont il pourrait réellement entendre les réponses.

Il l'avait connu avant Hélène et c'était le premier de ses amis très proches qu'il lui avait présenté. Yann avait été son compagnon de navigation puis ils étaient devenus amis et il avait découvert le scientifique qui étudiait les fonds marins et travaillait activement au sein d'un laboratoire de recherche chargé de répertorier, classer et sauver, les différentes espèces marines. Ses histoires d'expédition fascinaient Hélène et Sébastien. Elle disait toujours qu'elle en ferait le personnage d'un livre car son univers lui paraissait éminemment romanesque. Sébastien était tout simplement heureux que ces deux là s'entendent bien, aient du plaisir à partager une amitié, à naviguer ensemble tant les relations sur les bateaux mettaient à jour les désaccords immenses qui se jouaient derrière les non-dits minuscules. Et voilà que maintenant qu'il était devant lui avec sa question cruciale, Sébastien était prêt à occire quinze ans d'amitié pour quelques minutes d'épilepsie, un coup de canif dans le contrat conjugal. Yann le regardait, incrédule.

— Je veux bien répondre à la question si tu me dis d'abord pourquoi tu me demandes une chose pareille.

— Hélène a raconté votre relation dans un récit… Que je n'aurais pas dû trouver ou lire. Mais voilà. Je l'ai trouvé et je l'ai lu.

— Tu lui as demandé pourquoi elle a écrit ça ? Ou c'est moi qui ai l'honneur d'être le premier interrogé ?

— Elle est partie pour dix jours. Enfin c'est ce qu'elle m'a laissé entendre dans une lettre.

— Ma réponse est non. Je n'ai jamais couché avec Hélène. Je ne peux pas te dire pourquoi elle a eu besoin d'écrire ce mensonge. Je n'ai même jamais eu l'idée d'une relation physique avec ta femme. Je ne l'ai jamais embrassée de façon ambiguë et même si j'en avais eu envie, je n'aurais jamais fait un truc pareil ! Vous êtes mes amis Sébastien. Vous deux. Toi d'abord, et elle ensuite. Et même si elle avait voulu que nous nous retrouvions dans ce genre de relation quand elle était en colère contre toi, je n'aurais jamais été d'accord et je l'aurais aidée en tant qu'ami. Est-ce que c'est clair pour toi ?

Sébastien eut une sorte de sanglot, comme si quelque chose lâchait en lui. Il croyait Yann et pourtant le soulagement que lui procurait sa réponse n'était pas total. Il avoua dans une sorte de râle comme s'il n'était plus possible de garder tout ça pour lui.

— … Car tu n'es pas le seul ! Elle raconte dans ce cahier ses relations avec tous nos amis. Il y a des détails physiques, sentimentaux. C'est… Je n'arrive même pas à le relire. Et de toute façon, j'en ai détruit la moitié. Elle a même couché avec notre voisin qui est très vieux et très moche. Hélène est une inconnue. Je ne pourrai plus jamais lui faire confiance. Yann serra l'épaule de Sébastien.

— Je suis sûr qu'il y a une explication. Ce que je viens de te dire pour moi, est probablement vrai pour les autres. Ce n'est pas parce que c'est marqué noir sur blanc que c'est arrivé. Hélène écrit, non ?

— Elle fabule…

— Tu te souviens quand tu me parlais d'elle au début, de sa façon de te faire voir le monde autrement. Tu disais qu'elle inventait le monde et que c'était enchanteur. Elle te paraissait si exotique. Et aujourd'hui toi, un journaliste, tu es prêt à accréditer un cahier qu'elle aurait rédigé sans même vérifier tes sources, avoir la version de chacun de ces hommes ou seulement celle d'Hélène ?

Yann avait raison. Lors de leurs premiers rendez-vous, Hélène s'amusait à inventer des vies aux terrasses des cafés. Elle lui racontait où allaient certains passants, d'où ils venaient, elle réinventait le monde qu'ils avaient sous les yeux, celui de ces inconnus de la table d'à côté. Elle avait l'art de mettre au jour les sentiments cachés, de faire éclore des vies, du suspense, des secrets. Elle inventait des serments là où il n'y avait que des regards, elle créait des liens entre l'existence banale et la magie du hasard. Leur vie quotidienne devenait une aventure, une destinée. Un week-end était une épopée, une balade dans Paris, un voyage. Elle abolissait le temps et l'espace pour y installer ses fictions avec la subtilité d'une attention à ces détails qui échappaient à l'esprit terre à terre de Sébastien. Il l'avait aimée pour ça. Vérifier ses sources en interrogeant les autres comme le lui avait suggéré Yann ? Il n'en aurait jamais le courage. Mais il se raccrochait à l'analyse de son ami, il y avait sûrement une explication et il s'était trop vite englouti dans sa souffrance sans réfléchir. Il attendrait son retour à elle. C'était à elle qu'il voulait poser la question. Mais même en admettant que tout soit faux, pourquoi écrire ça ? Les mots qu'elle employait dans ses textes lui revenaient et lui déchiraient à nouveau les entrailles.

La veille au soir, en rentrant tardivement de l'agence, Sébastien s'était retrouvé avec la mère d'Hélène avec laquelle il s'était querellé parce qu'elle ne savait pas où était sa femme. Le père d'Hélène était intervenu pour le calmer. Puis, quand son épouse était sortie de la pièce, il avait sermonné son gendre. La vieille dame avait un cancer, elle venait de commencer une chimiothérapie. Hélène ne le savait pas. Il n'était pas question que Sébastien vienne perturber Jean qui était déjà suffisamment choquée par le départ de sa fille et se faisait des reproches. Qu'il s'occupe bien des enfants et s'en tienne à la lettre qui lui avait été écrite, voilà ce qu'il lui conseillait ! Bon sang sa fille n'avait jamais disparu auparavant et n'avait jamais rien fait de bien répréhensible ou tordu. Certes, elle avait son caractère et elle était originale mais après tout, ses petits-enfants ne recevaient-ils pas tous les jours le courrier qu'elle leur avait promis dans sa lettre ? Si elle avait décidé de faire n'importe quoi, ça n'aurait sûrement pas été le cas. Pourquoi ne pas faire confiance à ce qu'elle avait écrit ? Elle était partie et serait là dans dix jours. Sébastien aurait voulu lui faire remarquer que les lettres étaient postées de Paris, ce qui le rendait fou, mais décontenancé par l'annonce de la maladie de sa belle-mère et l'exaspération de son beau-père d'ordinaire plutôt calme, il avait acquiescé, un peu gêné. Même s'il ne croyait pas entièrement le père de sa femme, le bien-fondé de son discours était apaisant et bon à prendre. Dans son entourage familial, son beau-père était le seul qui ne chargeait pas Hélène et bien qu'il ne lui donnât pas entièrement raison, il fallait avouer que ça contribuait à arranger son cas. C'était d'autant plus surprenant que Jacques n'avait pas toujours été tendre avec sa fille. Voire plutôt critique, surtout quand elle avait quitté l'Éducation nationale. Il avait toujours été du genre à lever les yeux au ciel sans aucun commentaire à chaque lubie d'Hélène. Mais cette démission l'avait accablé. Il ne lui avait plus adressé la parole pendant plusieurs semaines. Lui qui venait d'une génération où l'on honorait le maître d'école, avait été particulièrement fier que sa fille rejoignît les rangs de ces enseignants qui exerçaient le métier le plus noble qui soit. Il se souvenait encore de ses leçons d'histoire à l'école communale et même de certaines poésies qu'il avait apprises à l'époque. Grâce à son assiduité, il avait obtenu son certificat d'études et même s'il avait fallu qu'il abandonne l'école pour subvenir aux besoins de la famille et pallier l'absence de son père, il avait toujours regretté de ne pas avoir fait d'études. Il était l'aîné et il avait élevé tous les autres. Et il n'avait jamais oublié que les livres auxquels il avait pris goût grâce à l'école lui avaient permis d'attraper un savoir, d'obtenir une culture à laquelle il aspirait tant. Finalement, son erreur avait été de naître en 1940 dans une famille dont le père n'avait pas réussi à éviter la mobilisation, pas plus qu'il n'avait pu s'empêcher de s'évader, d'être repris puis envoyé dans un camp qui n'était pas sous le contrôle de la Croix Rouge. On ne savait pas dans quelles circonstances il avait perdu la vie. Jacques ne tenait pas à le savoir.

Sébastien connaissait ces histoires. Il avait souvent discuté de politique internationale avec son beau-père qui s'était passionné pour le métier de journaliste. Ils avaient beaucoup parlé de la Seconde Guerre mondiale, de l'Europe qu'elle avait engendrée et Jacques lui avait toujours témoigné beaucoup de sympathie. Bien qu'il ne se confie pas souvent, il lui avait raconté toute une partie de sa vie d'adolescent trop tôt chargé de famille. Sébastien se demandait s'il n'avait pas voulu ainsi lui marquer sa confiance, une sorte de brèche de tendresse par laquelle il l'invitait à devenir un peu son fils, lui qui n'avait plus de père. Ce soir, ce fils adoptif s'en voulait de faire subir à cet homme son désarroi, qui ne venait pas complètement de ce qu'Hélène avait généré en partant, mais d'un mal-être profond dont il n'arrivait pas à démêler le moindre fil.

Parfois Sébastien se demandait ce qu'il pouvait bien avoir en commun avec son propre père. Ce dernier était mort quand il avait dix-neuf ans et il n'avait guère eu le temps d'aller avec lui au fond des choses. Il gardait le souvenir d'un homme assez rigide, un militaire de carrière qui avait fait la guerre d'Algérie et l'avait ensuite beaucoup contestée.

C'était un homme fidèle qui s'était reconverti dans les affaires en quittant l'armée sans le faire tout à fait. Il vendait aux militaires tout le matériel qui n'était pas apparenté à l'armement. Il faisait fabriquer ou importait tout ce qui pouvait faciliter la vie des soldats sur le terrain. Il était notamment l'inventeur d'un campement totalement invisible du ciel et indétectable quand il était en mode camouflage. De son expérience sur le terrain en milieu hostile il avait acquis une solide conviction : occuper l'espace c'était être invisible. S'inspirant des animaux et y ajoutant ce dont les hommes avaient besoin pour survivre, il trouvait pas mal de systèmes ingénieux qu'il vendait aux armées du monde entier. Cette option de non-engagement générait d'ailleurs une des discussions récurrentes entre Sébastien et son père. Si tout le monde était parfaitement équipé, qui pouvait gagner ? Et pourquoi vendre des moyens de combattre finement à des dictatures ou à des gouvernements suspects. Justement, rétorquait son père, c'est un moyen de rétablir l'équilibre. Quand deux hommes se battent à mains nues, le meilleur gagne. Et plus on éduque les hommes à une guerre élaborée, plus on les fait progresser. Sébastien trouvait ce raisonnement complètement aberrant. Mais il admirait la ténacité de cet homme car il avait fallu à son père toute son expérience de militaire et une vie entière pour convaincre sa hiérarchie puis ses ex-semblables qu'il était aussi important d'investir dans l'intendance que dans les armes. Des soldats bien dissimulés, bien entretenus, bien nourris, et vivant dans des conditions moins précaires étaient plus actifs, mieux préservés et plus opérationnels. Il avait fondé un laboratoire de recherche, le premier à travailler sur les nanotechnologies, qui avait mis au point des gilets pare-balles capables de libérer des particules pour colmater des blessures sans intervention humaine immédiate. Sébastien avait mis beaucoup de temps à comprendre que son père n'était pas seulement soumis à l'envie de continuer la guerre en fabriquant du matériel pour les militaires, mais qu'il se préoccupait réellement de la douleur des hommes, de leurs souffrances tout au long de leurs jours de combat.

Puis cet homme qu'il avait connu dur et intransigeant avait aussi montré le visage d'un être perdu et sans courage au seuil de sa première opération. Il avait été valeureux tant qu'il s'était agi de blessures par balles, mais l'attaque insidieuse de cellules malignes qui l'obligeaient à être privé d'un de ses poumons l'avait abattu. Il était subitement devenu un vieil homme qui se savait condamné, mais ignorait comment combattre ce genre d'ennemi intérieur qui le laissait exsangue sans le tuer. Une dernière fois avant de partir, il avait tenté d'expliquer à son fils que son choix d'être du côté de ceux qui racontent la guerre mais n'y mettent jamais les mains le laissait perplexe. Au moins fallait-il raconter la vérité, comprendre la complexité de la perversion de ce qui se jouait sur la planète. Mais quelle vérité ? lui rétorquait Sébastien. Celle des militaires ? Et dans ce cas, quel camp choisissait-on ? Son père s'obstinait. On ne pouvait combattre en étant seulement un témoin. On ne pouvait faire avancer les choses qu'en mettant les hommes face à l'inutilité de leurs actes. Ça avait été le combat de sa deuxième vie. Et Sébastien se désolait que son père ne croie pas au journalisme, qu'il pense que les mots ne pouvaient transmettre une promesse de paix ou de compréhension. Les paroles ou écrits ne faisaient selon lui qu'embrouiller les civils et cacher les véritables coupables. Les journalistes n'ayant jamais été que des fouille-merdes qui ne comprenaient rien aux situations et racontaient au monde des palabres qui empêchaient les militaires de bien faire leur boulot. Il leur était hostile et le choix professionnel de son fils le hérissait. Le fait même qu'il eut pu contribuer à ce choix, ce que Sébastien à court d'arguments lui avait balancé une fois, le remplissait de honte et d'indignation.

Depuis qu'il était mort, Sébastien se posait des questions. Il avait cru innocemment qu'en ayant une fille et un garçon, il s'occuperait du petit mâle auquel il s'était promis de donner quelque chose de plus doux que ce qu'il avait reçu. Mais les rôles ne s'étaient pas distribués ainsi. Hélène ne s'était pas moins chargée de l'éducation de Léo et n'avait pas pris plus à cœur celle de Mona. Et leur fille qui adorait naviguer avait bien plus d'endurance que son frère qu'elle protégeait très souvent de l'agressivité d'autres garçons. Sébastien gardait de ses années de scoutisme marin des valeurs de résistance, d'entraide, de force et il lui arrivait de considérer que cette éducation qu'il avait haïe lui avait cependant servi. La gémellité de ses enfants qu'il avait du mal à appréhender n'avait rien arrangé. Et finalement il ne savait pas bien comment faire pour donner à l'un et à l'autre quelque chose qu'il aurait voulu doux, tout en impulsant l'esprit d'une force qui puisse les aider à se débrouiller dans un monde qu'il pressentait de plus en plus hostile. Travailler dans l'information n'arrangeait rien. Il voyait passer les crimes les plus tragiques, les perversités les plus tordues étaient aux portes de chaque commune. Un petit village innocent pouvait abriter un dingue qui abattait toute sa famille et ses voisins tout autant qu'un curé pédophile ou un serial killer d'un genre nouveau. Tout défilait sur ses écrans et la proportion des bonnes nouvelles ne pesait pas lourd.

Lundi 10 septembre

5e jour

Le bonheur véritable, nous dit-on, consiste à sortir de soi-même ; mais la question n'est pas seulement d'en sortir – c'est de ne plus y rentrer.

HENRY JAMES,
Roderick Hudson.

SÉBASTIEN

Ne pas… Sébastien aurait voulu ne pas être en colère contre Hélène, mais pour ça, il aurait fallu qu'elle ne le trompe pas, qu'elle ne parte pas comme une coupable. Il aurait désiré ne pas avoir une telle mère, ne pas ignorer ce qu'il devait faire pour que tout soit comme avant. Il aurait préféré ne pas s'égarer avec une femme qu'il avait cru être celle de sa vie et surtout, ne pas le penser aujourd'hui en ces termes.

Il aurait opté pour ne pas être obligé d'aller parler à ce type qu'il détestait pour savoir s'il avait des chances d'obtenir le poste qu'il convoitait. Ne pas avoir à négocier, supplier, être tributaire de l'un ou de l'autre pour pouvoir simplement accéder à un travail qui le motivait plus que tout. Il aurait aimé ne plus devoir courir après toutes ces choses qui l'empêchaient d'être heureux quand il ne les attrapait pas.

Il avait croisé son principal soutien dans cette affaire de rédacteur en chef et il avait senti qu'il n'était plus très sûr de pouvoir défendre sa candidature. On évoluait vers une nomination, interne certes, mais qui s'apparenterait à la direction d'un nouveau département. Si c'était le cas, on ne parlerait plus de rédacteur en chef et Sébastien serait relégué à un rôle subalterne, être l'assistant d'un plus âgé, plus ancien dans l'agence ou plus aguerri que lui sur la gestion. Il avait essayé d'en savoir plus, mais l'autre louvoyait, n'était pas franc, disait qu'il fallait encore attendre, qu'il allait voir ce qu'il pouvait faire, sans lui révéler le vrai problème ni d'où sortait ce candidat inattendu. Sébastien sentait que quelque chose lui échappait sans savoir exactement quoi ; il avait été pris de spasmes désagréables au creux de l'estomac dans l'après-midi qui avait suivi cette discussion. Il supputait qu'il y avait là une affaire de protection, de poulain à caser et que les compétences qu'il pouvait avoir ne suffisaient plus. Il lui fallait un autre soutien au sein de l'agence et il se demandait s'il n'allait pas tout simplement aller voir au plus haut, faire valoir ses initiatives, raconter tout ce qu'il avait noté, remarqué, élaboré depuis 1988, date à laquelle il était arrivé à l'AFP. Il savait que le chiffre d'affaires de l'agence était en progression, mais les dépenses avaient augmenté de plus de vingt-cinq pour cent en trois ans. Le nouveau PDG, arrivé en 2000, était passionné par l'image, il pourrait l'entendre et accréditer son point de vue et ainsi Sébastien n'aurait plus à œuvrer dans les bas-fonds pour arriver à ses fins. Il refusait de s'avouer qu'en temps normal, il en aurait parlé à sa femme et qu'elle l'aurait conseillé. Il haussa les épaules en pensant aux intuitions d'Hélène. Étaient-ce ses fameuses bonnes intuitions qui l'avaient autorisée à prendre du bon temps en baisant avec leurs meilleurs amis ou à s'enfuir en cette période si délicate pour lui ? L'air était électrique, le forgeron qui avait élu domicile dans son crâne travaillait à temps plein et après un cocktail imprudent d'aspirine et de paracétamol qui n'avait pas dû arranger ses maux d'estomac, Sébastien ne savait plus à quel médicament se vouer.

Cette fois, la nouvelle était tombée officiellement. L'agence russe Itar-Tass avait été la première à l'annoncer dans la matinée, Massoud avait succombé à ses blessures durant son transfert à l'hôpital de Douchanbé. L'opposition afghane avait formellement démenti et s'était obstinée à donner plusieurs informations contradictoires, qui faisaient état de blessures légères, on annonçait même qu'il n'allait pas tarder à s'adresser à la presse. Depuis Washington, un responsable américain sous couvert d'anonymat avait également déclaré que Massoud était décédé. Toute cette affaire ne sentait pas vraiment bon et Sébastien avait passé la journée à essayer de joindre Christophe sans succès. La seule chose qu'il avait pu savoir, c'est qu'il n'était pas en France mais à New York selon un de ses amis et en Afghanistan selon un autre. Tout ce que lui avait raconté Christophe sur Massoud lui revenait en rafales de mauvais pressentiments. Qu'il serait un jour la cible d'Al-Qaida, qu'il était le seul sur le terrain à pouvoir s'allier aux Européens et aux Américains et qu'il fallait l'écouter quand il alertait l'Occident sur le risque que couraient les Américains en ayant toutes ces années, donné des moyens et des armes aux factions les plus islamistes, les plus dangereuses de cette partie du monde.

Sébastien savait que tout avait commencé dans les années 1980 avec le réveil du monde musulman. La révolution iranienne avait été à l'origine de cette révélation : les islamistes pouvaient faire tomber le gouvernement d'une importante nation. Puis avec l'invasion soviétique en Afghanistan qu'ils avaient repoussée et finalement combattu avec succès, un autre pas symbolique avait été franchi, et non des moindres ; les islamistes pouvaient aussi tenir tête à une puissance mondiale ! Et le terrorisme était devenu une sorte de guerre psychologique cultivant la peur, instrumentalisant la pureté des musulmans au cœur de l'Islam pour justifier le chaos.

Massoud était l'homme qui aurait pu éviter aux Occidentaux leurs erreurs en Afghanistan. Il connaissait très bien le terrain et mieux encore ces ennemis, qu'il avait en commun avec les Américains, ce qui avait probablement causé sa mort. Car Sébastien était effectivement persuadé que les faux journalistes dont la caméra avait explosé pendant l'entretien que leur avait accordé le Lion du Pandjchir, n'avaient pas raté leur cible et que les lieutenants de Massoud cherchaient à gagner du temps en soutenant que ses jours n'étaient plus en danger. Et maintenant qu'allait-il se passer ? Sébastien devait absolument joindre Christophe. Au-delà des réponses qu'il pourrait lui donner, il imaginait sa peine, lui qui avait suivi si longtemps Massoud et partagé la vie des Pachtounes de l'Alliance du Nord. Il voulait lui dire combien il le comprenait maintenant, lui qui n'avait jamais hurlé avec les loups, n'hésitant pas à dénoncer dès le début une politique américaine scabreuse.

Annie lui avait proposé d'aller déjeuner dans la galerie Vivienne. Elle savait qu'il aimait bien ce passage parisien où l'on ignorait tout du temps qu'il faisait dehors, où certaines boutiques ramenaient le flâneur au XIXe siècle. Elle avait compris que quelque chose n'allait pas et que ça concernait sa femme. Sébastien faisait souvent allusion à Hélène, mais depuis qu'elle était soi-disant partie dans sa famille, il n'en parlait plus du tout. Annie l'avait donc embarqué, essayant de le distraire, lui parlant des derniers films qu'elle avait vus en avant-première. Elle avait aimé *No Man's Land*, l'histoire de deux soldats ennemis, un Bosniaque et un Serbe, échoués dans un no man's land durant la guerre de Bosnie en 1993. Puis elle lui avait parlé d'un film de Laurent Heynemann qui venait de ressortir et relatait un épisode de la guerre d'Algérie. Elle connaissait son goût pour ces fictions qui s'ancraient dans l'actualité, mais cette fois, Sébastien semblait absent, préoccupé. "Tu sais, ça fait longtemps que nous travaillons ensemble et que nous nous connaissons sans savoir grand-chose de nos vies personnelles. Mais si tu as besoin de parler, je suis là et je t'écouterai avec amitié. Je sais qu'en ce moment ça ne doit pas être facile pour toi avec la rentrée des jumeaux et l'absence d'Hélène..." Elle s'était tue pour lui permettre de prendre la parole, mais Sébastien n'avait pas su comment se saisir du silence ni quoi y mettre. Annie avait continué en lui faisant cette confidence à laquelle il ne s'attendait pas et qui l'avait sorti de sa torpeur. "Tu ne le sais pas mais je suis en couple moi aussi. Avec une femme. Et je préfère ne pas en parler à l'agence." Il avait bredouillé que bien sûr il comprenait et qu'il serait muet. Elle avait ri en répondant qu'un jour, peut-être, elle lui raconterait mais qu'il ne comprendrait sûrement pas tout à fait. Il avait demandé ce que faisait sa compagne comme s'il pressentait que cette information avait son importance et Annie avait répondu qu'elle était reporter de guerre. Cette complicité nouvelle qu'avait créée la confidence d'Annie avait permis à Sébastien de lui raconter ce qu'il était en train de vivre et en revenant vers l'agence, il avait éprouvé un peu de soulagement. Son mal de tête s'était estompé. Il sentait qu'Annie lui avait généreusement offert un peu de sa vie intime pour qu'il puisse s'épancher et il lui en était reconnaissant. Puis il était passé de sa situation familiale aux doutes qui l'assaillaient sur les suites possibles de l'assassinat de Massoud et Annie avait abondé dans son sens. Carla, sa compagne avait été en Afghanistan au moment de l'occupation des Soviétiques et elle travaillait souvent pour la presse américaine. Elle devait rentrer le soir même d'un reportage en Afrique du Sud. Peut-être aurait-elle une piste, une source à contacter aux États-Unis ou dans le monde arabe pour en savoir un peu plus.

Sébastien avait replongé dans ses dossiers puis, mû par une soudaine inspiration, il avait décidé de joindre son ami John. Proche conseiller d'un des membres les plus importants du Conseil de sécurité nationale des États-Unis, John lui avait déjà donné pas mal d'informations sur la lutte contre le terrorisme. Il y avait de fortes chances pour que l'assassinat du commandant Massoud précède une opération plus importante, car pas plus tard que cet été, John l'avait informé de plusieurs notes alertant le gouvernement sur la possibilité d'un attentat sur leur sol… Il avait déploré qu'il y ait apparemment si peu de communication entre le FBI, la CIA et la

NSA ou en tout cas que les informations capitales des uns puissent être à ce point ignorées des autres comme si tous se battaient les uns contre les autres pour la sécurité d'un même pays.

Dans la dernière conversation qu'il avait eue avec son ami, alors qu'il essayait de comprendre le fonctionnement de l'Agence de sécurité nationale pour une grande enquête, ce dernier lui avait dit des choses qu'il avait notées et qui, maintenant qu'il les relisait, lui donnait le sentiment qu'il y avait là quelque chose.

La NSA est une agence secrète de renseignement militaire. Ne pas oublier qu'elle a été fondée bien avant qu'on ne la reconnaisse officiellement. Elle est conçue pour enfreindre les règles afin d'assurer la sécurité nationale. Mais les intérêts de la sécurité nationale sont ceux définis en fonction des besoins de protection de ceux qui sont au pouvoir et des politiques qu'ils mettent en œuvre. Ça n'a donc pas grand-chose à voir avec la liberté réelle et la sécurité d'un pays tout entier.

Il y a une énorme quantité d'information et il faut faire le tri dans toutes ces alertes avant qu'elles ne deviennent vraiment des priorités. Par exemple, nous savons qu'il y a aux États-Unis des types qui apprennent le décollage mais ne veulent pas apprendre à atterrir (?). À cet endroit, Sébastien avait placé un point d'interrogation et souligné…

Un haut fonctionnaire de la CIA a dit à un ambassadeur arabe, il n'avait pas mentionné lequel, *"nous savons que quelque chose de terrible va arriver… Quelque chose d'épouvantable se prépare."* John avait signalé qu'*un rapport avait été remis au président Bush au début du mois d'août sur la possibilité d'un attentat de Ben Laden sur le sol américain. Un certain nombre de combattants islamistes recrutés pour la guerre en Afghanistan avaient obtenu ces dernières années des visas et se trouvaient sur le sol américain, surveillés probablement par les services de renseignements. Qui les protégeait ?*

Sébastien se sentait proche d'une vérité mais il ne savait pas vraiment qui contacter pour en avoir confirmation. Les trois confrères qu'il connaissait bien aux États-Unis n'avaient pas reçu d'informations particulières et ils connaissaient à peine le nom de Massoud. Ils avaient été ravis que Sébastien les appelle et l'avaient tous chaleureusement invité, sa femme et lui, à venir passer un peu de temps chez eux. Ils lui avaient parlé barbecue et vins français et ne semblaient guère plus préoccupés par la situation internationale qu'à l'ordinaire. Oui, Bush avait ses obsessions et à ce qu'ils en savaient, il restait persuadé que le grand ennemi du moment était Saddam Hussein. Mais pour l'instant, il ne faisait que maintenir les liens avec le Pakistan et les pays arabes qui lui étaient encore favorables. Les trois lui confirmèrent qu'il ne plaisait évidemment pas du tout à certains dirigeants du Moyen-Orient que les États-Unis se soient maintenus sur place après la défaite des Russes en Afghanistan. Mais qu'ils n'étaient pas au courant d'un danger d'attentat imminent. Ce risque était néanmoins plus ou moins dans l'air depuis 1993, date du premier attentant contre le World Trade Center.

John, tout comme Christophe, était injoignable et Sébastien demeurait convaincu qu'il lui fallait obtenir d'autres informations. Il savait très bien que si John s'était ouvert à lui sur des dossiers confidentiels, c'était parce qu'il n'était pas Américain et que son ami préférait communiquer ces infos à un journaliste dont la sphère d'action se situait loin des grands médias de son pays. Sébastien termina la journée en se disant qu'il était complètement surmené, incapable de réfléchir à tout ça, et comme il ne se passait rien de plus, Annie lui conseilla de rentrer chez lui et de se reposer. Il était là à tourner en rond comme s'il attendait qu'une dépêche tombe et annonce le pire. Mais il en convint lui-même. Il valait mieux qu'il rentre.

Depuis quelques jours, le soleil se levait et se couchait presque sans qu'il s'en aperçoive. Il vivait à côté. Dans une sorte d'évanescence. Même un cloporte était plus au courant que lui des rythmes de la journée. Il montait dans son véhicule le matin et en redescendait pour aller se coucher, sans avoir vu le paysage, sans savoir si le chemin avait été court ou long, ensoleillé ou pluvieux, arboré ou urbain. Il ne savait rien, même plus ce qu'il avait fait ou pensé pendant le trajet. Ses souvenirs s'étaient dissous en un seul jour qui représentait à lui seul sa semaine. Mais à dire vrai, il vivait déjà cette absence avant qu'Hélène ne s'en aille. C'était cyclique. Parfois il s'attachait à ce qui l'intéressait le moins par défaut. Il finissait par exister dans un cadre accroché autour de son sourire, enchaîné au tableau sympathique de sa vie irréelle. Ça lui arrivait surtout quand un événement du monde captait toute son attention. Quand il sentait que ce qui était en train d'advenir avait des conséquences plus amples qu'il n'y paraissait. Ainsi sa propre vie disparaissait-elle à l'intérieur des mots qui devaient relater les faits.

L'environnement n'était plus qu'un décor sur lequel son regard glissait sans vraiment voir. Depuis le soir où il avait écouté les cerfs bramer avec les jumeaux, il n'avait plus vu son jardin, plus regardé les arbres, pas même entendu les cervidés dont la vibration quotidienne avait sans doute eu lieu au crépuscule, sans qu'il y prenne garde.

Il en voulait à Hélène mais elle, où en était-elle de son ressentiment envers lui ? Il ne pouvait pas faire l'économie de cette question. La liste des griefs à son encontre était longue, mais il avait lui-même salement amoché la relation lors de leur dernier affrontement. Dès qu'elle lui reprochait quelque chose, il répondait avec hargne. Elle avait l'art de le rendre fou en ciblant ses comportements les plus odieux dont elle décryptait les raisons cachées avec la maestria d'une psychologue. Hélène le tançait toujours avec précision. Et surtout, elle ne disait jamais rien sur sa personne. Elle le lui avait fait remarquer un jour de réconciliation. Ce n'était pas lui qu'elle attaquait directement, mais ses actes, ce qui avait plus de poids et tellement plus d'élégance. Une fois la salve courte et bruyante passée, elle installait un silence qu'il détestait plus que tout, une façon de plomber sourdement l'atmosphère comme si elle lui laissait le loisir d'en profiter pour réfléchir. Du reste, il ne savait plus bien ce qu'elle lui reprochait ces temps-ci. Ah si ! D'être devenu trop sérieux, de manquer d'humour, de ne plus avoir de légèreté. D'être constamment préoccupé, de rentrer tard, d'être présent en étant absent et d'être trop souvent de mauvaise humeur. Tout ça, il pouvait le rassembler sous une seule bannière qu'il estimait noble et irréprochable. Il travaillait dur et c'était lui qui les faisait vivre. Il n'avait pas le temps de s'amuser et forcément, les soucis qu'elle n'avait pas étaient pesants. Sébastien soudain s'interrogea car il devait admettre qu'il était plus léger autrefois. Et si elle n'avait pas tort finalement ? S'il avait changé ? Il se souvenait d'une grande discussion à propos des soirées qu'ils passaient avec leurs amis. Hélène lui avait dit : *Ce qui me frappe toujours, c'est la différence de positionnement de ceux qui m'entourent suivant le métier qu'ils exercent.* Il y avait selon elle, une sorte de formatage professionnel et social. Cette activité-là était valorisante, tandis qu'une autre l'était moins. Elle lui avait fait remarquer qu'il pouvait être le centre de la conversation à condition qu'il n'y ait pas de journalistes de télévision à la table, sinon il était relégué au monde obscur de l'information de bureau et perdait d'emblée l'aura d'un grand reporter de terrain qui susurrait à l'oreille des femmes ses aventures et dangers quotidiens.

À cette époque où elle *ne faisait plus rien* – c'était ainsi qu'ils le formulaient puisqu'elle ne gagnait pas d'argent en bossant –, lors d'une soirée où beaucoup ne se connaissaient pas, les invités avaient joué à deviner les activités les uns des autres. Une fille avait lancé qu'interroger quelqu'un sur son job n'était pas une bonne façon de faire connaissance. Hélène avait renchéri en ajoutant que bien des gens sur terre ne faisaient pas du tout ce qu'ils étaient en réalité, n'avaient rien choisi du tout et n'avaient pas la force de tout envoyer paître pour s'inventer un nouveau destin. La tablée avait donc instauré un système de devinettes où chacun répondait oui ou non aux questions de ceux qui cherchaient à découvrir son emploi. Hélène avait tenu son rôle à la perfection. Elle avait déclaré oui à la gestion d'un budget assez important. Oui à l'organisation de toute l'intendance de son job. Au final, il en ressortait que si elle n'allait pas travailler, il y avait mort d'homme, suggérant là un poste à hautes responsabilités. Elle ne devait jamais être malade ou si c'était le cas, elle ne prenait pas de jours de repos et assurait quand même. Et par ailleurs, elle pouvait hériter d'horaires de nuit imprévisibles. C'était un peu comme si elle était de garde tous les jours. Il était normal de l'appeler vingt-quatre heures sur vingt-quatre sans qu'elle refuse. Son poste n'était pas accessible à une autre personne car elle en détenait tous les codes et les êtres qui dépendaient d'elle ne pouvaient pas avoir d'autre interlocuteur. La plupart du temps, elle était seule dans son boulot et n'avait ni week-ends, ni vacances. Parfois exceptionnellement un ou deux jours d'absence. Intrigués, les joueurs espéraient qu'elle gagnait un super salaire. Ce n'était pas le cas mais elle avait rajouté qu'elle ne laisserait sa place pour rien au monde, plongeant dans une plus grande perplexité encore ceux qui essayaient de mettre un nom sur un travail aussi atypique. C'est un job de l'ombre, avait renchéri Sébastien en se marrant, mais c'est un des plus gratifiants qui soit. Pas en société en général, mais le job lui-même l'est et c'est ce qui compte non ? Ce soir-là, il avait été fier d'Hélène et de sa finesse pour démontrer à quel point on vivait dans l'image fausse d'une représentation sociale. Personne n'avait deviné qu'elle était mère au foyer ! Ils cherchaient quelque chose de plus… glorieux sans doute ou plus reconnu. La gestion d'un budget et les horaires de nuit ainsi que cette façon d'être corvéable à merci les avait beaucoup égarés. On lui avait même proposé “agent secret” dans les suggestions !

Quelques-uns des participants avaient avoué que ce petit jeu les avait fait réfléchir à la façon dont on ne tenait jamais compte de la disponibilité, de l'engagement, de l'intelligence d'une mère au foyer. Hélène avait vu là cette ironie qui disait que les femmes avaient tellement voulu être reconnues sur le territoire des hommes qu'elles en avaient oublié de valoriser leur propre sphère qui demandait ô combien de compétences diverses au cours des âges, de disponibilité, d'à-propos, d'adaptation, de sang-froid. Pire, Hélène estimait qu'elles s'étaient reniées pour mieux entrer dans l'arène masculine. Être une femme, ce n'était pas élever des gosses ! C'était beaucoup plus que ça. Le splendide livre d'Annie Leclerc, *Parole de femme*, était tombé aux oubliettes, elle qui avait compris qu'il n'était pas plus glorieux de pousser des wagons au fond de la mine que de faire pousser des enfants pour les accompagner vers une vie de joie. Hélène avait partagé cette lecture avec Sébastien et elle s'était vantée auprès de ses amies d'avoir la chance de vivre aux côtés d'un homme rare, féministe convaincu, ce dont il était très fier. Oui à cette époque-là peut-être Sébastien comprenait mieux Hélène. Car c'était tout récemment qu'elle s'était mise à le traiter de macho en le reléguant dans le camp des hommes ordinaires qui ne comprenaient rien aux femmes et déguisaient leur ignorance en domination illégitime. Oui il y avait eu une époque où elle partageait avec lui ses lectures. Et sachant ce que représentaient les livres pour Hélène, Sébastien ne pouvait que se désoler d'avoir perdu cette complicité et il se fit la réflexion qu'il aurait dû y voir un présage funeste.

HÉLÈNE

C'est le matin du cinquième jour. La forêt est magnifique. Elle doit sa splendeur aux pluies diluviennes de la nuit. Tout est luminescent comme si les arbres produisaient un plancton vert. Hélène ne pourra pas s'asseoir entre Sam et Joe aujourd'hui. La mousse est imprégnée d'eau et le sera encore demain, même si le soleil brille. Les pluies ont arraché le dernier espoir de garder l'été. Tout doucement, l'automne s'approche, offrant à la forêt de nouveaux parfums.

Au sortir de la salle de méditation, le ciel est lourd, plombé de nuages, et par endroits compact, un peu comme les *sankharas* ressentis durant cette heure sans bouger. Hélène a cru s'évanouir et maintenant, elle change de peau. La plongée fut si profonde qu'elle a l'impression de remonter à la surface de son corps griffé de sensations que caresse doucement le soleil. Dans l'insouciante légèreté du matin rien ne laissait présager ce qu'elle vient de vivre. Ça la fascine de voir que les heures de méditation qui pourraient être ennuyeuses ou monotones sont si variées et jamais prévisibles. Peut-être que certains s'ennuient, comptent les minutes dans les douleurs qui les vrillent à leurs organes, ou ne ressentent rien. Chacun vit sans doute quelque chose d'unique. Hélène ne se demande plus par quel miracle elle ne s'enfuit pas après avoir ressenti si intensément la souffrance, ou comment elle peut se remettre sagement en tailleur dans l'heure qui suit. Elle flotte, harassée par la distance entre sa vie et ce qu'elle est en train de découvrir. Le corps est magique, réparable à volonté, infini. Elle a des pouvoirs. Tous ont des pouvoirs et personne ne le dit. Elle peut plonger dans chaque molécule de son corps qui est tout en eau. Hélène mesure avec stupéfaction les habituels propos liés au bien-être que l'on attribue à la méditation, à des années-lumière de ce qu'elle expérimente ici. Une liaison totale entre la chair et l'esprit qui révolutionne le rapport entre le corps et l'âme et même le sens de la vie.

Elle est soudain transpercée par le rêve qu'elle a fait cette nuit : ils étaient attaqués. Des guerriers débarquaient avec des masques noirs et massacraient tout le monde. Pourquoi s'en souvient-elle maintenant et non pas au réveil ? Quel intérêt y aurait-il à s'attaquer à une bande d'illuminés assis en tailleurs ? Quelque chose lui souffle que la lumière de ce qu'ils font pourrait attirer l'ombre. Puis les paroles de sa mère lui reviennent : *Mais où vas-tu chercher toutes ces histoires ? – Ces mensonges*, rectifiait son père en souriant. *Non je ne mens pas, j'invente*, répliquait Hélène avec beaucoup de sérieux. *Et c'est pour ça que je n'ai pas pu faire mon devoir de maths parce que mon cahier a été incendié et que j'étais en retard suite à ma rencontre avec un magicien qui m'a appris à voir ce que les autres ne voient pas.* Elle avait onze ans. Déjà, elle cherchait les particules intérieures…

Équanimité. Égalité d'âme, d'humeur. Neutralité quoiqu'il arrive. Rien n'est plus difficile que de considérer la souffrance comme une sensation anodine, un paramètre négligeable et de se sentir broyé avec la même indifférence que si c'était une caresse qui, soit dit en passant, doit être prise avec la même impassibilité pour les mêmes raisons de neutralité. Hélène, agacée, se dit qu'il n'y a rien d'humain dans la pratique d'une technique qui consiste à ne pas réagir à tous les stimuli de son corps. Mais il peut y avoir un intérêt suprême à découvrir ce qu'on vit en n'étant plus le jouet de ses sensations ? Car voilà comment opère l'incroyable : une douleur se présente. Une lame pointue vient de perforer son estomac. Hélène grimace à peine. Elle constate le fait en essayant de ne pas s'en émouvoir, elle examine objectivement la déflagration pour comprendre si ça pince, ça tire, ça brûle juste en dessous de la douleur ressentie, et au moment même où elle sent nettement qu'elle atteint ce don d'observation neutre, sans prendre le parti de se révolter, la douleur se dissout mystérieusement. Elle est remplacée par un flux délicieux qui parcourt son corps comme un souffle d'air caressant. Difficile de ne pas succomber aux sirènes de cet agréable frisson. Comment la douleur choisit-elle de se présenter à tel ou tel endroit suivant les moments ? Hélène n'en sait rien. Elle guette en essayant de ne pas en tirer de conclusions hâtives.

Il a cessé de pleuvoir, mais les visages sont encore mouillés. Apparemment, ce que certaines traversent ne donne pas envie de rigoler ! Les mines sont aussi sombres que le ciel de la veille. Dire qu'elle n'a jamais tué personne ! Ça se passe comment pour les tueurs, les parfaits salopards, bref les pires qu'elle ? Ils doivent tomber dans le coma, crever sur place dans des souffrances atroces. Et si elle se prend de plein fouet ce qu'elle vient de découvrir en un éclair de douloureuse lucidité, que dire de son voisin, chasseur, gueulard qui bat sa femme et son chien ?

Hélène vient de vivre une étrange méditation où après avoir senti ses tensions se dissiper, tout est revenu en force. Une plaque de fer s'est à nouveau vissée à la surface de son dos et elle en sentait cette fois tous les boulons dans sa colonne vertébrale et dans ses côtes. Tandis qu'elle tentait de récupérer son flegme en rejetant sa déception face à ce retour en arrière, elle écoutait sans y croire le moindre flux se manifestant ailleurs, mais la douleur principale occultait toute tentative de capter quelque chose de subtil. Même en plaçant son écoute à l'autre bout de son corps, même en ignorant le champ dévasté par la souffrance, elle avait du mal à faire abstraction de ce qui la torturait. Et quand elle se posait sur la zone, tout doucement pour écouter les sensations sous la chair hurlante, elle n'avait pas le temps d'identifier si ça tirait ou ça déchirait, et ne pouvait rester sur la douleur de peur de basculer dans une sorte d'évanouissement. Et malgré tout ça, elle pensait à ce "je", à ce qu'il recouvrait en réalité. Qui était "je" ? Peut-être était-ce l'effet de cette torture, mais "je" lui paraissait égoïste, tranchante, intolérante, peu encline à la compassion. En y réfléchissant bien, elle exigeait de Sébastien ce qu'elle ne voulait pas lui donner et elle le chargeait de toutes les responsabilités, incluant leurs deux mères et accessoirement leurs pères, bien que celui de Sébastien ait disparu et que le sien n'ait pas dirigé grand-chose. Elle s'effondrait. Comment avait-elle pu s'illusionner sur elle-même à ce point ? En principe, elle détestait l'injustice mais une petite voix lui soufflait que la moindre des justices est d'accorder à l'autre l'indulgence qu'on s'accorde à soi ! Peut-être était-elle aussi de mauvaise foi. Pas étonnant qu'elle soit percluse de douleurs.

Assise sur un banc dans le petit jardin, elle frotte ses bras, étire ses muscles endoloris essayant de comprendre à nouveau le fonctionnement de cette introspection. Elle revit le dénouement de la séance qui vient juste d'avoir lieu, cet instant où elle a fini par revenir un moment sur sa douleur réapparue avec une sorte de détachement désabusé. Que pouvait-elle découvrir de plus que cette déception vis-à-vis d'elle-même, tout ce qui venait de s'effondrer dans son estime ? Et pfft… À nouveau son corps s'est libéré. Comment la douleur s'est-elle dissoute sans crier gare ? Hélène n'y comprend toujours rien. Elle se souvient juste d'avoir essayé d'oublier la trop grande satisfaction qu'elle sentait poindre pour accueillir ce miracle avec le même détachement que celui ayant permis à la douleur de disparaître. Elle comprend, même si tout reste encore mystérieux, que c'est ce lâcher-prise, cet abandon de soi qui résout l'affaire. En réalité, ce n'est pas la culpabilité de l'inconséquente égoïste qu'elle fut pour Sébastien qui compte. C'est la misère, la pauvreté de ses comportements qui lui inspirent soudain indulgence et tendresse. Se pardonner donne tout loisir de voir les erreurs des autres dans leur réalité. Sans la hargne d'un désir de vengeance, sans même la fièvre d'un ressentiment et sans le détachement d'une indifférence. Un ersatz d'amour vrai pointe son nez. Elle n'est pas coupable, elle est guérie. Elle ne s'en veut plus et ça lui fait un bien fou !

Durant les méditations, la voix de Goenka signale qu'il peut y avoir toutes sortes de sensations, du froid, de la chaleur, des pincements, des raideurs, des brûlures, des frissons, des tiraillements… Tout est sensation, court le long des organes, du plus grossier au plus subtil. Mais pour autant, cet enregistrement physique du vécu ne raconte pas ses origines. Était-ce un traumatisme de l'enfance ? Une rencontre effrayante, une transmission familiale issue du non-dit ? Non rien ne peut être décelé avec ce qu'Hélène ressent. Elle voudrait savoir pourquoi ça brûle, ça défonce, ça pique ou ça ondule, ça flamboie, ça distille, ça étoile, ça frissonne… C'est tragique ou délicieux. Pourquoi elle en sort éblouie ou souffreteuse. Le corps expulse dans le silence de son acceptation, la rumeur sourde de sa colère, ou celle de son refus, mais il garde son mystère originel. Et même si, durant ces longues journées de huis clos avec elle-même, des histoires se présentent à son esprit, rien ne dit qu'elles ont été à l'origine des douleurs ou plaisirs ressentis. Elle pleure, elle veut prendre soin de cette petite fille blessée, se rendre compte de ce qu'elle a fait aux autres, des blessures qu'elle leur a infligées. Elle prend conscience de tout. Ce n'est ni complaisant ni culpabilisant, c'est une entière compréhension de son rapport aux autres. C'est la visite guidée des manques de chacun et des responsabilités que les actes impriment à l'entourage, à l'environnement, au monde. Mais ensuite il faudra y retourner dans ce monde. Accepter de le voir autrement et peut-être combattre cette appartenance guerrière qui l'a détruit. Que faire quand on ne sent même plus l'hostile murmure de l'avidité ?

Elle est seule aux abords du champ, juste à la lisière de la forêt tandis qu'elle pense à tout ça. La nature lui paraît plus brillante, translucide. Après les grosses pluies de la nuit, sous l'herbe coupée qui avait jauni apparaît une couche vert tendre préservée par cette couverture mouillée qui l'a protégée de la brûlure du soleil. De l'autre côté du fil de fer qui n'est pas barbelé, l'herbe haute a été couchée par les rafales et par le poids de l'eau. De longues tiges blondes sont surmontées d'épis bruns qui parsèment l'étendue de petits points sombres. La prairie voisine est devenue un tableau impressionniste. Ces petites touches posées sur les demoiselles de paille s'étirent jusqu'au bosquet de feuillages où les biches se nourrissaient l'autre soir. Le spectacle vibre sous ses yeux. Comme si elle venait de découvrir quelque chose d'essentiel. Son cœur bat à tout rompre. Il ne s'est rien passé d'autre que ces quelques pas pour mettre en ordre toutes les idées qui l'ont assaillie depuis la fin de la dernière méditation. Mais là soudainement, Hélène se dit qu'on ne peut combattre l'ombre de l'autre qu'en faisant grandir sa propre lumière. Jamais en lui reprochant sa part d'obscurité. Est-ce que les choses pourraient être autrement si chaque être se reliait à son intériorité, avait accès à sa propre liberté ? Est-ce utopique de penser que ça pourrait exister ? Et changer le monde ? Cette prise de conscience soudaine l'empêche de respirer. Elle sait qu'elle vient de toucher quelque chose d'essentiel. Et l'essentiel se conjugue hors du temps.

Hélène remarque une femme qui regarde le plat vide d'un air exaspéré. Son silence est éloquent : Bon, ça vient là ? Il n'y a plus de légumes ! Il serait tellement plus facile de donner le plat à l'une des servantes qui s'empresserait de le rapporter plein. Ces dernières sont si attentives, toujours prêtes à devancer leurs désirs de ce qui pourrait manquer sur la table. La nourriture est délicieuse et les servants offrent dix jours de leur temps pour que les méditants puissent avancer sur le chemin, n'avoir rien à faire d'autre que méditer et vivre au mieux cette retraite. Leur travail est un cadeau.

Quelques minutes plus tard, cette même femme tient la porte à Hélène, esquisse l'amorce d'un sourire aussitôt ravalé car elle se souvient qu'on ne doit manifester quoi que ce soit au-delà du silence, elle titube, renverse un peu de café, étouffe un rire nerveux et s'assoit désemparée par cette succession d'événements qu'elle n'aurait peut-être pas vécue de cette manière dans la vie courante. Aurait-elle juré ? Se serait-elle énervée ? Le manque de nourriture avait généré son agressivité, alors qu'elle est redevenue avenante et polie devant la porte. Hélène qui avait commencé par la juger, comprend que ce sont encore ces satanées sensations qui gouvernent les comportements, le sien et celui de cette femme. Car maintenant, elle la trouve touchante et se dit que chacun est ainsi. Un être multiple, abrupt, capable de gentillesses comme de grossiers comportements. Chacun exprime et réagit sans cesse, sans jamais prendre garde à ce qui le pousse ou le façonne. C'est à la fois merveilleux de le découvrir et effrayant de penser que la plupart du temps, on l'ignore.

Après le déjeuner, quelques filles passent devant Hélène avec des paniers en osier. Elles vont étendre leur linge. Hélène les trouve belles comme des lavandières d'autrefois, elle qui ne voulait pas d'une activité qui lui rappellerait trop la maison, les jumeaux. Elle pense à ces dix jours qui lui appartiennent. Elle ne lave pas ses vêtements. Elle nettoie l'intérieur d'elle-même ! Depuis cinq ans, elle n'a jamais été seule. Quand les jumeaux ont eu un an, elle les a quittés une semaine pour se reposer. Mais elle a fait l'erreur de partir dans sa famille où l'on ne cessait de l'interroger sur cette double naissance. Avoir deux bébés à la fois, une fille et un garçon, quelle aventure ! C'était la première fois qu'elle les quittait et ils lui manquaient terriblement ; ces questions ne faisaient que ranimer le manque. Rentrée exaspérée et peu reposée, elle n'est depuis repartie que deux ou trois jours, finissant par oublier qu'elle avait peut-être besoin de récupérer.

Le chemin est envahi de limaces. Elles n'ont pas l'air de se connaître. Elles avancent sur le sentier ou le traversent. Elles sont un peu comme les méditantes : lentes et silencieuses. Le champ est parsemé de rosée. Il fait plus gris aujourd'hui et la couche nuageuse ne permet pas d'apercevoir le moindre rayon de soleil. Pourtant on devine qu'il n'est pas loin, qu'un rien pourrait lui permettre de percer. À nouveau la noirceur du bois qui ne semble pas être sorti de sa nuit attire Hélène. Du petit chemin caché derrière les arbres, le champ paraît plus banal, plus humain. Il était pourtant d'une somptueuse beauté tandis qu'elle s'y promenait quelques minutes plus tôt. La sauvagerie de la forêt a son mystère. Hélène y remarque un arbre dont le tronc est entrelacé. Comme dans le champ, elle visite et ne s'en lasse pas. Elle emprunte des chemins qu'elle ne connaissait pas, regardant au-delà des limites d'autres arbres de l'horizon de certains arbres, une autre forêt dans laquelle aucune fille ne va. Ça a toujours l'air plus beau ailleurs, plus attirant. Elle aperçoit des mains de chaque côté d'un énorme tronc. Elle ne voit pas la fille dont les bras ne peuvent faire le tour de l'arbre. Et, contournant de loin ce spectacle, elle se dit que c'est d'une grande beauté une femme enlaçant un arbre avec la ferveur d'un être qui retrouve sa part sauvage.

Dans la forêt, tout devient initiatique. Chaque pas fait craquer les feuilles sèches qui couvrent le sol d'un tapis brun. Le vent prend de grandes inspirations, arrive par vagues comme si la pluie s'abattait en rafales. Pourtant, le soleil inonde les hautes feuilles laissant passer dans leurs veines des lueurs mordorées. Les oiseaux ne chantent pas de la même manière. Ils se parlent de branche en branche, ils ne gazouillent pas comme dans la plaine proche des maisons. Ils transmettent des messages, s'interpellent, lancent des ordres ou font part de leurs découvertes. Si l'horizon ne permet pas de fantasmer sur un ailleurs au-delà des collines comme dans le champ, on comprend ici que quelque chose existe derrière la forêt et pour l'atteindre, Hélène devrait la traverser et s'y perdre. C'est là que résident son envoûtement et sa beauté. À certaines heures, Hélène étouffe dans cet écrin de verdure où les troncs pourraient se resserrer. L'appel du champ se fait pressant en approchant la lisière des arbres, elle devine son espace, aspire à s'extraire du sombre, à rejoindre cette lumineuse clarté des hautes herbes dégagées et libres. Pourtant quand elle y reste trop longtemps, elle s'y sent comme une biche à découvert qu'un chasseur pourrait tuer.

Souvent elle l'a dit à ses petits : *Tu t'es fait mal mais ça va passer ! Ça fait très mal sur le coup, tu as raison. Mais après ça part !* Cette loi du changement, tout le monde la connaît et les mères la transmettent. Elle devrait nous exploser au visage, se dit Hélène. Elle régit notre vie, notre mort, notre quotidien, mais notre ignorance aussi. C'est ce que nous faisons en engendrant des vies : produire du devenir, du changement. Est-ce que les femmes acceptent mieux que tout ce qui est s'en aille ? Chaque jour le bébé qu'elles ont en charge devient un autre et elles doivent s'adapter à cette réalité. À aucun moment, Hélène n'a le souvenir d'avoir vu un être changer aussi vite que les jumeaux dans les premiers mois. Chaque jour elle devait accepter de les perdre, de les regarder autrement et plus tard encore qu'ils ne soient plus des bébés mais de petits enfants qu'elle voyait grandir, évoluer. Il lui arrive aujourd'hui de penser avec effroi qu'un jour ils ne seront plus ce garçon et cette fille qu'elle a élevés, ils ne seront plus ceux qu'elle a sous les yeux, mais des étrangers dont l'aspect et le comportement lui auront échappé sans qu'elle puisse rien y faire. Sa réalité de mère est une histoire d'impermanence à l'intérieur même de sa chair. Et pourtant…

Vous connaissez le flux calcifié ? D'un point de vue équanime c'est la même chose que le flux libre, mais en version solide et douloureuse… On descend sur des zones compactes et délicieusement contractées dans une souffrance à hurler. Avouons que ce n'est pas de chance quand on est censé la boucler ! C'est dans ces moments qu'on se demande si ça vaut vraiment le coup de s'imposer une chose pareille. La notion de douleur mâtinée de "même pas mal" m'évoque sérieusement un masochisme que je ne sais pas qualifier autrement ici et maintenant. Vivement que l'heure se termine ! Ma neutralité a atteint un point de non-retour dans son absence. Enfin, Goenka bégaie, radote, répète les mêmes chants et moi j'ai mal encore et je prie pour que la délivrance survienne au plus vite… J'ai envie de me tirer en courant, envie de m'enfuir au bord de la mer. Tandis que je suis au bord de l'amer où j'essaie de me libérer. Ce genre de folie a un coût mais je devrais me réjouir. Ce matin, j'ai explosé mon pied sur le rebord de la douche. J'avais tellement mal que je me suis mise à pleurer, assise par terre sur le carrelage. Puis j'ai imaginé que c'était le moment de tester mon nouveau pouvoir. Nauséeuse sous l'effet du choc, je me suis assise en tailleur et me suis posée mentalement sur la douleur, pour voir. J'ai failli m'évanouir, les larmes ont redoublé, la souffrance s'est décuplée. Prise de panique, essayant de récupérer mon souffle, j'ai scanné le reste de mon corps tout en tentant d'oublier mon pied qui lançait de violents coups jusqu'à mon cœur. J'ai fini par calmer ma peur. Au bout de vingt minutes, je me suis levée. Mon pied n'avait pas de bleu, pas de trace de coup et je n'avais plus aucune douleur. Éberluée, j'ai juste souri.

Hélène sort de la salle de méditation et c'est le début d'une vraie joie qui pointe son nez. C'est tout petit, ça ne fait pas de bruit et c'est incompréhensible. Une nouvelle heure d'immobilité totale vient de se terminer. Une fois passé le moment critique des sensations grossières, la douleur n'est plus qu'un souvenir très lointain, pas grave, insignifiant même. Étrange phénomène qui la dépasse et ne ressemble en rien aux douleurs musculaires ou articulaires habituelles. Son corps est libre. Réparé. Hélène le sent en pleine forme. Elle perçoit la force qui irradie sa peau, comme des étoiles qui l'entourent… Incompréhensible transfiguration de la douleur qui devient sagesse, procurant à son corps la sensation de pouvoir guérir toute maladie, d'abattre un passé qui l'handicapait.

"Ma vision des choses est mécanique, se dit Hélène. Pourquoi être isolée dans une transmission qui m'enferme ?" Deux ou trois fois durant les méditations, elle a perçu – et elle ne peut dire comprendre tant c'est incompréhensible – qu'elle n'avait plus peur de la mort, parce qu'elle n'était plus dans la vision qu'elle en a reçue. Elle était dans la vraie nature de la mort, la vraie nature de l'humain, la vraie nature de la liberté, qui ne sont pas des choses formatées. C'était une vision pénétrante, réconfortante qui n'avait plus besoin des barrières érigées par son savoir, son expérience ou son éducation. Ça n'avait pas de temporalité, ni de conception mentale. Ce n'était pas une pensée car cet état est impensable. C'était semblable à ce qu'elle éprouve quand elle est devant la beauté. Il n'y a ni mot, ni raisonnement, c'est. C'est là. C'est éternel et profondément perceptible. Et si l'oubli de mort rendait la vie supportable, alors que pourrait faire l'acceptation d'être un mortel ? Rendre l'existence joyeuse ?

Ce soir, le soleil rasant enflamme les hautes herbes du champ, éclipsant la blondeur discrète des foins ; il s'enfourne sous les arbres en pirate de mers barbares pour allumer les troncs. Il fait briller les jeunes feuilles de vert doré, la mousse sur le sol, comme s'il se vengeait de ne pouvoir pénétrer les sous-bois secrets que lorsque les hautes branches se balancent et daignent s'écarter. Ça ne dure que quelques minutes, flamboyantes, telle la révélation d'un trésor caché. Tout disparaît d'un seul coup. L'or quitte la forêt en une fraction de seconde, par miracle, comme il y avait été posé. L'horizon avale le soleil et les sous-bois se referment comme une huître, gardant seulement le souvenir de la perle qui s'y est déposée. Illumination. Elle regarde la forêt, le chemin à couvert qui s'ouvre sur le champ immense. Elle revoit les images de *Bambi*. Le premier film de son enfance dont elle se souvienne. Ses premiers pleurs au cinéma aussi. Souvenir de la mère qui court à découvert dans le champ et se fait tuer tandis que Bambi échappe aux chasseurs. Le brame du cerf. Il doit avoir commencé. Elle aime la forêt de Rambouillet et particulièrement cette période enchantée. Sa famille lui manque. Sébastien aussi lui manque. Peut-être qu'elle l'aime et qu'elle s'est trompée sur tout. Est-ce que l'amour est engrammé lui aussi ? Et peut-on retrouver ses traces intactes ? Pourquoi le recouvrir d'épisodes inguérissables ? La rancœur n'est peut-être pas immuable.

Mais lui l'aime-t-il encore ? C'était si terrible ce moment où il s'est avancé vers elle main levée, prêt à la frapper. Il s'est arrêté, mais pourrait-il passer à l'acte une prochaine fois ? Cette violence en lui, d'où venait-elle ? Ne pas devenir folle…

Ce n'est pas la nuit qui l'inquiète. La nuit est la promesse invariable du jour. La nuit n'est pas le reflet des ténèbres.

Mardi 11 septembre

6e jour

L'humanité est une famille entière et indivisible. Je ne peux me désolidariser même de l'âme la plus noire.

MAHATMA GANDHI

Accorde le moi le silence et j'affronterai la nuit.

KHALIL GIBRAN,
Le Sable et l'Écume.

SÉBASTIEN

La matinée était passée relativement vite. Sébastien avait géré le flux étranger puis il avait fait un point sur les articles de fond à venir et à 14 h 39, quand l'urgent sur Laurent Fabius annonçant que la croissance serait maintenue à 2,3 %, était tombé, il avait décidé d'aller manger un croque-monsieur. Il finissait en principe à quinze heures et son collègue venait d'arriver quand il opta pour un déjeuner dans le quartier. Il n'avait pu s'empêcher de repenser à ce temps où Hélène l'attendait avec un pique-nique qu'ils dévoraient à son retour, assis sur la mousse des bois de la forêt de Rambouillet. La nausée était revenue avec l'image du journal intime de l'ordinateur, mais il avait décidé de la mettre sur le compte de la faim et de repousser tout souvenir ou pensée concernant Hélène. Il avait découvert, depuis qu'il ruminait la double vie de sa femme, qu'en se concentrant sur sa perversité et en se focalisant sur la haine et le dégoût qu'elle lui inspirait, il évitait de souffrir et de pleurer sur leur couple ou sur l'amour qu'il n'avait jamais dû lui inspirer. Elle était coupable à cent pour cent et les mots employés dans ses descriptions moites, son excitation, ses manœuvres pour arriver à ces débauches enrobées de séduction et parfois de tendresse ne pouvaient l'abuser. C'était une sorte de nymphomane, une cinglée qui faisait de lui un pauvre type, un mari naïf. Il écartait toute pensée cohérente qui lui rappelait qu'on était toujours deux dans une aventure et que ses copains ou amis l'avaient aussi trahi. L'amitié qu'ils se portaient n'intervenait jamais dans les récits de ces relations. Était-elle si irrésistible pour que tous ces hommes qui ne se ressemblaient pas et dont la moitié étaient amoureusement en couple, décident de passer à l'acte ? La fureur de Sébastien masquait la cohérence de toute pensée, pourtant il ne pouvait s'empêcher de trouver bizarre ce catalogue sensuel. Yann n'avait pas tort, il n'avait guère vérifié ses informations. Après tout, si elle était réellement une excitée incapable de refréner ses instincts, elle aurait dû porter son attention sur des types qu'il ne connaissait pas. Était-ce le danger de la proximité qu'ils entretenaient avec son mari qui la stimulait, sa raison première de les prendre dans ses filets ? Sébastien, quand il n'était plus obnubilé par la monstrueuse trahison, la duplicité ou la folie d'Hélène, était interpellé par la beauté de ses récits qui transformaient sa perversité en belles histoires. Ça, il l'avait remarqué ! Alors soit c'était encore pire d'avoir aussi magnifiquement raconté ces relations inadmissibles, soit c'était le but et toutes ces histoires étaient fausses.

Il avait réussi à mettre sa rage à distance et il avait embarqué Annie qui se fichait pas mal de la reprise des exportations de programmes audiovisuels français tombée à 14 h 42, tout comme de la visite d'Hubert Védrine à Moscou pour évoquer le Proche-Orient et la Macédoine. Il faisait doux et ils s'étaient installés en terrasse pour profiter pleinement de cet été indien. À 15 h 58 le rédacteur en chef lui envoyait le texte de la dernière dépêche tombée en *URGENT : Alerte USA Avion s'est écrasé sur une des tours du World Trade Center.* Bordel, ça y était !

Sébastien sentit que tout ce qu'il avait pressenti la veille était là !

Quand ils étaient entrés dans la salle de rédaction, ils n'avaient pas été surpris de voir tous les occupants de l'*open space* massés devant la télévision qui montrait l'une des tours dont le sommet laissait échapper une épaisse fumée noire, puis s'approchant, il avait vu soudain passer une ombre et une explosion énorme avait semblé avoir lieu derrière le bâtiment enflammé. Une dépêche de New York avait signalé que les Twin Towers étaient en feu avant de lâcher qu'un deuxième avion s'était écrasé sur l'édifice sud et une voix féminine de leur petit groupe de lancer : "C'est Ben Laden !" Sébastien avait immédiatement pensé à Christophe. Voilà pourquoi les journalistes étaient tellement pressés d'interviewer Massoud, il s'agissait de le liquider avant cet attentat. Puis il y avait eu un coup de fil de New York annonçant que d'autres avions étaient détournés et qu'on n'en savait pas encore assez pour balancer des infos. Apparemment c'était un Boeing 757 qui devait relier Newark à San Francisco et peut-être y en avait-il un quatrième, mais ils n'arrivaient pas encore à obtenir confirmation. On allait probablement évacuer la Maison Blanche et le Pentagone. Bush se trouvait lui dans une école maternelle en Floride et on attendait sa réaction à tout moment. "Alors tu penses toujours que c'est un hasard malheureux ?" avait demandé le rédacteur en chef à une des journalistes d'un ton un peu agressif. Sébastien avait appris qu'elle avait ricané lors du premier impact, croyant qu'un avion de tourisme avait bêtement fait une erreur de pilotage.

Hébétés devant le petit écran, ils étaient rejoints par les employés qui prenaient leur service tandis que ceux qui auraient dû partir étaient incapables de détacher leur regard des images qui s'enchaînaient et repassaient en boucle l'impact du deuxième avion vu d'un autre angle. Les commentateurs américains ne disaient plus rien et l'on entendait la voix effarée de ceux qui vivaient en direct la situation. On entendait les pleurs, et les cris et les exclamations horrifiés de ceux qui filmaient et quand ils se trouvaient proches des tours, de tous ceux qui fuyaient. À 16h14, une dépêche avait annoncé un bilan de six morts et mille blessés et Sébastien s'était demandé comment le ou la journaliste à l'autre bout du fil avait pu faire une estimation aussi approximative que hasardeuse. Contrairement à l'habitude, le fil ne racontait rien, comme si ce n'était plus la peine puisque tous suivaient l'événement en direct. Le fil des concurrents était muet lui aussi. Associated Press et Reuters envoyaient l'essentiel du désarroi en style télégraphique. Pour une fois depuis longtemps, peut-être depuis l'assassinat du président Kennedy – mais Sébastien était trop jeune pour l'avoir vécu –, la télévision retransmettait en direct la sidération, la folie, la peur, sur le lieu du drame. Sébastien s'était soudain demandé à quel niveau le deuxième avion avait frappé la tour sud. Il avait pensé à Liara, la journaliste avec laquelle il avait travaillé à l'agence financière, filiale de l'AFP dont les bureaux se trouvaient au cinquante-deuxième étage. À 16 h 18, le fil avait annoncé que le World Trade Center était victime d'un attentat terroriste. L'Amérique donc, était touchée.

Et tandis que certains d'entre eux essayaient de joindre les différentes personnes avec lesquelles ils étaient en lien à New York, aucun ne quittait la télévision des yeux, où tout s'enchaînait au rythme implacable de l'enfer. À l'horizon du pire, il était difficile de faire mieux.

Les images semblaient fouiller chaque instant, chaque parcelle du périmètre du drame. Ceux qui sortaient des bâtiments étaient couverts de cendre et de sang ; ils fuyaient un danger dont ils ignoraient encore complètement l'ampleur. Dans les rues adjacentes des gens couraient en hurlant, interpellés par quelques policiers qui improvisaient un semblant d'organisation afin d'inciter la population à s'éloigner du lieu du drame. En bas des tours, la rue était un spectacle de guerre familier s'il ne s'était agi de New York et du quartier de Manhattan. Soudain la caméra avait montré le sommet d'où s'échappait une fumée noire et avait zoomé au maximum et tous à l'AFP avaient vu des employés aux fenêtres, agitant des chiffons blancs puis soudain des corps qui se jetaient de là-haut et tombaient durant de longues minutes, passant devant d'autres étages, tout aussi pris au piège, inaccessibles. Puis les caméras revenaient sur ceux qui, en bas, les regardaient, une main sur la bouche, pétrifiés, impuissants.

Sébastien imaginait les milliers de tonnes de débris s'abattant du ciel. Il se souvenait de la foule qui se pressait aux abords des tours le matin quand chacun se rendait à son bureau. Et tous comme lui dans cette rédaction, voyaient, écrivaient et communiquaient chaque jour depuis des années la totalité des événements tragiques du monde en s'efforçant de ne pas tomber dans la banalité, mais ils n'avaient jamais été des parents au Bangladesh ayant tout perdu dans les inondations, ils ne s'étaient pas sentis proches des familles de guerriers en Yougoslavie, pas plus qu'ils n'avaient vécu les attentats suicides qui avaient lieu si souvent en Israël ou ailleurs. Nombre d'entre eux avaient déjà travaillé sur des terrains de guerre, ils en avaient accepté les risques, sachant où ils se rendaient. Mais aussi tragique que soit la situation qu'ils avaient décrite ou photographiée, ils n'oubliaient jamais que leur statut journalistique leur offrait cette perspective essentielle : repartir et rentrer chez eux, là où l'on pouvait vivre dans l'illusion du risque zéro.

Pourtant cette fois, devant l'horreur de ce qui avait lieu sous leurs yeux, ils étaient ces hommes qui s'étaient retrouvés piégés alors qu'ils venaient de s'asseoir à leur bureau tenant encore leur café fumant tout juste acheté au Starbucks du coin. Elles étaient ces femmes qui avaient déposé leurs enfants à l'école et les avait embrassés en leur souhaitant une bonne journée, prévoyant de les récupérer le soir. Serrés les uns contre les autres, les journalistes de la rédaction étrangère de l'AFP étaient ces gens qui avaient organisé un barbecue à la campagne pour le dimanche suivant, ces jeunes qui venaient d'être embauchés et vivaient la fierté de leurs premiers jours de boulot, ces humains en paix qui n'avaient jamais connu la guerre ou la violence dans leur chair. Ils étaient ces êtres qui vivaient, aimaient, travaillaient, jouaient, partaient en vacances, bref des hommes et femmes en âge de travailler encore longtemps et de goûter au bonheur sans jamais nuire à quiconque. Et voilà qu'en quelques minutes ils étaient devenus ces Américains innocents, vivant à l'écart de la barbarie, dans la tiédeur illusoire de la démocratie. Et dans les yeux de ses collègues, Sébastien voyait l'effarement, quelques larmes, de l'incompréhension et une forme de sidération dans laquelle ils communiaient. Quelque chose de nouveau avait surgi et bien qu'ils soient encore sous le choc de ce qui était en train d'advenir, chacun comprenait déjà qu'il y aurait un avant et un après. Que la guerre du terrorisme mondial venait d'ouvrir dans la paix relative de certains États, une brèche qui ne se refermerait plus jamais.

Les minutes qui suivirent confirmèrent cette première sensation.

Entre 16 h 30 et 17 heures les Bourses de Paris, Milan, Londres, Francfort chutèrent de plus de 4 % et les abonnés au fil des infos AFP purent apprendre que le Boeing 767, souvent utilisé pour les liaisons transatlantiques, pouvait transporter deux cent vingt-quatre passagers sur un rayon d'action de douze mille deux cent trente kilomètres. Qu'il était d'une longueur de quarante-huit mètres et d'une masse de cent trente-six mille kilogrammes et que sa vitesse de croisière était de huit cent soixante-treize kilomètres-heure. Le Boeing de la compagnie American Airlines qui venait de s'écraser sur le World Trade Center avait décollé de Boston pour aller à Los Angeles. Ces détails avaient l'air incongrus mais dans le contexte, ils en disaient long sur la taille de ces bombes aériennes dirigées sur le cœur de Manhattan.

En l'espace d'une demi-heure, un troisième avion détourné s'était écrasé sur le Pentagone puis un quatrième à cent trente kilomètres au sud de Pittsburgh. Pour une raison encore inconnue, celui-là n'avait pas atteint son objectif qui avait de grandes chances d'être la Maison Blanche. La tour sud, dont une vingtaine d'étages étaient en feu après que le deuxième avion l'avait percutée entre le soixante-dix-septième et le quatre-vingt-cinquième étage, s'était effondrée dans un déluge de poussière et d'acier. Un nuage ocre avait envahi les rues tout autour et ceux qui filmaient s'étaient mis à courir. On pouvait encore entendre leur respiration étouffée et voir le sol qui tremblait tandis qu'ils tenaient la caméra à bout de bras. Puis on ne voyait plus rien que l'opacité de la destruction, mais les sons étaient perceptibles et rendaient compte de la panique et de la terreur sur place. Sébastien écoutait cette bande-son effrayante tout en sachant que le pire était l'odeur, l'étouffement, ces sensations âcres d'un terrain de guerre qui communiquent la mort aux survivants comme pour les avertir qu'ils n'en ont plus pour longtemps.

Juste avant, les journalistes avaient appris que plus un avion ne pouvait décoller aux États-Unis et que l'accès à tout aéroport était désormais interdit. Ceux qui étaient encore dans le ciel nord-américain devaient atterrir de toute urgence et Sébastien, qui avait écrit récemment un article sur le trafic aérien, calcula machinalement qu'il leur faudrait faire atterrir quatre mille deux cents avions en un temps record pour endiguer cette folie organisée qui semblait ne pas vouloir s'arrêter. Tous les ponts et les tunnels qui reliaient la presqu'île de Manhattan au reste de New York avaient été fermés. Combien de véhicules étaient encore bloqués sur ces voies d'accès souterraines qu'un million de personnes empruntaient chaque jour ?

Sébastien était revenu vers le fil des infos et pendant un court instant, il n'avait vu que les chiffres sur cette dernière dépêche : 4 772 contre 4 982 et un nombre de blessés qui avait augmenté de 7 % passant de 8 000 à 12 434. Surpris, il était revenu au début du papier et s'était aperçu que le fil balançait le nombre des morts sur les routes de France, en légère baisse par rapport au mois d'août de l'année précédente !

Il s'était demandé si le nombre de morts des attentats américains serait équivalent à celui du nombre de morts d'une année sur les routes de France. Les hommes étaient capables de se liquider assez efficacement sans faire appel à des terroristes et cette barbarie inutile reposait le problème d'une civilisation qui n'avait pas beaucoup évolué depuis les invasions de l'Antiquité… Mais l'heure n'était pas encore aux bilans, ni aux considérations philosophiques.

L'indignation d'Hélène s'était interposée un instant. Elle lui disait régulièrement, et le lui avait rappelé plus violemment encore lors de leur dernière altercation, qu'il était complètement décalé et que la vie ne se réduisait pas à la liste des catastrophes qui atrophiaient le monde. Il avait beau lui rappeler qu'une agence de presse rendait également compte des expositions, de la culture et de quelques événements poétiques ou bienveillants, elle haussait les épaules en lui signalant qu'il n'avait pas l'air d'avoir contemplé quoi que ce soit de beau quand il revenait de son travail. Quand Sébastien n'en pouvait plus, il se fendait d'un *Oui mais je te rappelle que ce métier que tu condamnes te nourrit et nous permet de vivre décemment.* Il se retenait souvent de lui balancer qu'elle n'était qu'une petite serveuse dans un bar plutôt minable quand il l'avait rencontrée car la seule fois où il le lui avait envoyé comme une ultime pique blessante, elle lui avait sorti la proposition écrite d'un engagement sur un bateau qui l'aurait emmenée au bout du monde et qu'elle avait refusé pour rester avec lui et vivre leur amour naissant. Sébastien qui n'en avait rien su était resté sans voix. Il avait été ému par son refus tout autant que par le silence élégant dont elle l'avait entouré. Lui qui avait toujours cru l'avoir choisie…

Un cri le tira de ses souvenirs et il se retourna vers la télévision. La tour nord, première touchée, venait elle aussi de s'écrouler, pulvérisant ses 415 mètres de béton et de verre sur ses occupants et sur ceux qui se trouvaient à proximité. Combien avaient failli sortir de cet enfer et n'avaient pas atteint la porte ou l'avaient juste franchie pour être soufflés alors qu'ils étaient presque sauvés ? Combien d'employés étaient morts dans ces deux gratte-ciel qui étaient censés en accueillir cinquante mille chaque jour ? Combien de pompiers s'étaient retrouvés coincés dans les étages où ils montaient pour sauver des vies ? Lors du précédent attentat en 1993, les charges explosives qui avaient été déposées au sous-sol contre les piliers auraient dû provoquer l'effondrement d'une tour sur l'autre. Les terroristes n'en étaient pas à leur coup d'essai et le World Trade Center avait toujours été en ligne de mire de leur désir de frappe. Sébastien se souvenait parfaitement de tout ce qu'il avait appris de John alors qu'il avait passé six mois à New York juste avant qu'Hélène ne tombe enceinte. C'était à ce moment-là qu'ils avaient failli déménager pour deux ou trois ans. La naissance des jumeaux avait complètement modifié leurs projets.

Une fois parcourus les kilomètres de Paris à Rambouillet comme un automate, en écoutant les dernières nouvelles à la radio, Sébastien avait allumé la télévision à son arrivée tout en remerciant sa mère de ne pas l'avoir fait avant que les jumeaux ne soient couchés. Il était rentré vers vingt heures juste pour pouvoir les serrer contre lui, les embrasser avant qu'ils ne s'endorment. Ils lui avaient réclamé une histoire et tandis qu'il essayait de se souvenir d'un joli conte, sa tête lui balançait les images des tours répandant leurs fumées noires pendant des heures, les avions qui s'écrasaient inlassablement, tandis que quelques minutes plus tard tout s'effondrait. Le tout n'avait en réalité duré que deux heures, mais le chaos de cet événement, diffusé en boucle par toutes les télévisions du monde, le rendait interminable. Bien que n'en pouvant plus de ces images, il devait être attentif aux nouvelles qui n'avaient rien à raconter, sinon à reprendre le fil de cette journée effrayante en y ajoutant quelques données plus politiques. Certains mots se détachaient des commentaires.

"… Dérisoire périmètre de sécurité. Le cauchemar n'est pas terminé. La panique… Déflagration…

Vision d'enfer, d'apocalypse. Des centaines de personnes brûlées de la tête aux pieds arrivent dans les hôpitaux. Le président Bush n'a pas atterri à Washington mais en Louisiane. Ville recouverte de cendres et de poussière… Vingt-cinq mille personnes se trouvaient dans les tours au moment des attentats… Le maire de Washington a déclaré l'état d'urgence. La Maison Blanche évacuée… Il fallait près d'une heure pour descendre cinquante-deux étages…"

Sébastien avait fait taire sa mère, qui lui demandait s'ils avaient reçu des informations que ne donnaient pas les journaux télévisés, pour écouter l'intervention du président Bush.

C'est la liberté qui a été attaquée ce matin avec une rare lâcheté et la liberté sera défendue. Je veux assurer au peuple américain que tous les moyens fédéraux sont mis en œuvre aux côtés des autorités locales pour sauver des vies et aider les victimes. Mais attention, les États-Unis pourchasseront et puniront les responsables de ces actes lâches. Notre armée partout dans le monde est en état d'alerte maximale. Nous avons pris les mesures nécessaires pour assurer la continuité du gouvernement. La résolution de notre grande nation est mise à rude épreuve mais nous montrerons au monde entier que nous la surpasserons. Dieu vous bénisse. Puis un commentateur avait terminé son sujet en signalant que dans un scénario d'apocalypse comme celui-ci toute notion de rationalité ou d'humanité n'a plus de sens… Sébastien était épuisé. Il n'avait pas faim. Il était sorti dans le jardin de la maison pour respirer l'air frais du mois de septembre. Indifférents aux événements tragiques du jour, les cerfs bramaient au loin et menaient les guerres d'une nouvelle nuit amoureuse. Sébastien essaya d'oublier un instant sa journée. Chaque soir, après qu'ils s'étaient lavé les dents, Hélène faisait le tour du jardin avec les enfants, pour leur apprendre à parler aux esprits de la nuit, à respirer les vertus magiques de la fin du jour, disait-elle. Elle en profitait pour commencer l'histoire du soir qu'elle continuait ensuite dès qu'ils étaient dans leur lit. Elle avait fait de leur chambre une pièce magique : de petites guirlandes couraient dans les plantes, deux lampes champignons et des attrape-rêves lumineux qu'elle avait harmonieusement fabriqués donnaient une dimension féérique à cette grande pièce dotée d'une mezzanine transformée en bateau de pirates et repaire de peluches. Mais ce soir, Sébastien s'était senti mal à l'aise dans cet univers qui niait le monde auquel il appartenait et l'absence d'Hélène lui avait paru encore plus significative d'une époque qui commençait à mourir.

Sur l'écran, CNN diffusait un sujet sur Ben Laden et Al-Qaida, bien que les talibans qui le protégeaient et l'avaient accueilli en Afghanistan aient affirmé qu'il n'était pour rien dans cet attentat. Tout ce que Sébastien avait appris à New York quelques mois après le premier attentat du World Trade Center lui revint en mémoire. Il rechercha dans ses notes ce que lui avait raconté Richard, l'ami de John. À cette époque il prévoyait de faire une enquête sur les services secrets américains. Richard était en poste à la CIA et s'il lui avait fait une immense confiance en lui racontant certaines choses encore confidentielles, il lui avait demandé d'attendre avant d'exploiter son témoignage et de diffuser ses confidences. Lui-même n'était pas censé savoir certaines choses que le FBI ne désirait pas transmettre à la CIA.

Le leader du clan des Égyptiens, qu'on appelait "le cheik aveugle", prédicateur proche du cofondateur d'Al-Qaida, avait dirigé le premier attentat contre le World Trade Center. Dans les années 1990, alors qu'il avait réussi à obtenir un visa américain, le FBI avait placé près de lui l'un de ses agents, un dénommé Hassad. Juste avant une dispute stupide entre les services secrets américains et leur agent, celui-ci avait appris qu'il devait y avoir un attentat au cœur de Manhattan. Mais c'était malheureusement un autre, qu'ils ne contrôlaient pas, Ramzi Youssef, né au Koweït de parents palestiniens, élevé dans la haine de l'Occident et d'Israël, qui avait pris la suite de l'homme de confiance fâché avec les services américains. Youssef avait fabriqué la bombe du 26 février 1993 qui avait tué six personnes et en avait blessé un millier. Mais en réalité il avait raté son coup. Si la charge explosive placée dans une camionnette dans les sous-sols avait été aussi forte que prévu, la tour nord dont les piliers avaient été touchés par la bombe, se serait écroulée sur la tour sud. Youssef avait ensuite quitté les États-Unis et on avait retrouvé sa trace à Manille en 1995. Son appartement tenant lieu d'usine à bombes avait pris feu accidentellement et il s'était enfui laissant un ordinateur qui contenait des informations sur des attentats prévus par Al-Qaida. Dont une opération complexe visant à faire exploser en vol onze avions de ligne, faisant environ 4 000 victimes en une seule journée. Nom de code : Bojinka. Une version qui résonnait étrangement en ce jour de septembre 2001. Plus récemment encore, John l'avait informé qu'en France, la DGSE était parfaitement au courant d'un possible détournement d'avions de ligne et avait transmis aux services secrets américains une note à ce propos.

Sébastien se souvenait parfaitement des premiers articles diffusés en 1996 sur Oussama Ben Laden. Il avait rejoint l'Afghanistan et on savait alors qu'il était plus qu'un Saoudien roulant sur l'or. C'était un théologien spécialiste du Moyen Âge, un PDG du XXIe siècle qui avait fédéré tous les combattants islamistes afghans, ces mercenaires djihadistes entraînés par les services pakistanais soutenus par la CIA et dont personne n'avait voulu à la fin de la guerre contre les Soviétiques. Le puzzle s'était mis en place sous la surveillance attentive mais toujours incrédule et parfois divisée des services secrets du monde occidental. En réalité, Sébastien se demandait à quoi ça pouvait bien servir de disposer d'autant d'informations pour ne pas réussir à faire le lien entre elles, à éviter les conséquences tragiques de cette guerre souterraine dont le grand public ignorait tout. À l'époque où Richard lui avait donné toutes ces informations, Sébastien était complètement excité à l'idée de les rendre publiques, mais ses informateurs lui avaient expliqué à quel point il mettrait en danger les agents encore impliqués dans le travail de cette cellule dont le boulot exclusif était de traquer Ben Laden. Dans sa fatwa, ce dernier avait déclaré que tout bon musulman devait tuer des Américains ou des Français ou encore des alliés des Américains. Il avait les moyens de cette organisation internationale qu'il mettait en place avec méthode et stratégie. Il y avait de grandes chances pour que dès lors la phrase du cofondateur d'Al-Qaida, Al-Zawahiri prenne tout son sens : *Vous devez apprendre à utiliser votre ennemi pour qu'il devienne votre agence de pub.* Les États-Unis eux-mêmes, qui avaient déjà créé une cellule pour le localiser et le pourchasser, allaient en faire le héros d'une partie des musulmans en le considérant comme leur bête noire. Ce n'était qu'une question de jours.

Avant d'aller dormir, Sébastien avait écouté un correspondant basé à Londres raconter qu'un journaliste d'origine arabe ayant interviewé Ben Laden trois semaines auparavant aurait eu vent d'une opération sans précédent contre les intérêts américains. Il précisait également que les moyens de Ben Laden lui permettaient d'entraîner des pilotes à diriger des avions commerciaux pour les utiliser comme bombes volantes contre des bâtiments symboliques de la puissance américaine… Ce qui allait exactement dans le sens de ce que lui avait révélé Richard suite aux conclusions de l'enquête de Manille.

Juste avant de sombrer, épuisé et triste, dans un sommeil non réparateur, Sébastien s'était demandé comment des êtres humains peuvent exulter en préparant pendant des jours et des jours la mort de milliers d'autres. Et si les services secrets avaient pris la mesure de la menace, n'auraient-ils pu éviter ce carnage ? Et si lui-même ou d'autres qui avaient détenu tant d'informations secrètes les avaient publiées comment les choses auraient-elles tourné ? Quelle part de responsabilité son silence avait-il abritée ?

HÉLÈNE

La poésie sortait de moi comme une cascade joyeuse et colorée. Je me baignais dans les mots qu'elle m'offrait et je les distribuais à mon tour à mes amis, à ceux qui s'aimaient, à ceux qui voulaient s'écrire des lettres. J'offrais ma plume aux saltimbanques, aux coincés, aux êtres libres… Je ne savais pas ce qu'écrire signifiait. J'avais seize ans. Je suis passée devant cette poubelle. Je crois même y avoir jeté un papier. Et puis je suis entrée dans ce supermarché du livre, cette ivresse de lecteur où je restais toujours des heures à fureter, à couver du regard des couvertures, à m'immiscer dans des histoires, à chercher une pépite ou des lingots d'or qui soient à la hauteur de ma bourse et de mon désir. Je me souviens que j'étais plongée dans le résumé d'un livre de Philip Roth quand il y a eu un grand bruit, une explosion violente, une déflagration. Et mon cœur a bondi. Comment sait-on que ce n'est pas un feu d'artifice, pas quelque chose d'anodin ? On est soudain un animal qui cherche par où s'enfuir. J'avais le souvenir d'une porte là-bas sur le côté du magasin. On m'avait dit un jour où je voulais l'emprunter que c'était une issue de secours et qu'on ne pouvait sortir par là en temps normal. En courant vers cette sortie, j'ai imaginé qu'elle pourrait être fermée, mais je ne voulais pas rester au fond de ce magasin sans fenêtres, je ne voulais pas être ensevelie sous les livres, je voulais seulement être envahie par leur contenu. Les autres se dirigeaient vers les portes principales et cette foule m'effrayait. Je ne voulais pas être dans la masse. Un instinct fort décidait à ma place. Est-ce que j'avais peur ? Je ne crois pas. J'étais concentrée, hors de moi-même. La première chose que j'ai vue par terre, devant moi sur le trottoir alors même que j'avais pu franchir le seuil de cette fameuse issue, ce fut un bras. Un bras au bout duquel il n'y avait aucun corps. Et instantanément, tandis que mon cerveau refusait l'évidence, j'ai ressenti tout ce que cet arrachement signifiait. Il y avait eu une bombe, dehors, là où j'étais quelques minutes plus tôt, et j'allais l'apprendre plus tard, elle avait été placée dans cette poubelle que j'avais frôlée. Mais moi, j'étais sauvée. D'autres humains dans la rue étaient là et la concentration de débris et de chairs que je traversai ensuite se grava en moi. Et je sus instantanément ce que c'était d'être une part de l'humanité et de traverser la nuit qu'elle porte en son cœur. Et je rentrai chez moi, je ne sais plus comment, à pied je crois car je me sentais incapable d'arrêter de marcher, de vérifier que j'étais entière, vivante, presque rescapée. Je ne l'étais pas en réalité, j'avais été touchée comme je ne le serais plus jamais. J'avais compris que j'étais là et perçu ce que tous les autres formaient autour de moi. J'avais compris l'essence même de l'être humain. Quand j'ai rejoint mon petit studio à Montmartre, peut-être une heure après, c'était loin de la rue de Rennes, je me suis assise à ma table et j'ai écrit. Jusqu'au soir. Nous étions le 17 septembre 1986. Mes parents étaient partis vivre en province et j'habitais seule, je devais travailler ce soir-là dans un bar qui venait juste de m'engager. Il fallait que je me dépêche. Je leur avais raconté que j'avais dix-huit ans. Maquillée, ça pouvait passer. J'ai marché jusqu'au bar qui n'était pas très loin. Je me sentais incapable de prendre le métro. J'ai servi des bières, des cocas, des cocktails toute la soirée et quand je suis rentrée chez moi, j'ai encore écrit toute la nuit. Je ne pleurais pas, j'écrivais. Comme si l'encre pouvait éviter les larmes. Je racontais ce que j'avais vécu mais plus encore, ce que ça faisait d'être là, de comprendre qu'on peut se volatiliser en un instant. Ou être handicapé toute sa vie. Mais les mots contournaient les faits et ils n'étaient jamais à la bonne place, au cœur d'un oubli possible, d'une explication… Comment effacer ce passé-là que je n'ai pas pu nommer ? Est-ce que la pratique de la méditation permet de trouver un sens à l'indicible ? Ce que j'écrivis ce jour-là, je ne l'ai jamais montré à personne. Je ne sais même plus si je l'ai encore.

Hélène repense au discours de Goenka, celui du quatrième jour. *"Depuis que nous sommes nés nous regardons à l'extérieur sans jamais regarder à l'intérieur. Observer l'intérieur de notre corps, c'est être en relation avec le changement permanent de notre champ de particules. Nous ne sommes pas habitués à ressentir notre structure physique qui vibre en permanence et réagit. Nous réagissons d'emblée sans écouter."* Hélène ignore ce qui s'est enregistré dans son corps le jour de l'attentat de la rue de Rennes et elle se dit qu'elle ne sait pas non plus quel est le degré de souffrance à partir duquel les êtres commencent à frapper ceux qui les entourent. Mais elle comprend que la vibration de la violence atteint chaque être humain d'une manière ou d'une autre car elle peut résonner à l'unisson avec celle du voisin. Et soudain, la portée de ce phénomène lui semble pouvoir grandir dans l'ombre de l'irréversible pour répandre malgré tout une lumière silencieuse et bienfaisante. Cela commence à lui apparaître clairement. Elle ressent de l'intérieur comment la compassion et la bienveillance peuvent se tenir en lieu et place du mépris, de la souffrance, de l'arrogance ou de la vengeance. Ce qui est le plus fort dans cette prise de conscience, c'est que les mots de ce discours ne sont pas seulement des mots qu'elle entend. Ils sont le miroir de tout ce qu'elle sent dans son corps depuis qu'elle est là. Avec les diverses sensations expérimentées au fil des heures de méditation, elle a des bouffées de haine, de rancœur, de peur, mais aussi d'amour, de pardon, de honte, de regrets. Et tout a l'air de se mélanger entre les perceptions de son corps et les brusques montées de hargne ou d'apaisement qui s'y manifestent. Finalement cette avalanche de ressentis physiques qui s'enlacent à des pensées si changeantes mais si fortes, est une découverte puissante.

Ce sixième jour est brumeux. Elle avance dans le champ, elle traverse puis disparaît. Le soleil est devenu timide. Il se cache sans arrêt. Les busards ont l'air de contrôler la situation. Quelque chose dans l'air a changé. “Est-ce nous ? s'interroge Hélène. La nature autour de nous ?” Le silence est opaque, puis hostile, incommensurable et réprobateur mais le silence n'est pas tout cela. Ce n'est que l'interprétation qu'on en fait.

Au petit-déjeuner, l'ambiance est morose... Deux jours à endurer les affres des *sankharas* les plus coriaces, ont laissé sur les visages des reflets de champ de bataille. L'acceptation neutre des sensations n'est pas tout à fait au rendez-vous et si elle l'est sur le papier, Hélène se demande si, pour la plupart d'entre eux, elle ne reste pas à la porte de la salle de méditation. Dans un désir désespéré de résister aux assauts de leurs sensations douloureuses dans les prochaines heures, chacune essaie d'organiser les perspectives échevelées d'un combat sans combattant, d'un lâcher-prise épuisant. La perspective d'être dévasté et d'avoir à ne pas l'être n'est pas une mince affaire. Dans les regards pointe un mélange d'incompréhension, de sidération, et d'intérêt perplexe. Des années d'ignorance ont enfoui les corps dans des souffrances, des plaisirs qui malmènent les méditantes, et ça se sent. Pour l'instant, Hélène n'arrive pas encore à se réjouir complètement de ses découvertes. Le choc est trop rude. Les instants d'extase devant la force de la pratique sont fugaces, vite rattrapés par l'ego, le doute, l'envie de s'enfuir, le mépris, la colère. En fuyant la salle du petit-déjeuner avec une tasse de café qu'elle emporte dans la forêt, elle repense à une des rumeurs qui couraient avant le stage. Il paraît que le sixième jour est important et que c'est celui où certains qui n'ont pas craqué avant s'en vont. Hélène se demande ce qui peut bien être insupportable ce jour-là alors que la moitié du temps est déjà passé. Ayant presque réussi, elle se demande ce qui pourrait la faire partir. Peut-on atteindre le sixième jour un palier particulièrement sensible dont elle ne saurait encore rien ? Hélène se dit que vivre pareillement un point douloureux ou jouissif est aussi ce qui se passe dans l'orgasme de façon décuplée. Douleur et plaisir sont assemblés et s'annulent. L'idée que la vie dans l'équanimité parfaite serait une sorte d'orgasme permanent la rend joviale... Soudain il lui apparaît que l'essence de tout être, de son devenir, ses raisons d'être au monde sont là. Jusqu'à maintenant elle a réfléchi, philosophé, épousé des convictions, rejeté la foi en se détournant des religions, mais ce n'était rien de tout ça qui importait. C'était autre chose de plus vaste qu'elle devine sans y croire, une appartenance au cosmos, à cette beauté dont les humains sont issus et qu'ils contiennent aussi. Y a-t-il quelque chose de plus élaboré, savant, merveilleux, sublime que l'organisation d'un corps humain, la division d'une cellule, la vie permanente que chacun abrite sans s'en préoccuper ? Ce que nous abritons de plus subtil, c'est ce que nous ne maîtrisons pas ! se dit Hélène. C'est un sacré bémol à l'orgueil ! Soudain elle aperçoit, gravée sur le tronc de l'arbre en face d'elle, une inscription qu'elle n'avait jamais remarquée : "J6 Dolor". Jour 6 douleur... Elle sourit.

Le gong. Déjà ? Elle n'a même plus le temps de penser qu'il faut retourner travailler ce corps empli de ressentis, débusquer ses failles, les zones où se dissimulent ses aigreurs, traquer ses sensations dissonantes, les émois subtils de sa peau et de ses profondeurs... Est-ce qu'elle va avoir mal ? La peur de la douleur n'est pas si légère et pourtant. Dès qu'elle y pense, elle s'efforce de regarder sa situation avec pertinence. Laisser remonter toute cette vase, n'est-ce pas l'idée plutôt que de la laisser miner sa vie à la source ?

Hélène se dirige vers la salle de méditation en traînant un peu les pieds. Elle entre tout doucement en se demandant pour la énième fois comment ils font pour que l'odeur de ce lieu soit toujours neutre, agréable même, mêlée aux parfums de nature du dehors. Elle essaie de fuir la pensée négative des possibles douleurs à venir. Et là, oh surprise, quand tout le monde est installé et silencieux lui vient cette pensée : Et si soudain l'ensemble de la salle de méditation entonnait le *Requiem* de Mozart ? Après tout ils font une assez belle bande de choristes dans leur concert de souffrances et de soupirs. Autant d'hommes que de femmes. Elle donnerait cher pour voir la tête des enseignants si ça se produisait. Elle réprime un sourire à l'intérieur de ses mâchoires. Décidément, rire lui manque toujours autant ! Mais cette pensée a complètement retourné la situation. Elle n'a plus peur de ce qui vient, elle n'a plus de lassitude. Ce rire intérieur la sauve, même si ça complique la gravité qu'elle doit préserver afin de ne perturber personne.

Au déjeuner, une fille demande à voix basse et discrètement à une des servantes s'il y a du gluten dans le plat gratiné qui est sur le buffet. Celle qu'Hélène appelle la Princesse caribéenne lui fonce dessus un doigt sur la bouche pour la rappeler au silence. Fugitivement, Hélène revoit la première de la classe, plus sévère que les professeurs, plus à cheval que les pires surveillants sur leur propre règlement, les fustigeant vertement quand une élève manquait aux règles. Preuve que même en se taisant on peut imprimer un comportement de propriétaire ou de petit chef à ses attitudes, et elle ne le sait pas encore mais cette femme vient ici pour la dix-huitième fois. Plus tard c'est Hélène qui essuiera la foudre en lui touchant le bras, alors qu'il ne sera pas encore temps de revenir au contact physique. Cette réaction est pour l'instant la seule exception à la bienveillance qu'affichent les plus anciennes envers les nouvelles. Il émane une douceur de ceux qui ont beaucoup pratiqué. Évidemment l'exception l'interroge. Où se cache l'expérience de sa pratique et quel genre de souffrance la pousse ainsi à revenir sur ce chemin depuis tant d'années sans en cueillir les fruits ?

Au début du séjour, Hélène supportait mal le bruit d'un tracteur. Après tout, on ne se retire pas en méditation dix jours à la campagne pour se retrouver avec le ronronnement d'un moteur toute la journée. Mais ça la fait rire maintenant. Elle y voit l'acceptation de la vie telle qu'elle est. La campagne, ce n'est pas silencieux comme peut l'imaginer un urbain. Ce paysan qui nourrit la terre et nourrit les hommes travaille inlassablement, remontant chaque ligne, chaque sillon de sa terre tandis qu'elle examine chaque zone de son corps pour y capter des sensations. Elle l'a nommé Gaspard. Il fait du bruit et travaille sans discontinuer jusqu'à ce que la fermière, qu'elle a baptisée Josette, vienne lui crier "À table". Hélène est sûre de ne pas être la seule à attendre avec impatience que ce paysan aille manger. Toutes celles qui sont sensibles au bruit espèrent qu'il prenne le temps de boire un café, peut-être même de faire une sieste. Toutes aspirent au silence pour méditer dans la nature, acceptant le bourdonnement d'une mouche, mais pas celui du tracteur de Gaspard. Comme si ce silence leur était dû, oubliant que le calme intérieur ne dépend de rien d'autre que de soi. Mais Gaspard, sait-il que plus de soixante filles tous les dix jours arpentent un champ voisin, avec bien plus d'application que lui avec son engin ?

Quand Gaspard aura fini son travail, Hélène observera, sur le carré d'herbe verte devant lequel elle a coutume de s'installer, les abeilles et les bourdons qui butinent encore les fleurs de trèfle alors que le soleil se couche. Qui leur dit que la journée est finie ? Jamais aucune voiture ne passe, à part celle du facteur. Parfois la pétrolette du fils de Gaspard – Hélène a pensé que ce solex, car c'est le bruit qu'elle a reconnu – est celui d'un proche. Elle marche. Sur le gravier, le béton, le carrelage, l'herbe, le chemin dans la forêt, autant de sols foulés, expérimentés, éprouvés. Les pieds sur terre, la tête plus tout à fait comme elle l'était avant de venir ici, les gestes ralentis par la conscience de leur exécution.

Les marches contemplatives et énamourées se changent en parcours énigmatiques. La longue ankylose des séances immobiles impulse à quelques méditantes de brusques accès de marche rapide autour du champ. D'autres offrent de bien étranges spectacles. L'une gambade dans la praire en faisant des moulinets avec ses bras, comme si elle allait s'envoler, une autre se précipite dans la forêt d'un pas alerte et souple et ramasse une branche d'un air si décidé qu'on se demande à qui elle va coller une volée. D'autres encore stoppent leur avancée brusquement, comme si elles jouaient à "un, deux, trois, soleil". Puis elles restent là, un peu comme un oiseau en arrêt devant un prédateur. Beaucoup s'arrêtent au milieu du chemin, tête renversée en arrière et offrent leur visage au soleil comme si leur vie en dépendait. Certaines sont couchées au milieu du champ, les bras en croix et ne paraissent plus en état de se lever avant plusieurs jours. Malgré tout, à l'appel de la vibration de bronze, toutes se dirigent d'un pas lent mais sûr vers la salle de méditation, comme si ces poses insolites n'avaient jamais existé. C'est une sorte de folie douce et intermittente qui se joue dans les espaces de repos où, puisqu'on ne parle pas, on pense à voix tue.

En fait, tout ce qui est étrange leur paraît normal, car elles sont logées à la même enseigne, conscientes de l'étrangeté de ce qu'elles traversent. Bien qu'Hélène devine que les expériences sont différentes pour chacune d'entre elles, peut-être plus sévères pour certaines, elle est persuadée qu'elles s'aident les unes les autres. Elle le sent dans ces gestes anodins, une porte qu'elles se tiennent, une place qu'elles se laissent, un geste attentif sans avoir l'air de remarquer que l'autre en a besoin. Tout se fait naturellement. Les anciennes répandent une énergie positive tangible, une compassion perceptible. Elles s'occupent des nouvelles de mille façons. Sur les visages de celles qu'Hélène devine méditantes depuis longtemps, elle voit une lumière qui la pousse à ne pas se décourager. Ce ne sont d'ailleurs pas forcément les plus âgées. Ce sont les plus sages, les plus aguerries à la méthode. Elles n'en tirent aucun orgueil et ça se voit. Celle qu'Hélène appelle la Princesse du Kerala a de très longs cheveux gris ; elle est habitée d'une flamme qui passe fugitivement dans son regard très noir. Sa force est un avenir possible. Elle semble très loin sur le chemin et pourtant, elle reste accessible.

Au soir de ce sixième jour, la douleur n'est pas intérieure mais sonore. Des chasseurs tirent pendant la méditation. C'est l'époque mais tandis qu'ils sont tous assis en lotus, ces coups de feu sont d'une extrême violence. Hélène peut sentir en direct les *sankharas* négatifs qui grondent à l'intérieur de son corps et qu'elle essaie de maintenir à distance par son calme. C'est un peu raté. Enfin, les coups de feu s'arrêtent. On entend à nouveau des oiseaux.

Le discours du sixième jour est libérateur. À dire vrai, chaque fois que Goenka annonce qu'ils ont fini la journée, Hélène a un sentiment de fierté. Elle est encore là. Elle tient bon. Elle n'est pas partie, elle apprend donc la patience, entre autres. Mince, elle n'écoutait plus.

"En apprenant à observer de l'intérieur le phénomène de l'esprit et de la matière, nous nous dégageons du domaine des réactions, parce que nous nous dégageons du domaine de l'ignorance. Nous agissons au lieu de réagir…" Elle a perdu le reste du discours. Tant pis. Elle sourit.

Quand on déteste quelqu'un d'emblée, ça ne vient pas de lui, mais de soi. Des choses passées qui sont gravées au plus profond de l'amas de particules provoquent cette aversion. Elles remontent et s'expriment par la voix du cerveau qui prend pour argent comptant ce refus instinctif délivré comme une intuition bienveillante, une boussole intérieure qui lui montrerait non pas le nord, mais son nord. En réalité, on ne fait que reproduire une aversion passée qui, si elle a eu ses raisons, n'a plus lieu d'être au présent. Hélène n'arrive pas à savoir quel sentiment prédomine en réfléchissant à cette découverte. Joie ou consternation ? Savoir que cette manipulation se passe en soi, que l'ennemi est à l'intérieur en quelque sorte, est affligeant. Mais elle pourrait aussi se réjouir de le savoir et de pouvoir désormais y remédier. Reste à découvrir comment inverser le cours de ces aversions.

Hélène essaie de se souvenir d'une détestation instantanée pour tenter de mieux comprendre comment elle a pu être victime de cette entourloupe intérieure. Pierre, son ami écrivain. Elle l'a haï au premier instant. Son regard a traversé le sien et elle a détesté cet air de savoir, cette pénétration d'âme sans autorisation. Et même plus tard, quand il a manœuvré pour récupérer son amitié, elle a continué à se méfier de lui et enfin, quand elle lui a confié ce qu'elle avait écrit, elle a eu le sentiment qu'il se l'appropriait, qu'il faisait plus que lire, il entrait dans ses mots, il décryptait ce que personne ne pouvait comprendre, il déchiffrait au-delà d'elle. Et son malaise et sa méfiance ne faisaient que grandir. Soudain elle se fichait pas mal de ses conseils, de son désir de l'aider à publier. Elle aurait voulu lui arracher le texte, car elle ne savait plus pourquoi elle avait choisi de lui faire confiance. Hélène n'avait pas peur qu'il juge la qualité de ses écrits avec son savoir-faire d'écrivain ; tout se passait à un autre niveau. Dans la crainte d'une incursion au cœur intime de sa vie. Elle sentait qu'elle lui avait inconsidérément filé les clés d'une maison secrète dont personne ne soupçonnait l'existence et qu'elle-même n'avait pas complètement explorée. Qu'avait-elle donc enregistré de si précieux à même son corps pour se méfier tellement de quelqu'un qui ne voulait que l'aider ? Comment avait-elle pu le prendre pour un ennemi, un traître, un voleur peut-être ?

Je ne suis pas très honnête car mon exploration concerne un ami. Essayons de reconsidérer la chose avec quelqu'un que je déteste vraiment. Par exemple, mon voisin le chasseur. Je l'ai haï d'emblée celui-là. Avant de savoir qu'il chassait. Avant de le voir abattre une biche au bout de son jardin sans même bouger de sa terrasse, se vantant d'attirer le gibier à portée de son fusil. Il représentait tout ce que je détestais. L'arrogance brute du mâle dominant qui se croit intelligent, supérieur aux autres espèces, voire au genre féminin de la sienne. *Ah oui parce que les femmes ont une âme ?* a-t-il questionné, rigolard dans je ne sais plus quelle conversation où je lui faisais remarquer qu'il traitait les femmes avec bien peu d'égards. Je lui ai ensuite signifié que je ne voulais pas de ses lapins morts, que j'étais végétarienne et que non, je ne lui donnerais pas des champignons en échange. Que la cueillette silencieuse de ces garnitures parfaites pour une omelette se mérite et qu'ils demeurent éternellement cachés aux ennemis de la forêt. Je l'ai fait rire. Il faisait partie, m'a-t-il dit des grands défenseurs de la faune et de la flore, ceux qui régulent le règne animal grâce à la chasse. Moi plus qu'une autre déclenchait ses rires gras, et son envie de torturer ma douceur mièvre avec ses récits vulgaires. J'en pleurerais de l'avoir comme voisin, de ne pouvoir courir nue dans le jardin parce que je le sais à l'affût d'un morceau de peau brillant au soleil. Comme tout prédateur, il ne dort jamais que d'un œil et se tient prêt à traquer ne serait-ce que d'un regard tout ce qui peut déclencher sa convoitise. Son fusil est sans doute l'extension de son sexe dont il ne doit pas se servir beaucoup, si ce n'est pour se soulager, ce qu'il ne manque pas de faire sous mes fenêtres comme pour marquer son territoire et conquérir en exhibitionniste ce qu'il ne peut obtenir en voyeur. J'ai eu la chance de recueillir cette petite biche qu'il poursuivait et que j'ai abritée afin qu'il ne puisse la tuer. Je revois la belle épuisée, allongée dans un coin de mon jardin. Je me réjouis encore d'avoir réussi à la relâcher sans qu'il s'en aperçoive, quand j'ai été sûre qu'elle était suffisamment reposée pour repartir.

Et maintenant on m'assène que détester l'autre d'emblée est une maladie initiale, une présence qui anticipe la personne. Quelque chose qu'on a déjà en soi ? Où vais-je pouvoir attaquer en moi une telle détestation pour m'en débarrasser ? En ai-je vraiment envie ? Puis-je reconsidérer mon voisin avec calme ? Le simple fait de penser à lui m'énerve déjà considérablement. Alors comment lui trouver quelque chose qui soit pardonnable, qui le remette dans le camp de ceux que j'aborde avec indulgence ? J'ai de grands doutes sur mes capacités à reconsidérer ce genre de personnages avec la compassion requise.

Il fait frais. Les abeilles ne sont plus sur les fleurs de trèfle. Une chanson de Brel lui revient. *"Avec un ciel si bas qu'un canal s'est noyé…"* Hélène la chante dans sa tête, puis c'est *Ne me quitte pas* qui lui revient. *"Pour qu'un ciel flamboie, le rouge et le noir ne s'épousent-ils pas ?"* Elle entend sa voix, des larmes viennent ; elle ne sait pas pourquoi.

Une nuée de corbeaux passe au-dessus du champ. Hélène en compte sept. Ils croassent si fort qu'ils l'ont extirpée de la forêt. Elle les regarde tournoyer. Quelques-unes de ses compagnes de méditation ont comme elle la tête renversée vers l'azur, observant d'un air inquiet ces points noirs qui semblent ricaner. Ce sont toujours les mêmes femmes qu'elle remarque dans son sillage car le hasard des silences semble tisser des rencontres muettes dans la forêt, sur les chemins, ou à la même table aux heures des repas. Elle l'a constaté en changeant constamment de place, contrairement à certaines autres qui s'assoient invariablement au même endroit. Parfois Hélène laisse ses affaires et part chercher son plat. Quand elle revient, elle trouve en face d'elle l'une de celles qu'elle côtoie le plus souvent. Le corps, les ondes, les courants, les énergies, peut-être. Elle ne sait pas comment ça marche, mais *quelque chose* en rassemble certaines plusieurs fois par jour dans les mêmes endroits. Elle espère en comprendre la raison. Peut-être quand elles reparleront, car elle ne peut être la seule à l'avoir remarqué. C'est évidemment un hasard qui amène à prendre soin de l'autre, à se demander où il est. Et même à sentir sa peine, ses difficultés, ses larmes parfois. S'aident-elles ? Hélène ne saurait le dire. Elle veut le croire. En tout cas, elle éprouve une sensation désagréable en regardant tournoyer ces oiseaux noirs. Elle essaie de combattre ce déterminisme ridicule en se disant que ce sont juste des oiseaux qui tournoient dans le ciel. Mais rien n'y fait. Est-ce que ce n'est pas ça, ce qui est engrammé et s'exprime sans aucun lien avec l'extérieur, mais juste avec ce qu'on a enregistré inconsciemment ? Pourquoi mal supporter un simple fait naturel ? Il n'empêche, elle y repense plus tard dans la soirée et le malaise qu'elle a éprouvé ne s'est pas dissipé.

Mercredi 12 septembre

7e jour

J'imagine que l'une des raisons pour lesquelles les gens s'accrochent à la haine si obstinément est parce qu'ils sentent qu'une fois la haine partie, ils seraient obligés de faire face à leurs propres souffrances.

James Baldwin,
Harlem Quartet.

HÉLÈNE

Elle sort de son lit au deuxième gong, celui qui, en principe, accompagne ses pas vers la salle de méditation. Elle pense immédiatement que c'est une journée sans entrain, puis se défend d'être négative. Elle n'a que dix minutes de retard quand elle pénètre dans la pénombre du silence ouaté des méditants déjà installés. Chaque jour, elle est troublée par l'ambiance si profonde de cette séance d'avant l'aube. Pourtant ce matin, elle n'est pas dans les premières arrivées. La salle est presque remplie et respire à l'unisson. Si elle était restée dans sa chambre, elle se serait rendormie… Elle est encore dans sa nuit sans sommeil, la pluie martelant le toit, les brusques averses qui crépitent sur le gravier, l'orage qui gronde au loin. Puis il ne s'est plus rien passé. Elle ne s'endormait pas et n'avait plus aucune sensation. Tout ce qui la traversait depuis le commencement de l'apprentissage s'est arrêté cette nuit. Ça lui a paru étrange, presque inquiétant. "On se croit trop vite devenu équanime", se disait-elle pour se consoler. Dans un premier temps, elle a essayé de se dire que ce n'était pas grave, qu'il ne fallait rien attendre, ne pas se sentir frustrée ni angoissée, que tout bougeait, allait revenir et qu'il fallait lâcher prise. Mais ce discours intérieur est vite devenu lénifiant. Il ne changeait rien à la réalité du ressenti. Elle est donc passée à une interrogation angoissée. Est-ce qu'elle avait pu tout perdre d'un coup ? En quelques heures ? Après ça, il lui a fallu admettre qu'elle était énervée. Puis se raisonner. Il fallait être positif, ça ne pouvait qu'être le début d'une meilleure attitude. Et comme rien ne venait, elle a commencé à se dire : "Bon là ça ne va pas du tout, ça commence à bien faire cette histoire, où sont passées mes sensations ? Pourquoi ne suis-je pas récompensée de ma patience et de mon discernement." Et elle a soudain eu violemment envie de rire parce qu'elle entendait toutes ces petites histoires, comme si Goenka les lui soufflait à l'oreille avec sa malice habituelle. Bien sûr que les humains sont ainsi ! Aspirant à la récompense d'un comportement méritant. Réflexe judéo-chrétien d'attente du paradis. Tout comme ce matin où elle veut se consoler de ses déboires en salle de méditation en se servant un copieux petit-déjeuner qu'elle a du mal à finir, se maudissant d'avoir été si peu clairvoyante. En réalité elle n'a pas si faim, juste envie de se venger en mangeant. En quoi la nourriture va-t-elle combler la frustration de sa méditation ratée ? Et, consciente de cette négativité, désemparée, elle réussit avec toutes ses pensées idiotes à gâcher son petit-déjeuner, son repas préféré. "Voilà, se dit-elle furieuse, je suis la parfaite illustration du discours de la veille : négativité, frustration, avidité, désir accru de réussir, aversion… Tout y est. En deux heures, j'ai fait le tour de la question !"

Et là, marchant sous la pluie dans la forêt boueuse et sombre, qu'elle voit avec ces yeux-là parce qu'elle est dans cet état-là, elle comprend comment on projette de l'intérieur de soi vers l'extérieur. Si elle n'était pas si hostile au moment, elle serait subjuguée par la brillance des feuilles, le romantisme de la pluie, enivrée par les parfums de la forêt. Elle serait encore joyeuse de son merveilleux petit-déjeuner aux saveurs exquises, dégusté en pensant à sa méditation fluide et douce, au flux qui parsemait son corps de petites étoiles, de picotements raffinés ! Ou mieux encore, en ne se souvenant même plus que la méditation était ratée, les sensations enfuies, plus du tout affectée par ce qui coince... Bref elle est tombée dans le piège absolu. N'en serait-il pas de même pour le reste de sa vie ? N'est-elle pas chaque jour dans une incessante exigence ? Parce que rien ne lui suffit. Parce qu'elle veut plus d'amour, plus de surprises, plus toujours plus, comme une boulimie de désirs jamais assouvis ? Une avidité qui la dévaste. Elle rejette ces pensées désagréables. Après tout, elle veut donner plus aussi. Comprendre, embrasser, être dans la vie extrême. Saisir, enlacer, mordre. Est-on jamais à la hauteur de ce qu'on désire offrir aux autres ? Elle repense à la phrase terrible de Lacan : "L'amour c'est donner quelque chose qu'on n'a pas eu à quelqu'un qui n'en veut pas."

Maintenant qu'elle est au septième jour, Hélène sait qu'aller au fond de soi-même pour découvrir ce qui se trame est un sacré boulot. La plupart du temps, c'est ce qu'elle voit autour d'elle, et en elle avec un minimum d'honnêteté, des êtres rendus agressifs voire dangereux par leur propre misère. Et ça doit être généralisable à tous les conflits, à toutes les guerres. Des *sankharas* à l'échelle mondiale.

Sont-ils la somme des individualités ou des sortes de nuages générés à plusieurs ? Et le mal absolu, est-il l'enfant monstrueux d'un *sankhara* collectif ? Les maladies ne sont-elles pas l'expression de corps qui appellent à l'aide ? Le souvenir de Marie, une ancienne camarade de classe croisée récemment lui revient. Elle disait s'être découverte après son cancer. Tout avait changé grâce à la maladie. Grâce ? Hélène avait trouvé cette déclaration étrange.

Désormais je ne passerai pas la moitié de ma vie à avoir peur de vivre et l'autre moitié à redouter la mort. Tout a un sens. lui avait confié Marie comme un secret. Hélène sait maintenant ce qu'elle voulait dire. S'aventurer dans son corps comme elle est en train de l'apprendre lui donnerait-il le moyen de rejoindre chaque organe, de savoir ce qu'il couve, ce qu'il dissimule, et le soigner ? Et si c'est le cas, comment se fait-il que personne ne soit au courant ?

Dans la matinée, elle a vécu une drôle d'expérience. Comme une immense feuille de papier qui serait descendue du plafond et serait passée à travers son corps. Ce n'était ni douloureux ni agréable. C'était juste incroyablement surprenant. Elle sentait chaque particule traverser la matière de ses organes. Elle imagine que passer à travers un mur, pourrait être de cet ordre-là. Elle repense à la description du flux libre par Goenka.

"Lorsqu'on demeure équanime, on s'aperçoit que, tout naturellement, tôt ou tard, les sensations commencent à apparaître à des endroits qui étaient insensibles, et que les sensations grossières, solides et désagréables se changent en vibrations subtiles. On commence à faire l'expérience d'un flux d'énergie très agréable à travers tout le corps. Le danger de cette situation est de considérer

cette expérience de sensations plaisantes comme le but vers lequel on tend." Mais elle est incapable de savoir si c'est ce qu'elle a vécu.

Dans la pénombre d'un rêve, quelque chose s'élabore, travaille. Hélène n'aime pas ce mot car il dicte son effort, il se fait plaindre, il engendre une victime éreintée et contrainte. Il s'acoquine avec le désespoir, la fatigue et le dégoût. Il suinte l'inachevé. Ce n'est pas ce qu'elle vit quand elle écrit. Et d'ailleurs si elle se souvient bien, travailler vient de *tripalium*, un instrument de torture à trois pieux, ce qui la laisse rêveuse. Et de là sont nés *tourmenter*, *molester*, faire souffrir donc. Comment ne pas penser à la *salle de travail* de l'accouchement ? Hélène a toujours aimé l'origine des mots, ces miroirs magiques qui l'embarquent dans un drôle de voyage. Elle aime dire à ceux qui choisissent de jouer, au théâtre ou de la musique, qu'ils veulent prolonger leur enfance, prolonger ce qui permet de découvrir, de grandir, de comprendre. Alors que les autres travaillent, vivent dans le monde de ceux qui souffrent, les forçats de l'humanité. Elle, elle voudrait seulement créer, aimer. Mettre au monde et ressentir, voilà ce dont elle a toujours rêvé : écrire de la fiction !

Hélène aperçoit l'Éveillée. Celle qui est toujours habillée de la même jupe orange, du même pull vaguement jaune depuis six jours. Des couleurs qui jurent, estime Hélène. Elle a de la moustache, un profil disgracieux, sans doute quelques poils au menton, quelques boutons. Pourtant, loin d'avoir envie de s'en moquer, Hélène est fascinée. Parce qu'en réalité, elle est d'une beauté à couper le souffle. Droite comme un I, jamais fatiguée, un visage d'une bienveillance absolue, un calme olympien. La force et la tranquillité qu'elle dégage sont phénoménales. Peut-être est-elle en prise avec des démons pires que ceux des autres, mais ça ne se voit pas. Rien ne trahit quelque chose qui en elle souffrirait. Quand il lui arrive d'être assise à table à ses côtés, Hélène éprouve une immense douceur et soudainement se sent très bien. Ce n'est pas le cas de toutes ses compagnes. Hélène se demande si la subtilité de l'écoute enseignée n'a pas développé un système d'antennes à la surface de leurs corps, des capteurs qui permettent d'échanger entre elles des courants qui les renseignent les unes sur les autres, font état de leurs difficultés. Peut-être même que celles qui ont plus d'énergie en donnent aux plus faibles. Les courants positifs pourraient interagir avec le négatif. Cette façon de revoir le fonctionnement entre humains à la lueur d'une communication énergétique et non verbale séduit Hélène et lui ouvre des perspectives de réflexion. Ainsi les plus avancées fourniraient de la lumière à ceux qui sont dans une zone plus sombre.

Pour l'instant, elle essaie juste de se réveiller car le repas l'a un peu endormie. Elle lutte pour ne pas sombrer. Son corps la lâche, part en avant et elle sursaute. Ce sommeil qui tente de l'emporter est puissant. D'autant que le Gros Dégueulasse a des rots si sonores qu'elle voudrait dormir et ne plus l'entendre.

Au tout début de son séjour, Hélène se disait que si son existence se déroulait auprès d'un être éveillé qui vit réellement dans la conscience et le présent, il la regarderait chaque jour "à nouveau" et non pas "encore". Il la redécouvrirait chaque fois sans la juger à l'aune de ce qu'ils ont déjà vécu… Mais elle commence à entrevoir qu'elle s'est égarée dans des désirs égoïstes car c'est elle qui est sur le chemin d'un changement. Et vivre près d'une femme plus éveillée, ne serait-ce pas pour Sébastien le moyen de bouger ? Que pourra-t-elle lui offrir après ces dix jours ? De gommer leur passé, ou en tout cas de ne plus être tyrannisée par lui ? D'éliminer cette montagne de rancœurs, de choses accumulées derrière lesquelles ils ont du mal à s'apercevoir. Elle rêve d'admirer son regard, de sentir à nouveau ses bras enlacer son corps. D'être toute à ses gestes. Entendre la texture de sa voix, l'écouter respirer, retrouver son rire avec cette note plus grave qu'elle trouvait si sexy et qui s'est volatilisée… A-t-elle vraiment disparu ou s'est-elle noyée dans l'inattention d'Hélène à ce qu'est réellement Sébastien ? Elle aimait tant son rire, ce mélange d'enfance et de virilité. Il lui manque soudain et plus encore la façon positive dont elle le regardait par le passé lui manque. La sensualité de ces dix jours est indicible. Hélène aime le temps. Le temps à ne rien faire. Elle ressent chaque pas sur le gravier, bade aux nuages, ferme les yeux en se délectant de chaque bouchée. Elle savoure l'instant et la force de son éloignement. Tout est infini même si tout s'en va. Cette aventure ramène Hélène au joli temps où les jumeaux étaient bébés. Plus que nul être, elle les a mangés des yeux tandis qu'ils babillaient, tétaient, jouaient… Puis la fatigue ou la vie quotidienne ou les deux, ont gagné. Elles ont emporté son attention et tout n'a plus été aussi important. Hélène sourit en se souvenant de leurs inventions. L'un montait sur la table, l'autre le rejoignait puis essayait de faire grimper la chaise pour aller plus haut. Puis ils décidaient de sauter et elle devait quasiment choisir lequel il fallait sauver ! Ils rivalisaient d'idées pour que ses journées soient remplies ! Peut-être n'était-elle pas assez sereine pour qu'ils se calment… Alors, qu'est-ce que vous avez fait aujourd'hui ? Elle répondait : "rien" parce que c'était inracontable. Ou alors elle le menait coller son oreille à la porte de la chambre pour qu'il écoute leurs babillages. L'un balançait un semblant de conversation incompréhensible et l'autre éclatait de rire. Si bien qu'on pouvait croire qu'ils parlaient une langue étrangère et se racontaient des blagues. Elle restait de longues minutes à les écouter, incapable de leur dire de se taire et de dormir.

Ces souvenirs la plongent dans une extrême mélancolie, mais elle n'a pas envie de savoir quelles sensations ça procure à son corps. Stop ! "Hihihi t'as t'as t'as fuis" fait l'oiseau inlassablement pendant chaque méditation. La fois suivante elle entend : "Oui oui oui t'qui ? Be free !"…

Hélène regarde les boutons-d'or dans le champ et se souvient de ses bébés qui ramassaient les fleurs en cueillant juste le bouton sans tige. Ils couraient vers elle pour être le premier et lui tendaient de l'or écrasé par leurs mains potelées. Purée de boutons-d'or. Cette douceur âcre quand ils s'endormaient contre elle pendant la sieste. Elle essaie d'imaginer leur visage quand ils ouvrent chaque jour les cartes et lettres confiées à Magali. Il est certain que Sébastien va remarquer qu'elles sont postées de Paris. Hélène ne veut pas savoir ce qu'il imagine.

Le ciel de Bourgogne plairait à son père. Il appliquerait ici ses dictons bretons. *Barbes de chats aux nuages annonce de vents, grand tapage*. Peut-être retrouverait-il les joies solitaires de ses navigations… Hélène aime voir son père à bord de son bateau car c'est là qu'il semble habiter sa peau. Il est responsable de ses choix et ingouvernable par sa femme qui n'y connaît rien et se contente de choisir les destinations. À terre, son père est hésitant comme s'il ne savait pas quoi faire de son autorité de marin. Pourtant quand il est dans ses ruches, il paraît heureux. Si sa femme veut lui faire admettre quelque chose, elle attend qu'ils soient à terre, comme si elle savait d'avance que là, il sera plus vulnérable. Parfois Hélène remarque que son père essaie de lutter. "Laisse-moi faire Jeanne." Sa mère déteste qu'on l'appelle Jeanne. Elle a décrété une fois pour toutes que son nom est Jean. À l'américaine, comme Jean Harlow… Il lui semble que ce sont toujours les parents qui ont été les plus grands nonchalants dans leur jeunesse qui deviennent de vrais dictateurs quand il s'agit de la carrière de leurs enfants. Sous prétexte qu'ils ont fait Woodstock, fumé des pétards et pas fait d'études, ils ont l'expérience universelle de ce qu'il ne faut surtout pas faire et décident que leur progéniture sera surdiplômée et qu'elle ne gaspillera pas sa jeunesse "parce que c'était une tout autre époque que la leur, dans laquelle tout était possible mais aujourd'hui, avec la crise, ce n'est plus le cas et rendez-vous compte, même l'herbe n'a plus la même qualité, présente des dangers qui n'existaient pas." Qu'importe, son père VRP, diminutif ô combien désuet de Voyageur Représentant Placier, sans diplôme, d'origine paysanne, devenu éleveur de chèvres et d'abeilles sur le tard et sa femme, ex-serveuse, ex-agent immobilier, ex-comédienne, vendeuse sur les marchés et emmerdeuse professionnelle, ont essayé avec pertes et fracas de la convaincre qu'elle serait la plus heureuse des femmes en suivant le troupeau des diplômés, sous peine de rater sa vie. Leur frénésie n'a pourtant eu aucun effet sur son ardeur au travail. Elle repense à cette oisiveté qu'on lui reprochait. Oisiveté, ça commence comme oiseau… Quant à ce vent de liberté qui a soufflé sur la jeunesse de ses parents, Hélène subodore qu'il s'est passé quelque chose d'indescriptible, une fraternité indicible aujourd'hui. Elle sent que la révolution la plus souterraine a été cette vraie remise en question humaine et sociétale dont il ne reste plus aujourd'hui qu'une sorte de caricature. En tout cas, ils ont connu un idéal de vie pour eux à jamais disparu. Et pourquoi ? Un idéal, n'existe que par ceux qui l'incarnent et dont le nombre grandit. Tout ça n'a plus d'importance maintenant. Ni leur désir, ni ce qu'il a généré en elle de lutte ou de culpabilité. Elle se sent libre d'être. Et plus encore depuis qu'elle est ici.

Les cumulus ont formé à l'horizon comme une chaîne de montagnes. Elle domine le champ blond brasillant qui apparaît pour l'occasion comme une savane au milieu de laquelle flotte un bosquet devenu à ses yeux l'ombre d'un acacia africain. On se croirait au pied du Kilimandjaro et cette impression s'accentue au couchant quand s'effilochent quelques nuages rose pâle. Hélène aimerait prendre des photos mais la règle de l'instant et l'abandon de tout appareil au début du séjour, la ramènent à admirer en silence pour garder la splendeur de ce spectacle comme un souvenir et non comme une image. Ça n'a pas de sens ici de vouloir fixer ce qui s'en va. Elle aimerait leur raconter. Sa famille chérie. Et c'est la première fois qu'elle y pense avec l'envie immédiate de les serrer dans ses bras. Elle est heureuse dans cet instant éphémère, juste cette pensée de ses enfants et de lui. Elle n'est pas dans un manque douloureux. Mais intensément près d'eux, admirant chaque seconde de cette Afrique qui s'étend sous ses yeux. Quelques minutes plus tard, le Kilimandjaro est devenu un gros ours polaire. Anicca… L'impermanence a un de ces sens de l'humour !

SÉBASTIEN

Sébastien essayait de revoir mentalement toutes les images qui lui restaient des tours. Il avait adoré son arrivée en bateau après le taxi qui l'avait amené de l'aéroport jusqu'au bord de l'Hudson. Les Twin Towers dominaient la baie et semblaient conçues pour que les autres alentour aient l'air d'être leurs enfants. Elles étaient comme des flèches qui indiquaient le centre de Manhattan, où battait le cœur économique de la ville. Sébastien avait bien conscience que c'était une vision exclusivement capitaliste, mais il avait réellement ressenti cette respiration financière comme une sensation physique de l'identité singulière de New York. Il revoyait les images des années 1920 quand les *ironworkers* se tenaient en équilibre sur des barres à des dizaines de mètres du sol lors de la construction des gratte-ciel, comme on les appelait autrefois. L'énergie de cette ville et son originalité se tenaient dans l'histoire de sa croissance et de sa population. Car sur les quatorze millions d'immigrés qui avaient posé le pied en Amérique, neuf millions étaient restés à New York.

Puis aux pieds des Twin Towers, levant la tête vers leur sommet, Sébastien avait été très impressionné. C'était une sorte de vertige inversé. En les fixant, il perdait l'équilibre et les tours elles-mêmes semblaient vaciller. Une fois dans le hall, la sensation de plus grand que tout disparaissait, car rien ne distinguait vraiment cette vaste entrée de celle d'autres buildings tout aussi prestigieux. Il se souvenait de s'être dit qu'il n'aimerait pas être bloqué dans l'ascenseur, puis le léger malaise de la montée directe au sommet avait dissipé cette sensation de vertige. Il avait été invité à dîner dans l'un des restaurants, Windows on the World, un nom qui résonnait étrangement à la lueur des événements récents. Il y avait à ce dîner le funambule Philippe Petit qui lui avait raconté l'exploit qu'il avait réalisé entre les Twin Towers en 1974. Curieusement quand il préparait cette incroyable performance, l'artiste avait fonctionné comme un terroriste en repérage : de fausses cartes d'identité, les tenues des travailleurs de ces deux buildings ; puis il avait dit être journaliste pour obtenir le droit de les interviewer sur le toit. Enfin il s'était préparé pendant six ans, nommant même son projet *le crime artistique du siècle* ! L'histoire de Philippe Petit avait passionné Sébastien qui se souvenait encore de son émotion d'enfant quand, à six ans, il avait vu à la télévision cet homme marchant dans le ciel entre ces deux tours si hautes. Car on ne voyait pas le fil, on n'apercevait que cette mince ombre noire qui se déplaçait en suspension miraculeuse sur fond de nuages blancs. Comment ne pas faire le rapprochement avec ces silhouettes du 11-Septembre se jetant dans le vide ? Plus tard, alors qu'il était adolescent, Sébastien avait découpé les photos de la performance pour les accrocher dans sa chambre : Philippe était couché sur le fil à 417 m du sol ou assis et souriant, ou encore en plein milieu du câble, tendant devant lui ce bâton avec lequel il avait l'air de danser. Sébastien n'en revenait toujours pas d'avoir eu la chance de passer une soirée avec le héros de son enfance. Depuis son exploit, le funambule habitait dans la cathédrale Saint John the Divine devenue sa résidence d'artiste à vie. Sébastien mesurait à travers le symbole de cette demeure allouée à Philippe Petit, la différence entre la mentalité française qui avait quasi ignoré l'événement, et celle des Américains, qui tout en condamnant cette traversée illégale, avaient salué son incroyable performance, exigeant seulement que le funambule réalisât un spectacle aérien gratuit pour les enfants dans Central Park.

À l'époque, Sébastien était venu rejoindre pour un mois les trois journalistes d'AFX, une filiale d'information financière de l'AFP basée au cinquante-deuxième étage de la tour nord et pendant son rendez-vous dans leurs bureaux, il avait fait un effort pour imaginer qu'il se trouvait à une distance plus raisonnable du sol. Aujourd'hui, il ne savait toujours pas lesquels d'entre eux étaient sur place au moment de l'attentat et s'ils avaient eu le temps de s'échapper.

Quelques jours plus tard, se souvenait-il, retourné au sommet de la tour avec Joy, une amie qui travaillait sur le cerveau et ses traumatismes à l'université de l'Iowa, la beauté du point de vue au coucher du soleil avait estompé sa peur. Il ne lui avait pas parlé de son appréhension première mais il l'avait beaucoup questionnée sur les travaux de recherche qu'elle menait aux côtés du professeur Damasio. Elle lui avait expliqué la complexité des circuits neuronaux impliqués dans l'apparition et la gestion des émotions. Peut-être aurait-il été pertinent de la recontacter aujourd'hui…

Tout était encore trop récent. Pourtant Sébastien savait ce soir-là qu'il fallait rendre à cet événement, à ce nombre de morts, à cet amas de ferraille un récit humain, des paroles concrètes, un compte rendu vécu de l'intérieur. Avec ce que ça supposait de cynisme vu de l'extérieur, l'urgence d'un journaliste sur le terrain résidait dans le fait que ce type qui sautait du cent deuxième étage n'était qu'un père de famille, un époux, un type banal qui avait une vie totalement éloignée des problèmes d'un islamiste en Afghanistan. Qu'il soit cet homme normal qui ignorait que son pays avait infiltré depuis des années les milieux les plus dangereux du terrorisme international et dont les services secrets avaient été alertés depuis des mois de l'imminence d'une attaque de très grande ampleur. Qu'on raconte qu'il était un homme ou une femme comme la plupart des habitants de cette ville ou d'une autre dans le monde occidental où aucun conflit n'avait affecté les peuples depuis la guerre de 1945. Il y avait tant d'autres occasions de mourir ou de souffrir dans la vie des hommes en paix. Puis il repensa aux préoccupations positives d'Hélène et se demanda combien d'hommes et de femmes avaient été sauvés de cette tragédie.

Dans l'après-midi, Sébastien avait bien eu la confirmation de la mort de Massoud. Le 12 septembre, *Libération* avait publié un article de Philippe Grangereau où Françoise Causse, une journaliste indépendante française, racontait qu'elle avait passé quatre jours avec les assassins dans une guest house au nord-est du pays, où elle attendait, elle aussi, un entretien avec le "Lion du Pandjchir". Elle expliquait que les deux soi-disant journalistes arabes parlaient français couramment et que la maîtrise et le calme du plus âgé lui avaient paru suspects même si elle n'avait pas imaginé ce qui allait arriver. Il n'y avait jamais d'Arabes dans l'entourage de Massoud. Elle en avait conclu qu'il s'agissait, soit d'Al-Qaida, soit d'une mission diplomatique d'approche de la part des Arabes.

La journée de Sébastien avait été épuisante. La presque totalité des dépêches concernait les attentats de New York et leurs prolongements. Après la suspension de tous les vols, les États-Unis s'étaient retrouvés coupés du monde et chaque puissance occidentale faisait l'examen de la sécurité de son propre espace aérien. En France, quatre patrouilles de l'armée de l'air, soit une dizaine d'avions, étaient prêtes à décoller pour intercepter tout appareil au comportement suspect. Un officier général avait ajouté qu'un avion de chasse pouvait à tout instant obliger à atterrir ou descendre l'intrus, décision qui relevait du président de la République. L'atmosphère de tension dans laquelle vivaient les gouvernants occidentaux n'avait jamais été aussi palpable. Les autorités de la ville de New York se refusaient à tout bilan. Tous craignaient que des milliers de personnes ne soient enterrées sous les décombres des tours. Les Américains en voyage à Paris étaient sidérés et on les voyait errer, se rassembler devant CNN afin de suivre dans leur langue les dernières nouvelles.

Sébastien avait envoyé des reporters parmi eux. Il avait également écrit un article recensant condoléances et déclarations horrifiées de tous les pays du monde, mettant en exergue les gouvernements qui s'abstenaient ou déclaraient que les États-Unis récoltaient ce qu'ils avaient semé. Ceux-là émanaient de pays clairement identifiés comme étant opposés à la politique occidentale.

Pour Sébastien toutes ces déclarations officielles semblaient décalées et il se demandait si un citoyen non journaliste s'en rendait compte. Le Premier ministre britannique avait déclaré que le terrorisme de masse était le nouveau fléau du monde et qu'il était perpétré par des fanatiques totalement indifférents au caractère sacré de la vie humaine… Au Proche-Orient, Israël avait offert son aide aux États-Unis, "compte tenu de son amère expérience du terrorisme". Et pendant que Yasser Arafat condamnait les attentats comme étant des "crimes contre l'humanité", des dizaines de réfugiés palestiniens, pour certains dans les camps depuis 1948, manifestaient leur joie en tirant des salves d'armes automatiques en direction de Beyrouth. Sébastien voyait là une terrible comédie humaine dans laquelle il y avait d'une part les milliers de victimes, dont les pompiers décédés en montant porter secours aux civils et dont probablement le chiffre n'était pas encore définitif, et d'autre part les enjeux qui se révéleraient dans les heures à venir entre les différentes factions des mondes occidental et oriental.

Les images du drame continuaient à passer en boucle et servaient de support aux différents discours et commentaires des grands de ce monde. Un responsable existait, et il fallait le traquer et l'éliminer. Sébastien supportait de moins en moins que les médias puissent être complices d'une telle mascarade, et particulièrement les agences d'informations sources comme la sienne. Le pire n'était pas de garder la tête froide ou de se situer en dehors de l'émotion suscitée par la tragédie, mais de ne pas arriver à entrevoir ne serait-ce que les prémices d'une parole qui remette l'humanité au cœur de ce dispositif hystérique, voire diabolique, constituant un engrenage impossible à stopper.

Sébastien ressentait une immense fatigue, une sorte d'anéantissement fataliste. Il faisait son travail, récupérait ici et là les témoignages des spécialistes politiques, les récits des New-Yorkais ou des Français qui lui parvenaient des États-Unis et auxquels il pouvait joindre ceux des Américains en déplacement à Paris. Tout ce qu'il savait des dessous de cette affaire ne lui servait à rien car un journaliste n'accuse pas un pays dans un drame aussi consternant d'être l'instigateur de son propre malheur. Alors il se concentrait sur les détails de l'attaque, point par point, les dégâts chiffrés, le désespoir des survivants, l'héroïsme des pompiers et des bénévoles et quelque chose qui ne prenait pas de place dans les médias mais qui revenait en permanence dans tous les témoignages qu'il avait pu recueillir en direct : il écoutait ses amis journalistes lui décrire ce qu'ils vivaient là-bas, l'effroi bien sûr, mais aussi ce qu'engendrait l'événement.

“Il y a un extraordinaire élan de solidarité entre les New-Yorkais, entre les Américains rassemblés. Tu verrais l'ambiance ici. On n'a jamais vécu un truc pareil", lui racontaient ses confrères du bureau de New York. Sébastien soupirait. Oui, les Américains se découvraient fragiles, dans un pays éphémère dont les valeurs de liberté, de puissance et de sécurité ne pesaient pas lourd. Partout on faisait la queue pour acheter des rosettes, des fanions, des badges aux marchands ambulants. La bannière étoilée et l'hymne national étaient un refuge, des symboles pour réaffirmer la solidarité nationale. La chaîne de magasins Wal-Mart avait vendu deux cent mille drapeaux ce mercredi et la radio diffusait l'hymne américain entre toutes les infos données au cours de la journée. Mais pour Sébastien tout ça composait un tableau pathétique, même s'il comprenait que cette ferveur humaine était une prise de conscience qui allait bien au-delà de ce nationalisme illusoire et quelque peu enfantin.

— Tu sais papa, il y a une dame qui est venue expliquer que des avions ont foncé dans les tours à New York et pourquoi des méchants ont tué plein de gens…

Sébastien sortit de sa torpeur et regarda sa fille :

— Pardon ? De quoi parles-tu ?

— De l'école, renchérit Léo. J'ai plein de copains qui m'ont raconté que des gros avions avec plein de gens dedans ont foncé sur les tours du Vorde Ted Centerre… C'est là où tu travaillais quand on était dans le ventre de maman non ?… Et pourquoi tu ne nous as pas montré les avions qui foncent sur les tours ? C'est pas juste… Mes copains ils ont tout vu.

— Les tours, elles ont brûlé et puis elles sont tombées et plein de gens sont morts…, ajoute Mona qui ne veut pas être en reste après avoir déclenché la discussion.

— Qui est la dame qui est venue vous raconter ça ?

— C'est une spicologue.

— Mais non, c'est la mère de Lola.

— Ben je m'en fous. C'est une spicologue… Je le sais parce qu'elle nous l'a dit.

Sébastien réfléchissait à toute allure. Cette histoire de psy justifiant l'information ou l'expliquant aux enfants de la maternelle ne lui plaisait qu'à moitié.

— Elle vous a dit pourquoi elle venait vous parler de ça, la dame ?

— Oui, ils avaient regardé la télé et ils disaient que des pirates allaient venir à Paris pour nous tuer tous !

— Dis, tu les connais papa les terroristes ?

— Non je ne les connais pas mon chéri.

— Et pourquoi ils ont sauté par la fenêtre les gens ?

Sébastien regarde sa fille qui le considère d'un air grave.

— Qui t'a raconté ça ma puce ?

— C'est Léo qui me l'a dit.

— C'est Aurélien qui l'a vu à la télé. Il y avait des gens qui sautaient et son père lui a expliqué qu'ils ne savaient pas comment s'échapper à cause du feu…

— Et en bas les pompiers ils ont mis des grands filets comme dans Dumbo et les gens ils les rattrapaient pour qu'ils ne se fassent pas mal ?

— N'importe quoi toi. Les gens, ils sont morts. Il n'y avait personne pour les attraper en bas !

— Bon ça suffit les jumeaux. On va aller laver les dents et puis on va choisir une histoire et se coucher.

— Et pourquoi on peut pas les voir nous les gens qui sautent et les avions qui brûlent les tours ?

— Parce que je ne suis pas d'accord pour que vous regardiez des images violentes de guerre…

— Mais papa, c'est pas la guerre ça, c'est des gens…

— Est-ce que vous avez reçu une carte de maman aujourd'hui ?

— Oui. Des cartes magiques. Si tu les penches on voit un petit chat qui mange et puis si tu bouges, c'est un petit chien… Et toi, elle ne t'envoie pas de carte maman ? questionna Mona.

Sébastien s'était écroulé dans le canapé du salon après cette discussion avec les jumeaux. Il les avait regardés dormir bien après qu'ils avaient sombré dans l'histoire qu'il avait racontée en prenant un plaisir nouveau à suivre les chemins tortueux de son inspiration. Il avait bien sûr mélangé des personnages qu'il avait repris dans les récits d'Hélène, adjoignant sa propre imagination à ces histoires récurrentes qui faisaient la joie des jumeaux. Ainsi le Chat Pitre d'Hélène avait été rejoint par le Guépard Ciparlà, un félin raffiné qui n'aimait pas la vie sauvage. L'exercice l'avait épuisé. Mais il était obligé de reconnaître qu'il en avait oublié les tours, ses soucis d'homme abandonné à son sort et même la façon dont la cruauté du monde envahissait les familles et l'école.

Il eut l'idée de sortir dans le jardin pour faire quelques pas dans la fraîcheur du soir et il fut surpris de redécouvrir qu'il pouvait respirer, ressentir ses membres, être dans la vie simple qu'il avait chérie avec elle, sans souffrir, sans avoir au fond de lui le cœur serré et cette boule de stress qui lui broyait l'estomac depuis le 6 septembre. Il allait rentrer quand il sursauta. Ça venait de la haie qui le séparait de son voisin. Il s'approcha doucement pensant qu'il allait découvrir un animal mais il recula en entendant soudain un juron. Il appela doucement.

— Raymond ? Vous avez un problème ?

— Ah ! Sébastien… Excusez les gros mots. Je cherche une boucle d'oreille que mon ex-femme a perdue dans la haie. Elle pense que c'est aujourd'hui et il paraît qu'on attend une sacrée pluie pour la nuit alors elle a insisté pour que je sorte regarder mais je n'y vois fichtre rien dans ces feuillages… Et si ça se trouve ce n'est même pas là qu'elle l'a perdue cette foutue boucle !

— J'ai parlé avec votre femme il y a quelques jours quand elle coupait la haie…

— Voilà. C'est ce que je pensais. Elle n'a aucune mémoire de ce qu'elle fait dans la journée.

— Mais peut-être a-t-elle continué à couper la haie aujourd'hui, avança prudemment Sébastien pour le calmer. Je n'étais pas là aujourd'hui. Elle a été très gentille. Elle m'a dit qu'elle avait vu partir Hélène.

— Ah oui, avec un type qui lui portait son gros sac. Elle se demandait si c'était vous mais la description qu'elle m'en a faite ne vous ressemblait pas.

Sébastien essaya de rire en questionnant comme si c'était naturel.

— Ah, et quelle description vous en a-t-elle faite ? Puis comme pour rattraper l'étrangeté de la question, il ajouta : Elle avait plusieurs options dans la famille ou dans nos copains pour l'amener à la gare.

— Elle aurait pu me demander à moi. Je l'aurais amenée votre femme. Elle est bien gentille et nous avons toujours beaucoup de plaisir à causer de plantes ou d'oiseaux.

Sébastien mesurait le gouffre entre les déclarations de Raymond et ce qu'il avait lu dans le cahier d'Hélène. Mais il n'était pas plus avancé car Raymond n'avait pas paru entendre sa demande sur la description du chauffeur d'Hélène.

— Vous savez, elle n'est revenue que pour quelques jours… C'est trop difficile pour moi de vivre avec cette femme. J'ai toujours peur de la trouver morte quelque part dans la maison. Depuis qu'elle est devenue folle, je ne supporte pas de m'en occuper. J'essaie de temps en temps de l'emmener quelque part pour la sortir de son asile de dingues, mais j'ai de plus en plus de mal. Au début elle n'y allait que pour les pires moments de sa dépression et puis quand elle a fait sa tentative de suicide, ils l'ont internée. Il avait l'air tellement malheureux que Sébastien prit le parti de l'interroger doucement.

— Il y a longtemps qu'elle est… en hôpital psychiatrique ?

Raymond eut l'air très abattu soudain.

— Depuis la mort de la petite.

Puis ce fut Raymond qui rompit le silence.

— La petite. Notre petite s'est noyée dans un étang quand elle avait cinq ans. C'était moi qui aurais dû la surveiller. Enfin c'est ce qu'elle a toujours dit. En réalité nous étions tous les deux sur place, Je pêchais et elle aurait pu s'apercevoir qu'Hélène s'était éloignée… Oui elle s'appelait comme votre femme, reprit Raymond tristement en voyant le regard affolé de Sébastien. Ça m'a fait tout drôle quand vous avez emménagé d'avoir à nouveau quelqu'un qui s'appelait Hélène dans les parages.

Je crois qu'elles devraient avoir à peu près le même âge. Ma fille est née en 72.

— Ce truc qui brille là, ça ne serait pas la boucle de votre femme ?

— Ah, passez-le-moi, je ne peux pas l'attraper. Je crois oui. Elle va être contente. Elle était partie pour m'en faire une histoire de sa boucle perdue. Parce que c'est notre fils qui les lui a offertes pour Noël. Ce n'est plus ma femme vous savez ! Moi les femmes c'est terminé. Je me contente d'aller chaque année passer des petites vacances en Thaïlande. Elles sont mignonnes là-bas. Et pas embêtantes. Je paie, j'en ai pour mon argent.

Sébastien hocha la tête

Quelques gouttes de pluie commencèrent à tomber et Sébastien en profita pour souhaiter une bonne nuit à Raymond et s'éclipser. Il fut rattrapé par la voix de Raymond qui lui criait.

— Il était grand et moche le type qui emmenait votre femme à la gare. C'est ce que m'a dit mon ex-femme parce qu'elle m'a dit aussi que vous étiez un bien beau garçon ! Même quand on est devenu fou, on continue quand même à avoir des yeux…

Sébastien lui fit un petit signe de la main et rentra dans la maison, encore plus perplexe, à la fois sur la personnalité de Raymond et sur l'identité de celui qui avait pu partir avec Hélène.

Jeudi 13 septembre

8e jour

Nous avons creusé un fossé entre nous et les autres c'est pourquoi il règne un tel chaos dans le monde. Qui prête attention à la guerre du Liban ? À une guerre de plus en Extrême-Orient, en Afghanistan ? Mais si vous ressentez profondément que vous êtes cette humanité même, parce que comme les autres, vous êtes angoissé, vous riez, vous avez mal comme eux, qu'ils soient pauvres ou riches. Nous sommes toute l'humanité. Si vous prenez conscience de ce fait merveilleux qui est la vérité, alors vous ne tuerez plus, il n'y aura plus de division entre un pays et un autre, alors votre vie entière sera différente, si c'est vraiment ce que vous voulez.

KRISHNAMURTI,
Vivre dans un monde en crise.

HÉLÈNE

À cheval sur sa montagne de coussins, Hélène constate que ce matin les sensations ne sont pas au rendez-vous. Elle n'a pas beaucoup dormi, mais elle s'en fiche. Elle n'a pas regardé le réveil en pestant qu'elle n'aurait pas assez de sommeil. Elle a écouté, allongée dans son lit, yeux fermés, les petites étoiles clignotantes à la surface de son corps. Elle n'est pas fatiguée, juste bien. La voilà beaucoup moins troublée qu'hier ou que les jours qui ont précédé. Elle n'est plus harcelée par le silence. Rien n'a changé pourtant. C'est simplement qu'elle ne voit plus les choses de la même façon. Soudain son estomac ouvre une béance extraordinaire. C'est une sorte de vide sidéral qui augure un petit-déjeuner à apprécier !

Il pleut mais qu'importe, la forêt après le petit-déjeuner est devenue un rite. Hélène sourit sous son parapluie en entrant dans le bois sombre. Pourquoi ne fait-elle jamais ça en temps normal ? Se réjouir des moments pluvieux tout autant que de ceux qui ensoleillent. La balade est somptueuse, un brin inquiétante. Hélène parcourt cette forêt depuis sept jours et malgré les limites de l'espace, elle y découvre chaque fois quelque chose. Aujourd'hui, un grand chêne, un peu comme Sam et Joe mais celui-ci est seul. Ses deux énormes branches tendues vers Hélène. Les limaces sont à la fête. Il y en a partout et de toutes les tailles, plusieurs espèces différentes. C'est le moment d'interrompre le régime végétarien ! Au détour du chemin, elle tombe nez à nez avec une fille en position de combat. Elles évitent de se regarder pour conjurer l'éclat de rire. Hélène en s'éloignant l'entend pouffer derrière elle. Dans la forêt, il pleut moins fort que dans le champ ; ça crépite au-dessus de sa tête. Quelques gouttes bondissent de feuille en feuille bien après que la pluie s'est arrêtée dans la plaine. Hélène aperçoit des taches lumineuses qui dansent sur l'herbe. Elle pense à ses enfants qui vont grandir, à ces promenades dans la forêt de Rambouillet qu'un jour ils ne voudront plus faire avec elle. Elle abandonne chaque jour un peu de sa peau de mère. En les accompagnant, en les regardant, elle n'aime pas se dire qu'ils sont les siens, qu'elle aura oublié dans vingt ans le son de leurs voix d'enfants. Peut-être ne se souviendra-t-elle plus de leurs visages au fil des âges ? Si peu de choses restent en mémoire. C'est d'autant plus fou d'imaginer que son corps a gardé toutes ces sensations qui mettent la panique dans sa vie alors que les souvenirs se font la malle à toute allure.

Si l'éternité existe et qu'elle n'est pas remplie de livres alors elle ne sert à rien pense-t-elle brusquement en regardant les arbres. Elle voit les mots de ses pensées s'afficher comme des bulles de savon qui se glissent entre les poussières et le silence doré du matin. Cette nuit, elle a fait un rêve étrange. Elle ouvrait des livres, mais elle ne comprenait pas ce qui était écrit. Au début elle a cru que ce n'était pas dans sa langue mais aucun livre, aucune langue ne lui était familière. Pire, elle reconnaissait les mots, mais ne savait plus ce qu'ils voulaient dire. Elle s'est éveillée en larmes. La nuit était belle. Pour se rassurer elle a lu la notice de sa crème pour les lèvres. Elle a ri. Un suspense incroyable. Un héros que l'on n'aurait pas deviné. Labello… Un bel Italien risque-tout, un poil gluant mais après tout, elle aurait pu tomber sur l'Indien Dermophil… Pourtant lire ne lui manque pas. Elle devine que ce qui est gravé dans le silence reste à écrire.

C'est le huitième jour. Deux encore et elle aura réussi son pari et quittera ce lieu où elle a l'impression d'être arrivée il y a un mois. Les hirondelles se sont rassemblées au loin sur un fil et plus aucune d'entre elles ne passe sous les porches pour rejoindre les nids dans un ballet incessant. Quelques-unes tournent encore dans le ciel. Les migrateurs l'ont toujours fascinée. Elle repense au poème *Les Oiseaux de passage* qu'elle récite tout naturellement…

Eux, ce sont les sauvages.
Ils vont où leur désir le veut par-dessus monts,
Et bois, et mers, et vents, et loin des esclavages.
L'air qu'ils boivent ferait éclater vos poumons.
Regardez-les ! Avant d'atteindre sa chimère,
Plus d'un, l'aile rompue et du sang plein les yeux,
Mourra […]
Mais ils sont avant tout […]
Des assoiffés d'azur, des poètes, des fous […]

Les sensations sont partout. Dans la dégustation des patates durant le déjeuner, dans un moment où, assise sur un banc, elle se laisse dorer au soleil. Plus tard dans la salle, Hélène entend que le Gros Dégueulasse souffre. Depuis hier il soupire, éructe plus encore que d'habitude. Mais Hélène n'a plus envie de l'appeler ainsi. Il est devenu GD et pour finir, elle le surnomme Gédéon. La compassion fait son office.

Quand elle sort de la salle, elle constate que les hirondelles ne sont plus rassemblées sur le fil au loin. Elles sont parties cette fois mais elle n'éprouve pas de regrets. Pour la première fois de sa vie, elle peut regarder ce qui s'en va sans nostalgie. Dans l'allée, Suzanne ne traîne plus les pieds et réapprend à marcher. Elle lève très haut chaque jambe pour décomposer son pas. Hélène admire sa ténacité. À mesure qu'elle progresse, elle lève la tête plus haut. Suzanne n'a plus rien de cette femme arrivée il y a quelques jours, les yeux fixés sur ses orteils. Et si son vécu reste un mystère, sa métamorphose est une joie.

Peut-être que les merles comme les humains ont de bons chanteurs et d'autres plutôt médiocres. Dans la forêt, l'un d'entre eux est une perle rare. Triolets, doubles croches, trilles… Il s'égosille à tout va et en plus il est doté d'un sens de l'humour impayable. Il ponctue la fin de ses envolées de sons incongrus. Ce n'est pas vraiment la saison pour faire sa cour mais il est irrésistible. Il habite pleinement l'expression *chanter comme un beau merle*… Hélène a juste le temps de sortir de la forêt et se retournant, elle aperçoit la mer d'arbres devenue très sombre sous des trombes d'eau s'abattant en rafales. Elle regagne son box et monte sur le lit pour assister à ce spectacle de sa fenêtre. Un peu frustrée ? Même pas… Juste heureuse à sa fenêtre tout en pensant à ce que l'addiction, l'avidité ferait d'elle en cet instant. Quelqu'un qui aspirerait à voir le spectacle de sa chambre individuelle. Mais il y a des box qui n'ont pas de fenêtre. Elle aurait pu aussi ne pas avoir de place et ne pas avoir découvert tout ce qu'elle sait maintenant… Le miracle tient à un fil. Elle ne serait pas sur ce chemin si plusieurs personnes ne s'étaient pas désistées. Elle découvre. Se réjouir de tout est un cadeau.

Sur la porte des toilettes, deux yeux la regardent. Des nœuds dans le bois qui semblent faire partie de son introspection. Depuis son arrivée elle apprend à voir, à sentir, à entendre et tout est signe. Tout se connecte, tout est intérieur, et l'extérieur fait miroir aux pensées folles ou correspondances. Hélène comprend le monde, l'univers, le cosmos, la souffrance des autres au loin ou tout près. Que se passerait-il si chaque humain faisait ce travail intérieur ? La réalité des choses fait mal, pourtant elle ne cesse de se modifier. Tout est mouvant, éternel recommencement qui n'a jamais la même forme. Tout est océan, vagues, mouvement perpétuel, une vibration infinie qui la traverse au même instant et se prolonge au-delà du monde.

Hélène se dirige pour la millième fois vers la salle. Se déchausse. Pose sa veste. Se glisse derrière une ombre qui lui tient la porte. Elle marche comme un automate vers son coussin. S'installe dans le froissement des autres. Une brusque lassitude l'envahit.

Elle n'a plus envie d'être là. Elle voudrait fuir, à nouveau. Elle voudrait oublier tout ce qu'elle a découvert. Revenir à l'innocence imbécile des magazines de bien-être. Croire à nouveau que la méditation est ce truc à la mode qu'on pratique en tailleur en se concentrant sur des images d'eau qui coule pour apaiser son esprit. Un truc simple comme le jogging. Elle voudrait. Elle ne sait plus qui elle est vraiment et ça la terrifie. Elle soupire. Tout commence. Soudain, elle sent une lente ondulation le long de son bras gauche. Comme si un python se glissait tout doucement depuis son épaule vers le coude. Très agréable sensation si l'on en retirait l'inquiétude qu'elle suscite. Elle n'ose pas bouger. Elle essaie de sentir quelque chose ailleurs, mais le reste de son corps reste désespérément silencieux. Hélène se cramponne aux instructions qui recommandent de ne tenir aucun compte des sensations qui se manifestent ailleurs tandis qu'on descend minutieusement le long des différentes parties du corps. Elle revient comme au début du séjour vers la lèvre supérieure, le nez… Puis soudain le serpent devient poigne de métal, plonge au cœur de son estomac et le broie fermement. Elle retient un cri strident et ouvre un œil. Il n'y a aucun reptile à l'horizon. À l'intérieur la tempête continue. Elle referme les yeux, réussit à se calmer, à chasser la peur, à revenir tout doucement écouter sans juger ce que son corps lui crie. La douleur se mue en nuage cotonneux puis s'évanouit d'un seul coup. La sensation n'est plus qu'un chuchotement changé en petits confettis qui s'éparpillent à la surface de son corps. Elle est partagée, indécise. Comment ce corps peut-il être si présent, si violent, puis totalement calme ? Où était-il avant tout ça ?

Le chant de Goenka a changé et elle perçoit une sorte d'euphorie silencieuse. La fin de l'heure où ils ne doivent pas bouger vient enfin. Hélène bondit hors de la salle. Une fois dans la forêt, comme pour confirmer cette légèreté imprévue, elle tombe nez à nez avec un petit lapin. Il s'enfuit en bondissant relevant de façon comique son derrière ou apparaît sa queue blanche entre les herbes hautes. Le gong retentit et la perspective de recommencer à méditer la laisse perplexe. Elle pense à nouveau aux autres, à tous les humains partageant l'expérience…

Quand ai-je commencé à avoir envie de tromper Sébastien ? Quand le sexe entre nous est devenu programmé. Jamais hors des sentiers battus. On s'échappait une nuit en confiant les jumeaux à une des grands-mères. Ça aurait pu être des retrouvailles charmantes. La première fois qu'on l'a fait, on était si épuisés qu'on s'est endormis dans les bras l'un de l'autre. C'était tendre. Plutôt émouvant. Ça ne m'a pas dérangée que ce ne soit que ça. Au petit-déjeuner, après avoir dormi longtemps, nous étions affamés et nous avons sauté du lit pour rejoindre le buffet de ce palace dans lequel nous fêtions nos retrouvailles d'amants, notre première séparation d'avec les jumeaux pour deux nuits. Ils avaient un an. Nous nous étions oubliés dans cette histoire parentale. Ensuite nos escapades sont devenues un rite et nous ne tentions même plus de nous séduire à la maison. Nous ne faisions plus l'amour, ou alors vite fait comme pour satisfaire un besoin urgent. Je n'existais pas en dehors du plaisir qu'il ressentait. J'avais tant travaillé pour lui plaire à nouveau, pour que mon corps se remette du passage de ces deux petits pachydermes que j'en étais soufflée ! Abasourdie qu'il ne remarque rien, que mon corps ne soit qu'un terrain familier dont il connaissait les bosses, les creux, et les rivières désaltérantes.

Quand tu allaitais, tu avais quand même de quoi remplir les mains d'un honnête homme, disait-il en riant. Oui et même d'un malhonnête qui lui piquerait sa femme, pensais-je en moi-même ! Et l'idée germait, et peut-être déjà le désir pointait son nez même si je n'en avais pas encore conscience. Car ma plaisanterie intérieure n'allait pas plus loin. Je ne m'imaginais jamais avec un autre. Si on m'avait posé la question, j'aurais répondu non avec indignation. Mais je sais aujourd'hui qu'il ne manquait pas grand-chose. Une toute petite étincelle pour mettre le feu.

Pour la énième fois, elle referme les yeux. Est-ce la douleur ou le plaisir qui va venir ? Et n'est-ce pas déjà renier l'équanimité que de les nommer ainsi ? Ne faudrait-il faire disparaître les mots ? Chaleur, pincement, broyage, bataille de particules, caresses, picotements, frissons, fraîches, bruine, disparitions voilées, opacités, impressions fantômes, étranglements, oppressions, serrements, torpeur, résistance… Tout est présumé dans la même absence de jugement, mais un mot, et déjà des maux… N'est-ce pas ce qui vient parasiter l'expérience ?

Je revois ce garçon, cet homme que je pensais haïr toute ma vie et que je ne pourrai jamais assez remercier. Pourquoi avoir accepté de le rejoindre chez lui puisque nous allions au cinéma ? L'escalier qui menait à sa garçonnière se montait dans des effluves de pizza. Tomates, champignons, quatre fromages, origan égrenai-je en gravissant les marches jusqu'à son quatrième étage. Une fois passée la porte de son appartement, une odeur d'encens oriental condamnait l'Italie à rester sur le palier. Un peu baroudeur, photographe en devenir et surtout très amateur de filles, de mannequins principalement ; je devais être un ovni dans son tableau de chasse que je n'avais aucunement l'intention de rejoindre. Je ne voulais donc pas m'attarder chez lui mais il insista pour me faire goûter un thé iranien. Je commençai donc à claquer des dents et au lieu de me déshabiller, il fut obligé de me prêter un pull. La cérémonie du thé fut si détaillée et son regard si interrogateur sur ma première gorgée que je devins méfiante. Je profitai de sa courte absence pour jeter le contenu de ma tasse dans une plante. Je m'attendais à la voir se faner dans l'instant, mais il n'en fut rien et je fus happée dans une discussion passionnante sur la séduction selon les pays du monde. Quand il fut évident que nous avions passé l'heure de la séance du film que nous devions voir et qu'il n'y avait plus d'écran entre nous, je me retrouvai dans de beaux draps et entre ses bras. Bien heureuse de n'être sous l'emprise d'aucune drogue, je me sentais plus consentante qu'amoureuse et je me laissais glisser dans d'agréables caresses de plus en plus précises. Quelques minutes plus tard, il plissa les yeux en me regardant puis plantant un regard dans le mien il me demanda s'il m'arrivait de jouir. La question m'horripila. De quoi se mêlait-il ? Devant mon absence de réponse il commença à me faire l'amour très doucement comme s'il n'avait pas posé cette question. Rassurée, je me laissai aller à la douceur d'une traversée d'étang un jour de printemps quand soudain je fus basculée, envahie, désarçonnée, embarquée puis débarquée dans une sorte de tsunami irréversible. Parcourue de part en part, j'eus le temps de ne rien comprendre. J'entendais mes cris, une douleur enlacée à ma jouissance me coupait la respiration et je faillis m'évanouir juste avant de sentir que mon assaillant se brisait net. J'étais très loin, je ne sais trop où et il me récupéra d'un regard souriant tout en essuyant une larme sur ma joue. "Ça va ? Je savais bien que tu étais planquée quelque part !" Du fond de ce puits qui suit un orgasme, je le regardai avec ressentiment et malgré tout une certaine joie. Car maintenant je le savais, c'était mécanique. J'étais affreusement déçue. Adieu croyances infernales de l'homme aimé faisant jouir la femme qu'il aime, disparue la naïve certitude que seul l'amour emportait un couple au plus haut des cieux. Je ne l'aimais pas et certainement que lui non plus. Et je lui en voulais farouchement de cette découverte. S'ajoutant à cette tragique révélation apparut la peur d'être dépendante de ce plaisir offert par n'importe quel amant talentueux. Il fallait bien se rendre compte que cet orgasme avait une conséquence immédiate. L'envie de recommencer tout de suite avec celui qui était capable de me mener où sont planquées les étoiles. L'amour toute la journée. Franchement rien de ce que je connaissais n'avait autant d'intérêt. À part écrire. Enfin l'écrire, le décrire, trouver des mots, aller chercher dans chaque phrase cette envolée tellurique qui ne pouvait être traduisible nommément. Quel mot allait s'enchevêtrer aussi sûrement à une douleur extatique pour décrire cette jouissance ?

La brûlure de son sexe est insupportable. De ses jambes et de ses cuisses des signaux affolés montent au cerveau. Hélène a toujours les yeux fermés et elle est terrifiée. A-t-elle crié, joui au milieu de la salle… d'humidification… de méditation ? De copulation ? Elle entrouvre un œil, les joues en feu. Tout est calme. Rien ne semble avoir filtré de son esprit malmené, de son corps jouisseur et de ses souvenirs. Violente envie de rire, nervosité. Les autres respirent, soupirent. Un des hommes ronfle. Les enseignants n'ont pas bougé. Goenka reprend la parole et elle sursaute. Déjà… Elle a l'impression que l'heure vient de commencer. En réalité elle ne sait pas à quoi attribuer le retour de ce souvenir… À ce désir incessant de séduire ? À la possibilité de se rassurer en passant à l'acte ? Le soir venu, Hélène s'installe avec un plaisir nouveau pour écouter le discours de Goenka. La journée n'a pas été si douce. Observer jusqu'à y perdre son identité. *"Il est impossible d'éliminer les* sankharas *sans cette désincarcération de soi-même. Il faut observer ce qui remonte et éviter d'en produire de nouveaux. Nous sommes en vie parce que nous avons des* sankharas", raconte le Birman. Mais que se passe-t-il quand on a tout éliminé ? Comme s'il avait entendu sa muette requête, l'homme répond : *"On en garde un petit stock positif pour rester en vie. À ce stade autant dire qu'on est devenu un être complètement éveillé ! Les sensations agréables sont un piège car elles génèrent le désir d'avoir des sensations et font oublier qu'elles ne sont pas là pour rester mais en alternance avec celles qui tourmentent. On a expérimenté les douleurs qu'on se met à détester et on désire les sensations agréables. Et finalement à son tour, la méditation devient une nouvelle source qui génère avidité et aversion.* " En sortant de la dernière séance, Hélène a observé une fille gambader comme une enfant dans le champ. Elle avait l'air de planer au-dessus du sol. Comment voir la vie de la même façon qu'avant en vivant une telle expérience ? Comment font les autres avec leur totale inconscience ? Comment vivait-elle, elle, avec ses colères inutiles, ses exaspérations quotidiennes, ses ronchonnements inconsidérés, ses agressivités récurrentes ?

SÉBASTIEN

La déflagration l'avait atteint au réveil, ce surlendemain de l'attaque des tours. Hélène lui manquait atrocement. Hélène qui disait toujours qu'il ne fallait pas se quitter fâché car on ne savait jamais ce qui pouvait advenir… Hélène qui était partie sans même dire où elle allait. Hélène qui ne cessait de lui répéter que face à la fureur du monde, l'amour seul restait une valeur sûre. Hélène qui ne l'avait même pas appelé après cet événement sachant qu'il était aux premières loges du drame. Hélène n'en avait plus rien à faire de sa famille à l'heure qu'il était, il pouvait maintenant en être persuadé.

Cette nuit il avait rêvé de leur première rencontre, ou plus exactement de la première fois où il l'avait aperçue. Car elle ne l'avait pas remarqué quand il était tombé amoureux de sa silhouette qui dansait sur un pont de Paris en robe de patineuse turquoise. Elle faisait des claquettes sur le pont Alexandre-III et il avait observé sa masse de cheveux bruns bouclés, son sourire et quand à scooter il s'était approché, il avait vu ses yeux très bleus qui l'avaient fixé comme s'ils voulaient le faire tomber. Il ne s'était pas arrêté et il s'était maudit tout le reste de l'après-midi. Qu'est ce qui pouvait bien se passer dans la tête d'un type qui ressentait un tel choc et qui n'est même pas capable d'arrêter son scooter pour lui adresser la parole ?

Jusqu'à ce qu'il la revoie, ce même jour, sortant en trombe d'une épicerie de la rue des Martyrs. Entre-temps, il s'était interrogé sur les moyens dont il disposait pour la retrouver. Il n'avait jamais vécu une pareille obsession. Pire, il était du genre à affirmer que le coup de foudre n'existait pas, que c'était une expression pour romanciers. Juste avant de la recroiser donc, par hasard, il avait imaginé revenir le lendemain sur ce pont où elle dansait et cette fois, oser lui parler. Il espérait que c'était un numéro d'artiste qu'elle effectuait chaque jour sur le Pont-Neuf pour gagner sa vie. Sur le moment, il avait eu l'impression de traverser une scène de comédie musicale. Et voilà que quelques heures plus tard, il la retrouvait dans un tout autre quartier, vêtue d'un jean et d'une chemise blanche. Et cette fois il n'avait pas eu le loisir de s'interroger sur son désir de lui parler. Il avait bondi d'un trottoir à l'autre, au risque de se faire écraser par un bus et l'avait vue s'engouffrer dans une voiture qui avait aussitôt emporté son regard azur translucide vers Montmartre. Marchant sans but comme un forcené qui vient de rater sa destinée une deuxième fois, il avait pris la première rue qui se présentait à lui et s'était retrouvé devant l'hôtel Amour qu'il ne connaissait pas, puis il avait visité le musée de la Vie romantique dans une rue voisine, en se disant que le hasard décidément n'existait pas. Durant ce vagabondage solitaire et anxieux, il s'était efforcé de se rassurer. Puisque le coup de foudre existait et qu'il avait déjà croisé deux fois cette fille, il se devait de croire en un destin qui la remettrait en face de lui. Ce qui fut fait le soir même quand il entra dans ce bar de Montmartre où il n'était jamais venu. Il aurait pu provoquer le sort en essayant d'aller boire un verre dans la direction qu'elle avait prise avec la voiture. Mais ce n'était même pas lui qui avait décidé du lieu où ils devaient se retrouver avec la bande qu'il fréquentait à cette époque. Il en avait conçu la certitude qu'Hélène était la femme de sa vie. Il avait pourtant failli ne pas la reconnaître car elle arborait un air revêche et avait remonté ses cheveux en un chignon informe. Mais quand elle avait dardé son regard vers lui en attendant qu'il annonce la boisson qu'il avait choisie, il avait sursauté en reconnaissant cet océan translucide devenu plus sombre dans l'éclairage psychédélique du bar.

Tu n'as aucun sens de la volupté, lui avait reproché une de ses précédentes amantes. Mais avec cette rencontre, Sébastien avait compris qu'il n'avait tout simplement jamais eu d'aspiration à la volupté telle qu'il l'avait ressentie en rencontrant Hélène. La contempler donnait la sensation d'entrer dans l'histoire d'une géographie. Tout était au rendez-vous en cette belle jeune femme. La petite fille magnétique qu'elle avait dû être côtoyait une très vieille femme qui avait abandonné sa jeunesse avec grâce et pourtant, on ne pouvait voir dans cet instant fédérateur où on la contemplait qu'une étendue de peau mate qui captait la main et donnait envie d'éprouver son corps de miel et d'agrume. Durant leur première nuit, Sébastien avait découvert qu'on pouvait plonger en elle, s'y baigner et en revenir changé. Faire l'amour ne voulait plus rien dire. Passer la nuit avec elle, c'était être imprégné d'amour, avoir pénétré une âme tandis qu'une force inconnue avait magiquement fait son nid en son cœur. Les jours qui suivirent furent diffractés et Sébastien fut soustrait au monde qu'il croyait connaître. Tandis qu'il ne perdait pas une occasion de se glisser en ses chemins, elle s'insinuait en lui. Si bien qu'un an plus tard quand ils posèrent dans le même appartement les quelques affaires qu'ils avaient, il comprit qu'Hélène l'habitait tout entier depuis la première seconde de leur rencontre.

Très vite il s'était aperçu que la présence d'Hélène n'avait pas seulement changé sa vie, mais avait modifié son regard sur la totalité de son environnement. Désormais un temps de chien se métamorphosait en une pluie romantique, les embouteillages offraient l'occasion de s'éclater en musique, la réflexion acerbe d'un supérieur celle de défendre son point de vue et d'argumenter avec dextérité pour gagner l'autre à sa cause. Il avait aussi compris que ses efforts envers sa mère étaient vains et combien l'esprit négatif de cette dernière l'avait entravé tout au long de son enfance et de son adolescence. Naturellement il n'avait pas échappé à Solange que la brusque rébellion de son fils coïncidait avec l'arrivée d'Hélène dans sa vie et, dans le labyrinthe de ses haines personnelles, elle avait pétrifié sa bru en bonne place comme un monument à abattre.

Aujourd'hui, Solange entrevoyait l'occasion de médire sur l'irresponsabilité du comportement d'Hélène. Cette disparition, à peine atténuée par le soin que sa belle-fille avait pris d'écrire à ses enfants, allait enfin lui donner raison. Elle attendait donc le bon moment pour parler sérieusement à Sébastien dont elle percevait la peine, mais surtout, et elle s'en réjouissait, la colère.

Lors des événements du 11 septembre, quelque chose avait fait sauter les cadenas du coffre dans lequel Sébastien avait enclos ses souvenirs les plus beaux avec Hélène, mais toutes ces histoires gorgées de vie, de couleurs et d'amour venaient de rejaillir pour le faire pleurer. Il avait ouvert le placard qui abritait ses vêtements et son parfum l'avait enveloppé. La tête contre le tissu soyeux d'une de ses robes et le visage enfoui dans ce corsage vide, il avait respiré profondément. Il avait alors pris conscience de son immense tristesse, de la violence de son ressentiment qui le tuait à petit feu depuis le départ de sa femme. Il avait senti ses larmes couler et ça lui avait fait un bien fou.

Où était-elle cette époque bénie de leur vie commune où il lui racontait le monde ? Il partait d'un événement survenu dans sa journée et remontait le cours de l'histoire. Ainsi un article sur le spectacle d'une star de la pop pouvait se prolonger en une description de toute l'histoire du blues aux États-Unis, puis les entraîner vers l'esclavage ou la politique américaine en termes de discrimination raciale. Sébastien avait une grande culture, Hélène, une insatiable soif d'apprendre mais il était sûr qu'elle avait cessé de l'admirer depuis longtemps et qu'il n'était plus pour elle qu'un homme qui trimballait sa connaissance de la noirceur du monde et qui la propageait comme pour empoisonner encore les humains par le spectacle de son récit.

Le téléphone sonna, Sébastien hésita puis répondit au cas où ce serait l'agence. Mathilde le coupa avant de poursuivre quand il l'informa qu'Hélène n'était pas là :

— Ce n'est pas elle que j'appelle, c'est toi. Comment vas-tu ?

Il émanait d'elle une infinie douceur qui émut Sébastien. Il comprit au ton de sa voix qu'elle savait. Et peut-être même avait-elle deviné que c'était maintenant, alors que ses certitudes vacillaient et qu'il n'était plus qu'un homme prêt à écouter la souffrance qui sourdait en lui, qu'il fallait l'appeler.

— J'imagine que je vais mal et j'essaie de me dire que ce n'est pas si grave, vu le contexte. En même temps je n'ai pas le temps de m'occuper de mon mal-être. Comme tu peux l'imaginer, j'ai pas mal de boulot.

La fierté et le besoin de sortir de la douleur en la niant reprenaient le dessus.

— Mais tu y penses quand même, je te connais un peu. Ton boulot et ton histoire, ça n'a rien à voir et en même temps tout est lié. Tu pourrais venir après mes rendez-vous ? Si tu veux je te fais un massage. Je n'ai pas de place à un autre moment, mais j'imagine que tu dois faire des heures sup dans ta boîte à infos…

— Oui c'est plutôt tendu.

— Je t'accueillerai avec plaisir si tu me promets de ne pas me parler des tours, des dernières nouvelles et de celles dont on ne dit rien à la télé. Mes patients ne parlent que de ça toute la journée !

Sébastien se taisait ne sachant que faire de la proposition de cette amie commune qui avait d'abord été celle d'Hélène. À dire vrai, il avait espéré qu'elle pourrait lui en dire un peu plus sur la destination de son amie. Il aurait aussi voulu savoir si elle désapprouvait ce départ. Mathilde avait l'air d'entendre ses pensées.

— Tu lui en veux ? Tu penses qu'elle n'aurait pas dû partir ? Et si elle ne revient pas malgré les événements récents tu penses que c'est parce qu'elle s'en fout et que peut-être elle ne reviendra pas du tout ?

Il se sentait penaud. Était-il si transparent ?

— Et toi, qu'en penses-tu ?

— Je n'ai pas à juger. Je vous aime tous les deux, tu vas mal alors je te propose ce que je sais faire, soulager ton corps et normalement s'il est encore attaché à ton âme, ça devrait communiquer. Je n'ai pas d'infos secrètes. Hélène ne m'a pas appelée, mais j'ai su par la bande qu'elle avait laissé une lettre et que les jumeaux reçoivent une carte tous les jours.

— Elle t'a dit qu'elle revient dans dix jours, c'est bien ça ?

— C'est ça oui. Les nouvelles vont vite.

— Il n'y a rien de méchant dans cette circulation d'infos là. Nous n'avons pas de fil AFP mais nous sommes tes amis et comme c'est toi qui es resté, c'est toi qu'on aide. Je pense que si Hélène ne donne pas signe de vie, c'est qu'elle n'est pas au courant de ce qui se passe. Je ne vois pas d'autre explication. Elle est peut-être en mer ou dans le désert… Un truc où elle ne sait rien du monde. Je m'en tiens à ce que je sais d'elle, à ce que je trouve logique en faisant confiance à ce qu'elle t'a écrit.

— Tu crois vraiment ça ?

— J'en suis sûre. Je connais Hélène, sa sensibilité. Si elle savait, elle t'aurait appelé. Quoiqu'elle ait décidé en partant.

— Merci. Je passerai demain après le boulot. Je t'appelle quand j'ai fini si tu veux. Je ne peux pas être précis sur l'heure vu les circonstances.

— Comme tu veux. Tu peux passer tardivement. Mon cabinet est sur mon palier alors ce n'est pas difficile de passer de l'appartement à la salle de massage, même si tu arrives bien après mon dernier rendez-vous.

— Merci Mathilde. Te parler m'a rassuré.

— Je ne dis rien pour te rassurer mais parce que je le pense. Je connais bien Hélène. Son départ m'étonne. Elle devait être dévastée par ce qui se passe entre vous pour avoir pris une décision aussi radicale. Je ne juge rien évidemment. Je te dis mon sentiment.

— Je comprends. À demain.

Depuis qu'il avait craqué, toute pensée d'Hélène le renvoyait obstinément à un épisode du charme de leur vie. Un déjeuner sur une place de village en Toscane avec nappe blanche, tiramisu et café serré, un fou rire dans un hôtel minable où ils avaient dû poser le matelas par terre tant le lit grinçait, un coucher de soleil au bord d'un fleuve, une nuit blanche à veiller les jumeaux pour finalement s'endormir enlacés tout en les ayant dans leurs bras…

Depuis que les tours étaient tombées, sa haine était partie en fumée. Il avait beau convoquer sa colère, le souvenir chagrin et le désir rabougri, il n'était que désespoir et angoisse de l'avoir perdue… Y avait-il un risque qu'elle soit partie à New York ? Lui qui l'avait maudite et avait même un instant pensé qu'il la préférerait morte, avant de se rappeler honteux qu'elle manquerait aux jumeaux !

Sébastien avait enfilé un tee-shirt propre puis il avait grimacé en le reniflant. Il avait acheté de la lessive et sa vie quotidienne n'avait plus le même parfum. Quelle importance maintenant qu'Hélène ne puisse plus jamais justifier ses infidélités. Si elle ne revenait pas, il ne pourrait jamais découvrir ce qu'il ignorait d'elle.

Est-ce qu'un voyage peut être le reflet voire l'ombre des problèmes qui vont envahir un couple ? Sébastien ne le croyait pas et pourtant ces vacances avec Hélène avaient mis au jour leurs différences et leurs différends. Sébastien aimait les lieux dans lesquels la nature majestueuse rencontrait la culture ancestrale, voire mythique. Le mariage des dieux et des hommes lui paraissait idéal. Sa destination rêvée demeurait la Grèce, berceau d'une histoire qui aiguisait les sens, l'imagination et la perception des civilisations anciennes. Il aimait le chaud, le sec et rester sur la terre ferme quand il ne naviguait pas. Il aimait lire dans les mains et les rides les valeurs d'un peuple, il aimait percevoir l'art de vivre et découvrir un folklore qui abritait des secrets millénaires. Il aimait l'Acropole, les statues altérées par le temps, les voies où des milliers d'hommes étaient passés laissant une marque invisible mais perceptible encore aujourd'hui. Ainsi l'amour d'Hélène pour les milieux naturels tropicaux lui paraissait suspect. Il détestait ces jungles qui étaient une déclaration d'hostilité à l'homme, ces forêts impénétrables qui se refermaient comme un piège, ces nids à moustiques, ces cloaques humides où la touffeur de l'air prédisait une mort lente. Il haïssait ces environnements qui n'avaient attiré que des sauvages goûtant à des substances illicites et suspectes qui les emmenaient là où des dieux règnent en diables. Aucune civilisation digne de ce nom n'était sortie de cette nature anthropophage où les fonds marins étaient l'envers coloré d'une nature luxuriante, vénéneuse aux sonorités inquiétantes… Dans cette maison sur pilotis qu'elle avait dénichée au fin fond du Costa Rica, il avait cru devenir fou. Il avait passé la semaine l'oreille aux aguets, la main toujours prête à s'écraser sur l'un des millions de moustiques venus célébrer en famille le festin de sa peau fragile. Chaque soir, il avait suffoqué dans la moiteur de la nuit tropicale et quand Hélène avait suggéré qu'ils se baignent dans l'eau noire pour tester l'émerveillement du plancton luminescent, il avait refusé et surveillé d'un œil inquiet toute ombre menaçante qui aurait pu s'emparer de sa femme. Il avait peu dormi, le clapotis de la mangrove lui suggérant la présence de crocodiles rampants jusqu'à son lit. Même les oiseaux ignoraient le gazouillis chantant des contrées civilisées qu'ils avaient remplacé par des cris stridents de prédateurs en maraude ou des bruits de scie qui les apparentaient aux serpents. Réalisant qu'il vivait un calvaire, elle avait essayé de lui apporter ce savoir qui normalement le nourrissait et apaisait sa crainte d'être dans un lieu sans civilisations anciennes. Elle lui avait raconté la mangrove qui équilibrait les côtes, sauvait les écosystèmes en cas de tsunami ou de cyclone, lui décrivant les subtils comportements des racines-échasses des palétuviers. Mais il ne voyait là que pattes d'araignées géantes qui menaçaient de se mettre en route et baignaient dans une eau noire et marécageuse qui le dégoûtait. Même ce lézard à collerette aux allures de dilophosaure ne l'avait pas déridé, bien qu'il soit surnommé Jésus-Christ parce qu'il marche sur l'eau. Il avait offert à Hélène ce voyage mais n'avait cessé de lui gâcher le plaisir de découvrir un pays dont elle avait rêvé. Tant qu'à choisir un climat tropical, il aurait préféré un palace sur une des longues plages de l'île Maurice. Elle l'avait traité de bourgeois, d'aventurier du Club Med, faisant référence à son éducation de touriste qui ne sortait pas des sentiers battus et ne voyait de la culture d'un pays que deux ou trois danseuses venues faire leur show pour une chaîne de "tout inclus".

"Il faut tenir la mémoire à distance et le passé au garde-à-vous quand l'avenir lutte pour advenir… Être tout entier dans un présent simple où l'on s'apprivoise pour se permettre de continuer."

C'était une phrase d'elle écrite sur un petit papier qui s'était échappé de l'étagère où il cherchait un document administratif. Il reconnaissait cette écriture particulière issue d'une soudaine inspiration au beau milieu de ces journées. Il n'était pas rare qu'il retrouve des textes entiers dans les endroits les plus incongrus, la boîte à médicaments, l'étagère aux épices, les armoires de pulls… Hélène écrivait et semait ses écrits dans la maison. Et quand elle les retrouvait, elle s'exclamait souvent : "Comme c'est curieux, on dirait que ça a été écrit pour aujourd'hui, comme un oracle." Elle ne disait jamais "je l'ai écrit" mais toujours "ça s'écrit"… Et cette phrase-là ce matin-là était bien devant lui comme un oracle. *Tenir la mémoire à distance*… Comment faire ?

Sébastien avait perdu ses grands rêves d'information. Il avait découvert qu'il ne pouvait pas oublier et passer à autre chose. Il avait vu des populations ramasser chaque jour leurs morts, mettre la chair humaine dans de petits sacs en plastique, des enfants vivre les bombardements au quotidien tandis que leurs chances de survie s'amenuisaient. La destruction ne faisait que prédire que demain ce serait une autre maison, d'autres enfants, d'autres vies. L'avenir ne semblait plus être la vie mais la peur de la mort, dans une violence que personne ne pouvait ni mesurer ni stopper… Après ça, pensait-il, on ne peut jamais rentrer tout à fait à la maison. Si Sébastien avait intégré une agence qui ne vendait pas de l'information au plus offrant mais échangeait un service pour un tarif commun à tous, c'était pour honorer l'idée que les nouvelles du monde ne pouvaient être seulement un business d'enchères construit sur les histoires de la douleur des hommes, mais au contraire des récits accessibles à tous afin de ne pas rendre leur dramatisation négociable.

James Nachtwey, un photographe de guerre qu'il admirait énormément et qui avait sans doute contribué à ce qu'il choisisse ce métier, lui avait appris qu'il devrait toujours se poser cette question : quoi faire de sa colère ? Il avait envoyé le matin même un message à James qui revenait tout juste de faire des photos à *Ground Zero*, des pompiers et sauveteurs arpentant les ruines des tours pour tenter de retrouver des survivants

"Je photographie le monde islamique depuis 1981, lui avait dit ce dernier, au Moyen-Orient, en Afrique, en Asie ou en Europe et je viens seulement de réaliser au milieu des décombres des Twin Towers que nous sommes en guerre et que je couvre cette même histoire depuis vingt ans. Ce monde qui criait et que personne ne voulait entendre était plein de souffrance."

Est-ce que les photos étaient plus efficaces que les mots ? Est-ce que la vision de ce paysage de métal dérisoire des tours détruites racontait mieux les morts inutiles, la cohabitation de deux mondes qui ne pouvaient aller ensemble, l'envahissement barbare de guerriers d'un autre temps ? Sébastien n'en était pas sûr. Il avait découvert avec James que le nombre de militaires américains blessés mais sauvés était beaucoup plus important qu'autrefois. Il fallait maintenant faire face à tous ces traumatisés, amputés, perturbés, qui ne pouvaient plus mener une vie sociale ou familiale et passaient des mois dans des camps de rééducation où l'on tentait de les ramener à la vie normale. Des milliers de soldats victimes de ce syndrome post-traumatique étaient soignés dans des centres spéciaux depuis leur retour des guerres du Golfe ou d'Afghanistan. Chaque jour, un certain nombre de vétérans se suicidaient. Tout pouvait déclencher ce geste. Un avion passant un peu bas, des regards suspects au supermarché. Certains restaient prostrés chez eux, convaincus qu'ils étaient menacés par un danger ou que leur famille allait mourir.

James lui avait montré des films où l'on pouvait entendre leurs témoignages, leurs pleurs, leur culpabilité, leur honte. Après la carapace qu'ils s'étaient créée sur le terrain pour tenir, à leur retour, la guerre se rejouait dans leur cerveau. On en parlait peu. Ceux qui en étaient revenus vivants devaient rester des héros. On entretenait savamment ce mythe. Et la fiction contribuait à le faire briller.

On avait liquidé définitivement ce type de photographies et de récits d'atrocités qui envahissaient les journaux à l'époque de la guerre du Viêtnam et on avait aujourd'hui muselé la presse en sachant combien ces photos de guerre-là avaient contribué à dresser la population civile contre la politique américaine. Désormais, la visite des terrains de guerre était organisée, de petits camions conduisaient les équipes de photographes et de cameramen vers ce qu'on voulait bien leur montrer. Mais ce soir, emboîtant le pas à la télé américaine, dans le spécial de France 2, on revenait sur la vie de ces musulmans devenus combattants, formés par Ben Laden. Un CD se vendait au Pakistan, en soutien à son mouvement.

Depuis la guerre du Golfe, la disparition des photos de combats et de cadavres avait contribué à escamoter la réalité de la guerre. Elle n'existait plus que dans les discours nobles et patriotiques des chefs d'État. Les soldats, quand ils étaient filmés, étaient propres et vivants, presque victorieux. Le mal fait aux populations civiles restait invisible. Même les mots offraient une version nettoyée des massacres. On parlait de frappe chirurgicale, un terme de réparation là où n'existait que destruction. Sébastien ne manquait jamais de citer dans ses papiers ceux qui passaient en douce les frontières en essayant de raconter et de revenir à l'essence même de ce qu'était le journalisme.

Vendredi 14 septembre

9e jour

Quelle différence entre notre course folle, parmi les cris et la bataille [...] et la marche lente de ces nuages dans ce ciel profond, infini. Oui, tout est vanité, tout est mensonge en dehors de ce ciel sans limites. Il n'y a rien, absolument rien d'autre que cela... Peut-être même est-ce un leurre, peut-être n'y a-t-il rien, à part le silence, le repos.

Léon Tolstoï,
Guerre et paix.

HÉLÈNE

La nuit a-t-elle changé ? Il n'y a pas d'étoiles, pas d'aube, tout est à nouveau différent. Au loin, la cloche de l'église sonne et c'est la première fois qu'elle l'entend… Le vent aurait-il tourné ? L'Église… Les hommes et leur besoin d'avoir un dieu ou plusieurs. Beaucoup de religions, beaucoup de rites, peu de résultats concrets…

Hélène s'est plantée au milieu du champ scintillant pour faire sécher ses cheveux. C'est le matin du neuvième jour et le champ lui, n'en sait rien. Il n'y a toujours pas d'étoiles. Comme si elles avaient rejoint les points de son corps pendant la nuit. Rien ne ressemble plus à l'intérieur du corps qu'un ciel, se dit-elle. De l'autre côté des arbres, le soleil a dû percer. Le nuage est ourlé d'une lumière dorée qui rend le cotonneux de son bord plus soyeux. Au-dessus de sa tête, la masse compacte du ciel s'est dissoute en plusieurs petits paquets. Le ciel moutonne. Le plafond pommelé se farde et dissipe son blanc à joue. L'ombre dans la forêt s'étend sur cet espace déboisé, délimitant une frontière au-delà de laquelle l'herbe est brune comme si elle appartenait au bois sombre. Le reste du champ est resplendissant. Un joaillier ne pourrait faire mieux. Le soleil allume des diamants dans chaque goutte de rosée. Les fleurs de liseron fermées sont devenues des petits boutons rose pâle qui parsèment les bords du chemin. La forêt est vide. Ce matin, les filles semblent préférer la douceur de la plaine aux promesses d'explorations forestières. Il est sept heures mais en réalité cinq avec les deux heures de décalage sur le soleil. Hélène croise un écureuil qui bondit près d'elle et la regardant tandis qu'elle s'est figée, il hésite puis court en zigzaguant sur le chemin. L'odeur de l'humus est forte. Il y a déjà des champignons. Bientôt les arbres deviendront jaunes. Fin d'été, début d'automne. Disparition d'une saison, naissance d'une autre.

Le gong… Voilà une bonne occasion de ne plus penser à rien !

Au milieu du champ, une jeune femme enceinte tournoie, bras écartés, son ventre est une offrande au ciel. On dirait qu'elle danse. Elle se réjouit de ce moment qui est aussi rond qu'elle. Depuis le début du stage, Hélène la voit trimballer son berceau de chair avec cet air évaporé qu'elles ont toutes adopté ici, mais elle, c'est particulier. C'est la Princesse ronde. Hélène l'envie. Elle aurait adoré être ici quand elle était enceinte de ses deux bébés. La vie normale est si peu adaptée à la couvade. Tout y est trop rapide, trop brutal, trop indifférent. Elle devine que cette ambiance de femmes silencieuses, ce gynécée où chaque geste a de l'élégance aurait bien mieux convenu à cet état si particulier de l'attente d'un enfant.

Même si je ne pouvais pas deviner que nous aurions des jumeaux, quelque chose d'étrange est arrivé dans ma vie nocturne de mère en couvade. Quelque chose dont je ne pouvais savoir si c'était le lot de toute femme enceinte ou une sorte de grâce spéciale qui m'était accordée pour m'avertir d'une naissance particulière… Pendant presque trois mois, chaque nuit, j'ai volé ! Le simple fait de continuer un apprentissage commencé au sixième mois de ma grossesse dans un rêve, rendait cet exercice étrange, presque saugrenu. Je n'avais jamais de toute ma vie, rêvé la suite d'un songe la nuit suivante. Alors là, que dire ? Dès le deuxième matin, je m'étais contentée de jouir du souvenir de ce rêve extrêmement réel, de considérer que c'était miraculeux de l'avoir réalisé deux nuits de suite. D'autant que le ventre commençant à peser, cet état aérien m'avait semblé salvateur et inespéré. Et puis ça s'est reproduit la nuit suivante et encore et encore. J'espérais donc chaque soir en me couchant retrouver ce miracle. Et ce fut le cas, pendant toute la fin de ma grossesse où j'appris donc à voler.

La première fois, j'ai rencontré quelques inconnus qui m'ont demandé si j'avais déjà volé. Je croyais qu'ils parlaient de ces larcins qu'on commet adolescent pour prouver aux autres qu'on peut le faire. Ils font généralement suite au "T'es pas cap…" d'un camarade qu'on admire un peu plus que les autres. Puis j'ai cru qu'ils me demandaient si j'avais piloté un ULM ou une aile volante, jusqu'à ce que je comprenne qu'ils parlaient de mon corps. Voler c'était bien s'élever dans les airs tout seul ! Et si mon cerveau était si lent à comprendre une simple question, comment imaginer la perception d'un vrai vol ?

“Il suffit de taper par terre avec l’un de tes pieds et l’autre décolle immédiatement, puis l’on monte doucement”, m’informa l’un de mes interlocuteurs. On s’élève, comme si cette première impulsion avait déterminé la suite de l’ascension. Curieusement cette technique de décollage m’a été confirmée plus tard par d’autres personnes ayant goûté à cette expérience nocturne aérienne. Ce qui nous laissa perplexes, presque gênés de raconter ce rêve devant des témoins qui ne l’avaient pas vécu.

Une fois envolé, on pouvait s’allonger, planer, descendre ou monter doucement, mais aussi, se rendre à la vitesse de l’éclair à l’endroit exact que l’on désirait rejoindre en le regardant fixement. Seule la confiance était indispensable. Dès que la confiance s’amoindrissait, l’état de grâce de l’altitude pouvait s’arrêter net. En vol, le doute n’était pas permis. La descente pouvait donc s’avérer immédiate, mais jamais violente. Au fil des nuits, j’ai appris avec mes nouveaux amis à maîtriser les différentes possibilités d’envol, de survol, et de vol plané. Puis j’ai découvert comment me reposer sur les nuages sans passer à travers. Assise ou posée n’importe comment, ça ne marche pas. Il faut répartir le poids très consciemment et s’installer comme dans un hamac, sur le dos ou sur le ventre, peu importe. On peut ainsi se laisser porter et découvrir le ciel ou l’horizon. Pour voir la terre, il est cependant plus facile d’être en vol qu’allongé sur le bord d’un nuage. Après m’avoir enseigné le vol humain, mes amis m’ont mise entre les ailes de quelques spécialistes si j’ose dire. Ainsi ai-je eu la chance de planer entre les parois orangées d’un canyon en compagnie de deux aigles, de très bons professeurs sur les courants ascendants. Ils parlaient, enfin je les entendais dans ma tête. “Curieux, c’est la première fois que j’entends parler des aigles, leur dis-je lors de notre première virée – … dit la fille qui vole sans ailes”, me répondit l’un d’eux avec malice ! C’est ainsi que j’appris que les animaux volants sont dotés d’un humour extraordinaire. Je communiquais avec eux sans prononcer un seul mot. Voler était un espace de silence. Les mots se passaient de la voix. Ainsi la voie était libre. La direction s’obtenait par le désir et l’expérience par l’écoute attentive de ces mots sans son. Très vite j’ai aimé voler avec des professeurs différents qui m’enseignaient chaque fois un aspect inconnu. J’ai aimé oublier que je savais le faire depuis pas très longtemps. Le doute m’ayant abandonné, je ne subissais plus ces brusques chutes, lentes certes, mais désagréables. Au début elles furent épouvantables car je ne savais jamais si je n’allais pas m’écraser purement et simplement. Mais j’ai vite compris que ça n’arrivait pas. On ne se crashait pas ! On vivait une sorte de dissolution assez désagréable durant laquelle le corps pénétrait mollement dans la terre. Ce qui s’évaporait était plutôt douloureux pour l’esprit. En tombant, les illusions, les rêves, les certitudes, tout ce qui constituait une sorte de moi humain dans un cerveau normalement constitué s’aplatissait sourdement, se désagrégeait sans entraîner de dégâts matériels. C’était curieux et très inconfortable. Ce n’était pas *quelque part* que ça faisait mal, c’était tout soi qui vacillait… Ne pas avoir cru, avoir douté du vol est ce que j’ai connu de plus perturbant dans un rêve. C’est une blessure intense qui brûle l’espoir d’être incarné. On est son vol irrémédiablement raté et c’est tout.

Je n'ai jamais compris pourquoi. Mais ça constituait un avantage immense, totalement connecté à cette logique. Dès qu'on recommençait, les vols qui avaient précédé le fiasco disparaissaient au profit du présent. Le passé n'avait aucune consistance au regard des envolées présentes. Rien ne fonctionnait comme dans la vraie vie. Quoique en y réfléchissant, on aurait intérêt à appliquer ce principe dans la réalité ce qui aurait des effets positifs certains. En fréquentant les volants – c'était ainsi que je les appelais – je compris que j'allais devoir pratiquer un certain temps avant de tout comprendre et surtout de tout percevoir. Par exemple traverser le lac en une seule fois pour rejoindre l'autre rive me donnait la nausée, comme la plupart des vols instantanés. Planer était bien plus agréable. Nous ne volions qu'avec des oiseaux car les abeilles, les mouches et les insectes de façon générale se dirigent avec des énergies magnétiques et des courants imperceptibles pour nous. Avec les migrateurs, c'était très compliqué car les champs magnétiques qu'ils suivaient ou leurs perceptions extra-optiques nous restaient étrangers. Nous nous contentions de les suivre en formation un peu lointaine pour ne pas perturber les groupes.

Une nuit, j'eus la surprise de rencontrer Sébastien dans un de mes rêves. Quand, tout heureuse qu'il soit là, je lui ai demandé s'il nous avait rejoints pour apprendre à voler, il me répondit que ça ne l'intéressait pas du tout. Surprise qu'il soit si détaché de ce qui m'apparaissait comme un miracle, je lui ai tourné le dos et je suis partie avec quelques volants vers les pentes roses des vergers de cerisiers japonais. Les noms de ces vallées que nous survolions me furent donnés par mes amis et à mon réveil, j'eus la surprise de les retrouver sur des cartes alors que j'ignorais leur existence avant d'aller dormir. Je n'avais aucune idée de la manière dont ce pont s'était créé entre songe et réalité. C'était un enchantement qui n'en finissait pas de me séduire. Plus je m'arrondissais et plus je m'endormais avec le bonheur de devenir légère chaque nuit. Mon ventre ne m'empêchait ni de voler ni de planer. Il était là, je sentais parfois mes bébés bouger en plein vol et une nuit, j'eus l'intuition que nous serions bientôt en trois morceaux. L'accouchement eut lieu le lendemain.

C'est l'heure du repas. Ah le repas ! Avec une tisane de fenouil… Hélène adore ce moment où, passant au-dessus des plats disposés sur la longue table, face à l'autre file de femmes, toutes composent le contenu de leurs assiettes et de leurs bols. Elles plongent dans les différents saladiers de crudités, choisissant et harmonisant leurs plats chauds. Elles ne se regardent pas. Légumes, pois, riz, céréales, légumineuses, puis levure, gomasio, assortiment de condiments, huile de sésame. Aucune viande, mais tellement de goûts différents. Il n'est pas si loin ce premier jour où Hélène regardait discrètement ce qu'il fallait faire des ingrédients qu'elle ne connaissait pas. Puis elles vont s'installer aux différentes tables et là encore, assises face à face, leurs regards se perdent dans l'invention d'un vide où ils ne se croisent jamais. Puis vient le grand moment de la mastication consciente, des élucubrations diverses sur la mécanique des fluides, des saveurs diffractées. Ces moments sont jouissifs car il n'y a plus aucune boulimie, aucune précipitation. Chacune profite de ces instants de nourriture. Elles ne se gavent pas et celles qui avaient peur de manquer, ce qui se voyait à leurs assiettes débordantes des premiers jours, sont revenues à des doses normales. Hélène n'a pas tellement faim depuis qu'elle est là. Elle mange moins, se repose, dort peu et redécouvre la joie de ne pas être encombrée. Tout s'allège. Toute sa présence est liée à ce vide qui se déploie dans son corps et son esprit. Le pesant s'évapore. Le lourd se dissout. Un lien puissant existe entre l'esprit et le corps et elle peut éprouver chaque particule de sa chair avec une acuité qui l'intimide. Qui l'interroge aussi.

Des pensées qui tournoient, sans cesse alimentées par d'autres pensées, leurs connexions avec de nouvelles expériences. Qui est ce moi, ce "je", ce corps qu'elle nourrit, cette enveloppe qui la malmène et qu'elle connaissait si mal. Cette maison de chair qu'elle habite et qui lui cachait tant de choses qu'elle ne sentait même pas pendant toutes ces années. C'est une sorte de vertige, cette sensation soudaine d'être là, incarnée, et de se demander pourquoi. Ce n'est pas philosophique ou mental ou même intellectuel, c'est une vraie perception différente, comme si autre chose existait ailleurs. Un peu ce que doivent ressentir les hommes qui partent dans l'espace, confrontés à une tout autre dimension qui ramène les perceptions humaines à leurs vraies mesures. Quelque chose existe ailleurs, dans un autre système de compréhension qui lui est familier sans lui être accessible. Ce à quoi elle croyait tenir n'est rien. Les égarés sont innombrables et elle les découvre tous liés, à elle, et à tous ceux qui savent. L'individualité de chacun s'exprime mais ce n'est pas l'identité réelle. Ça, ce "moi" qui veut les choses en tapant du pied, malgré l'immensité qui l'habite, c'est l'ego. Pourquoi Hélène se sent-elle si liée aux autres depuis qu'elle médite ? Est-ce que tous appartiennent à un même corps qui n'a rien à voir avec la rencontre ou le sang ? La seule perception qui tienne vraiment la route, c'est l'amour. L'immense amour. Et peut-être que tous ceux-là qui appartiennent aux ténèbres qui les entourent, sont leurs enfants, ou leurs parents ; et tous souffrent de leur absence, de leurs manques, de leur perdition, de cette part d'eux qui se noie.

Je me souviens de la toute première histoire que j'ai écrite. Une nouvelle qui au fil des pages est devenue un roman. J'étais dans une fièvre indicible. Jusque-là des poèmes ou des textes assez courts avaient jailli. J'avais suivi le fleuve de mon journal intime quand je rejoignais mon lit chaque soir. Mais là, un personnage était venu me sortir de ma couche au mitan de la nuit et il fallait tout de suite que je raconte de peur qu'il ne soit enfoui dans les limbes des rêves, car j'en étais sûre, si je n'écrivais pas immédiatement, il partirait. Je me suis jetée sur un cahier vierge, sans ligne, et j'ai commencé ma toute première histoire. Celle d'une jeune femme, écrite à la première personne. C'était une sorte de découverte incroyable. J'avais tout à la fois l'impression de faire un concert sur une scène devant des milliers de gens, et de parcourir à cheval les steppes de Mongolie. Je tremblais, j'avais froid, j'avais chaud, je pleurais parfois. Et mon estomac n'était plus que ces tripes dont on extrait l'indicible. À partir de là, les heures passées à tenir mon stylo étaient idylliques, indescriptibles. Celles où je le posais n'étaient pas moins folles car je m'étais mise à regarder la vie différemment, avec les yeux de mon héroïne. Tout devenait un enjeu. Et si je tombais de ce trottoir, et si j'achetais telle nourriture et non telle autre ? Tout était choix, possibilité, infinitude de chemins qui pouvaient changer le cours du récit. Jusque-là, vivre m'avait paru étrange mais simple, mais dès lors que je me suis mise à mener la vie de quelqu'un d'autre, tout est devenu compliqué. Je voyais des gens que je n'aurais jamais vus, je fantasmais des rencontres que je n'aurais jamais faites, j'avais peur de tout ce qui pouvait arriver, la mort était partout, l'urgence de vivre me dévorait. Je ne comprenais plus l'air si tranquille de mon entourage, comme si pour eux tout allait de soi. Comme s'ils n'avaient pas compris l'enjeu d'être là ! J'avais vingt-deux ans et je venais de naître une seconde fois.

Et voici que je découvre que j'ai vécu plus de trente ans sans rien éprouver de subtil, sans ressentir cette forme de perceptions si particulières, picotements, démangeaisons incongrues, chaleurs inexpliquées dont je fais l'expérience en ces lieux aujourd'hui. Ça me paraît à peine croyable d'avoir appris en si peu de jour à entrer dans mon corps. Mais ces sensations qui m'étaient demeurées cachées, sont-elles vraiment connectées à des événements de ma vie ? Comment faire le lien ? Et s'il ne faut pas les associer à des souvenirs ou a des idées, comment méditer hors de toute pensée ? Comment laisser tout ça s'exprimer sans émettre le moindre avis ? Faut-il repousser cette pensée ? Ou la regarder envahir mon esprit sans en tirer aucune conclusion, sans bienveillance ni dénigrement ou ne serait-ce qu'un point d'interrogation ?

Hélène a peur de reparler le lendemain… Que vont-elles se dire ? Ne sont-elles qu'une bande de filles qui ne disent rien et n'en pensent pas plus ? C'est rarement le mot "femmes" qui lui vient pour les qualifier. Comme si cette situation de pensionnat les ramenait, quels que soient leurs âges à une existence plus adolescente. Et puis ne sont-elles pas en train de recommencer leurs vies, loin de leur quotidien de femmes ayant déjà toutes un passé ? Comment se rencontrer quand ça fait dix jours qu'on navigue dans une complicité muette ? Quand on vit ensemble, qu'on mange ensemble, qu'on dort à quelques centimètres et qu'on perçoit parfois les autres dans une souffrance si intime ? Hélène est sûre que certaines amies qu'elle connaît depuis dix ans ou plus, lui sont moins proches que toutes celles avec lesquelles les liens se sont tissés dans le silence.

Elle a un peu mal à la tête à l'idée de revenir dans le monde. Cet univers en fureur qui lui paraît plus anormal encore depuis qu'elle s'en est extraite. La veille, en sortant de la salle de méditation elle n'avait plus qu'une oreille qui fonctionnait. Son corps était devenu poreux, distant. Elle a essayé de bouger, de sauter sur un pied comme à la piscine, mais ça n'a rien arrangé. Soudain, elle a pris conscience qu'elle était en train de faire comme avant : foncer sans écouter, agir sans entendre, piétiner l'écoute. Alors elle s'est connectée un instant à son oreille, se posant délicatement au fond du tympan, elle a entendu une sorte de chant comme à travers des bulles puis elle ne s'en est plus préoccupée et ça a disparu.

La plupart du temps, chaque pas est conscient. Le gravier, la terre, l'herbe, l'air qui touche le visage, le point de contact entre la peau et le vêtement… En cet instant même où Hélène goûte au silence relatif des chants d'oiseaux, une puissance, un grondement sourd devenant impérieux la fait sursauter. Dans le ciel très bleu, des chasseurs, des avions militaires griffent l'azur, mais on ne les voit pas. Hélène les entend, longtemps ; toute une escadrille et une autre, et une autre. Tandis qu'ils semblent tournoyer, plusieurs filles regardent le ciel, perturbées par cette puissance sonore dont l'invisibilité ajoute à l'angoisse de l'envahissement. Quand le vacarme cesse, le mal est fait. Les monstres aériens assoiffés de silence ont dévoré leur isolement. Les oiseaux se sont tus et le chant des branches agitées par le souffle du vent s'est pétrifié. À la façon dont elles se sont toutes figées, comme agressées par cette arrivée imprévue, Hélène mesure l'écrin de paix dans lequel elles sont blotties depuis dix jours. "On a tous en soi des sensations de mort violente. On abrite en soi, on ne sait où ni comment, même quand on ne les a jamais vécues, toutes les peurs du monde. On porte tous la misère des autres", se dit Hélène en secouant la tête d'un air farouche. Certains l'ont étudié scientifiquement, quand un humain d'aujourd'hui entend des coups de feu, il se couche par terre. Partout, dans n'importe quel coin de l'univers et à n'importe quel âge. Hélène ne peut s'empêcher de faire un lien avec ce qu'ils apprennent ici. Cette écoute subtile des particules du corps.

Ce débarquement aérien incongru lui a envoyé quelques décharges au creux du coude, une sorte de malaise dans la gorge et des points douloureux dans l'estomac. D'où vient la guerre qui se joue à l'intérieur de ses cellules ? Que conditionne-t-elle ? La douceur ne fait-elle jamais de bruit ? L'amour est une force aussi.

SÉBASTIEN

— Viens on va faire un tour à Barbès. Tu m'emmèneras dans les cafés. Je veux savoir ce qu'on dit de l'événement.

— Pourquoi veux-tu aller là en ce moment ?

— Tu sais bien Alex, on nous raconte des choses. Mais je veux que tu me traduises ce qui se dit ici. Plus personne n'a l'air d'aller sur le terrain. Est-ce qu'il y a vraiment un enthousiasme des musulmans pour cette horreur ? Dans ce pays ? Est-ce qu'on peut se réjouir d'une tragédie pareille ? Hier soir nous avons reçu des images de gens à Naplouse, ils faisaient la fête, ils chantaient la gloire de Ben Laden. Je me demande si c'est la même chose ici. Il paraît que les bébés qui naissent en Afrique sont baptisés Oussama depuis deux jours.

— Tu vas être déçu. Ou conforté dans une sorte de haine et d'amalgame.

— Au contraire, je voudrais pouvoir dire que ce n'est pas vrai et que la plupart des musulmans sont contre ce qui vient d'arriver. Ou réaliser peut-être que si c'est arrivé là-bas, ça arrivera forcément ici. Je ne demande qu'à découvrir que les musulmans d'ici ne soutiennent pas les terroristes.

— Ce n'est pas ce que tu entendras dans les cafés. Mais tout le monde n'est pas dans les cafés. Les plus choqués sont chez eux, certains prient pour la communauté et ce qu'elle va subir. Ils désapprouvent et ne vont pas dans les cafés parce qu'ils savent ce qu'ils y entendront, contrairement à toi. Là-bas tu trouveras les grandes gueules. Ils se croient malins en affirmant que ça va rabattre le caquet des Américains. Ils savent ce que font en Afghanistan ceux qui se permettent de faire la leçon aux dictateurs.

— Tu ne veux pas y aller ? Tu sais déjà ce que tu entendras et tu ne veux pas que je l'entende. Tu les protèges ou quoi ? Explique-moi…

— J'ai peur de tes conclusions de journaliste.

— Et toi, tu n'en tires pas de conclusions ? Tu penses que tout ça c'est normal ? Toi aussi tu es journaliste…

— Je suis un journaliste d'origine algérienne. Je sais qu'ils parlent beaucoup et que leurs paroles ne signifient pas qu'ils prendraient les armes contre le pays qui les accueille. Mais ils ne sont pas comme toi, comme moi ou comme la plupart des Européens.

— Mais il y a des jeunes dans le lot ! Ils sont nés ici.

— Oui mais ils n'ont jamais été assimilés comme tel. Alors ils s'intègrent ailleurs et autrement. Entre eux. Par des prises de position provocatrices. Je ne les juge pas. Je les connais. Je les comprends, même si je n'approuve pas leurs choix.

— C'est pour ça que tu t'appelles Alex plutôt qu'Ahmed ? Ton deuxième prénom plutôt que le premier ?

— Non c'est parce que dans ma tête je m'appelle Alex. Ahmed, c'est le passé de mes parents. Une terre que je connais comme un touriste, sur laquelle je suis un étranger. Mais moi, ça, je le sais. Ceux que tu verras dans les cafés, ils n'y ont jamais mis les pieds au bled. Ils ne savent pas ce que ça signifie vivre là-bas. Ils croient qu'ils pourront continuer à porter des Nike, à avoir des téléphones portables à mille euros en trafiquant, bref à être les rois du monde tout en gagnant le droit d'être de vrais et bons musulmans. Ils veulent Allah et le capitalisme en crachant sur le capitalisme et sans donner leur vie à Allah. Ils sont nés au pays de la culture mais ils sont ignorants !

Ils restèrent silencieux un moment. Sébastien attendait. Alex soupira et finit par se lever tout en prenant son blouson.

— Allez viens. On va y aller dans tes bars. Sinon tu vas dire à tout le monde que je n'ai pas voulu t'y emmener et de toute façon, je te connais, tu ne vas pas me lâcher.

— Au pire tu pourras adoucir la traduction !

— Non je ne ferai pas ça ! Et puis je te signale que je n'épouse la cause de personne, fût-elle celle de mes origines. Je suis journaliste comme toi. Mais moi j'ai souffert. Tu l'auras voulu ce que nous allons entendre ! mais tu n'en feras rien, je sais bien. Tout comme je suis sûr que personne ne veut considérer les raisons qui président à cet état de choses. La faculté d'oubli des pays "civilisés" est extraordinaire. Nous demandons aux autres de faire état de leurs crimes de guerre, mais jamais aux Américains. Ce que personne ne voudra reconnaître à cause de tous ces morts au milieu de New York, ce sont ces vérités-là. Si tu peux entendre ça, et être en accord, alors tu soutiens les actes qui viennent d'avoir lieu et tu es du côté de Ben Laden. La version officielle est que "les cultures inférieures" à ces pays développés détestent les Américains pour leur liberté et leur richesse. Mais la vérité c'est que les États-Unis ont apporté leur soutien à Saddam Hussein alors qu'il était brutal et sanguinaire et qu'ils ont fermé les yeux sur l'élimination des Kurdes. Et tout ça pour l'argent, le pétrole, l'occupation territoriale des lieux stratégiques de l'or noir. Demande à ton pote de la CIA qu'il t'explique les origines de ce qui vient d'arriver… C'est ça la splendeur de l'ombre et la discrétion sordide de la lumière !

Se réjouir publiquement de la mort de milliers de personnes, cela avait déjà existé oui certainement, mais personne ne s'en souvenait ou ne voulait s'en souvenir. Qu'avait-on déclaré après le largage des bombes atomiques ? Est-ce que les Américains avaient été horrifiés ? Y avait-il eu une prise de conscience publique ou avait-elle été tardive ? Sébastien s'était promis de vérifier. Et puis non d'ailleurs, il n'avait pas envie de savoir que la joie face à la mort de milliers de gens faisait partie d'un certain patrimoine inhumain, une tare génétique irréversible. Il avait envie que vienne un autre temps, plus calme. Oui un autre temps, bien qu'il ne sache pas lequel. Il se sentait las. Le moins qu'on puisse dire c'est qu'on n'était pas en train d'attendre la paix pour l'avenir. Le "toujours pire" était de mise sur tous les fronts de l'information. Il avait beau se dire qu'il y avait eu certainement des temps plus terribles où l'on ne traversait aucun pays sans se faire attaquer et que tout allait beaucoup mieux dans certains endroits de la planète, il ne pouvait s'empêcher de penser que le nombre de victimes par an n'avait jamais cessé d'augmenter. La vie n'était-elle réellement que ça ? Peuplée de victimes et de bourreaux ? Et quel sens cela pouvait bien avoir ? Et lui, Sébastien, combien de temps tiendrait-il en écrivant des papiers qui ne relataient jamais toutes les options que prenait la vérité ?

Dans la petite pièce de repos où se trouvaient la machine à café, quelques gâteaux secs, un réfrigérateur et un four à micro-ondes, Sébastien s'était appuyé un instant, la tête contre un des placards, il avait écouté le crépitement du cachet d'aspirine effervescent qu'il venait de lâcher dans un verre d'eau et il s'était souvenu qu'il avait rendez-vous chez Mathilde pour se faire masser ; ça l'avait un peu soulagé de penser qu'il allait livrer son corps perclus de douleurs à des mains expertes. Pour le moment, il lui restait encore une heure à passer à l'agence. Il repensait aux cafés de Barbès. Ils avaient enregistré discrètement pour qu'Alex ne soit pas obligé de lui traduire au fur et à mesure ce qui se disait.

L'un des hommes racontait que son cousin avait une boutique de tapis de prières, de vêtements et d'artisanat traditionnel dans le quartier arabe d'Atlantic Avenue au cœur de Brooklyn. Il l'avait appelé pour avoir des nouvelles, être sûr que la famille allait bien et ce dernier lui avait expliqué qu'il avait laissé son rideau baissé depuis les attentats. Il avait apparemment bien fait. Son voisin, un Pakistanais, avait vu sa boutique incendiée et l'imam du quartier avait été insulté. Les policiers avaient conseillé aux commerçants de laisser leurs magasins fermés et les musulmans du quartier étaient inquiets. L'homme riait en racontant que sa famille américaine achetait des fanions et des drapeaux pour afficher sa tristesse et son désaccord avec les attentats. Ceux qui l'écoutaient haussaient les épaules.

"C'est pas un drapeau américain qui va changer grand-chose. Ils vont subir le racisme c'est sûr, et ça va être pareil pour nous ici. Tu vois déjà le regard des gens quand tu montes dans le métro en djellaba et sarouel avec un gros sac !" Dès que les gens ont peur, ce n'est pas une bonne chose. Dans les quelques cafés où Alex et Sébastien avaient bu un verre, les avis étaient parfois partagés. La plupart pensaient que les Américains payaient pour leur politique interventionniste et que c'était bien fait. D'autres, les plus vieux souvent, savaient que la haine poussait les jeunes à se désolidariser encore plus du pays dont ils étaient originaires pour aller trouver des appartenances à des groupes islamistes pas toujours recommandables. Sébastien avait vu passer quelques dépêches recensant les représailles aux États-Unis. On avait tiré sur une mosquée au Texas et des pierres avaient été lancées contre une librairie islamique en Virginie. Le président Bush et l'attorney général, John Ashcroft, avaient exhorté les Américains à ne pas transformer les musulmans et les Arabes vivant aux États-Unis en boucs émissaires. À Jérusalem, la FPA (Foreign Press Association), association de la presse étrangère, s'était dite "préoccupée" par ces forces de police et ces hommes armés palestiniens qui avaient essayé d'interdire une couverture photo et vidéo des réjouissances de Naplouse, tandis que les autorités palestiniennes condamnaient les attentats en exprimant leur solidarité avec le peuple américain. Où était la vérité ? Dans ceux qui se réjouissaient ouvertement, ceux qui cachaient leur joie par calcul politique ? Ou ceux qui étaient assez lucides pour ne pas faire d'amalgame ?

En quittant l'agence pour se rendre chez Mathilde, Sébastien s'était mis à réfléchir à ce qu'allait devenir sa vie. Avait-il un avenir avec Hélène ? Y penser était douloureux et il réalisait qu'il y avait un gouffre entre les menaces qu'il avait proférées contre elle et leur réalisation. Il découvrait aussi qu'il ne s'était jamais préoccupé de ça auparavant. Il n'avait jamais eu moins de visions sur le sujet depuis l'adolescence. L'avenir, il avait commencé à y penser en épousant Hélène. Puis à la naissance des jumeaux, il avait envisagé le leur. Et maintenant il se disait que paradoxalement, plus son temps de vie allait en s'amenuisant et plus il pensait à l'avenir.

Depuis qu'il s'était allongé sur la table de massage, Sébastien ne se décidait pas à interroger Mathilde sur ce qu'elle pouvait malgré tout savoir du départ d'Hélène. Il avait peur, alors il se laissait aller aux mouvements de ses mains qui plissaient, déplissaient, atteignaient des zones que lui-même ignorait sous sa peau, tout en ayant l'air de rester à la surface. Avant de venir il avait envisagé que Mathilde ne lui disait pas tout. Mais il décida d'attaquer le problème d'un tout autre point de vue.

— Si je te draguais, sans aucune ambiguïté, que je tente de t'embrasser ou que je me comporte comme si je voulais vivre une aventure avec toi, que ferais-tu ?

Sans rien montrer de la surprise qu'avait engendrée la question, si surprise il y avait eu, Mathilde lui répondit tranquillement qu'elle considérerait que Sébastien était en souffrance, en carence affective et qu'elle essaierait de l'aider en le dissuadant d'entreprendre une relation avec une amie de sa femme devenue la sienne.

— Et si je te disais qu'Hélène a couché avec tous nos amis ? Qu'elle n'a pas hésité à les séduire et qu'ils ne sont apparemment dotés ni de ta loyauté, ni de ton sens de l'amitié.

— Je te répondrais que je n'y crois pas du tout et que tu délires complètement. Comme je te l'ai dit hier, je ne sais pas où se trouve Hélène en ce moment, mais je peux t'assurer que ce dont tu la soupçonnes n'a aucun fondement. Elle est très amoureuse de toi. Elle l'a toujours été.

— Je crois que tu parles d'une époque révolue. Je me moquais, et elle aussi tu dois t'en souvenir, de ces couples que le quotidien abat, ces gens qui ne savent pas se réinventer, qui deviennent des esclaves de leur vie à deux : nous en sommes au même point, des étrangers qui ne se supportent plus et ne peuvent même plus se parler sans aboyer, sans rappeler à l'autre tout ce qu'ils ont supporté à cause de lui. Elle n'est pas celle que je croyais, je ne suis pas celui dont elle rêvait... Notre amour n'est qu'une double imposture dont deux enfants vont faire les frais. Une histoire si banale qu'elle me donne envie de pleurer.

— Bon... Je vois que le moral est au beau fixe ! Tu as bien fait de venir !

— Pardon, je t'assomme avec mes problèmes. Et tu vois, là, je t'en parle comme si j'allais mettre fin à mes jours, mais aujourd'hui je n'y ai presque pas pensé. J'ai couru après un Américain qui sait probablement tout des dessous de ces putains d'attentats, j'ai cherché à joindre un ami journaliste qui a suivi Massoud pendant des années et je me suis battu pour qu'un crétin qui convoite mon prochain poste de rédacteur en chef ne l'obtienne pas. Tu vois, même sans me préoccuper d'Hélène, j'ai mon lot de stress existentiel. Aïe, ça fait mal ! Tu appuies sur un point horriblement douloureux.

— C'est le méridien du cœur. Ça répond à la description de ta journée ?

Mathilde était maintenant à l'autre bout de son corps et appuyait de nouveau sur un point qui le fit hurler de douleur.

— Et là ?

— Le même point au cœur, mais pas au même endroit du parcours. Il faudrait que tu fasses un petit check-up Sébastien. Que tu passes une visite médicale de contrôle, que tu vérifies un peu tout. Je trouve que tu n'es pas en bonne forme et ce serait mieux de s'assurer qu'il n'y a rien de préoccupant.

— Avec tout ce que je vis en ce moment, ça s'explique non ?

— Oui mais mon massage et mes points chinois n'ont pas valeur d'examen clinique approfondi. Je préférerais que tu fasses un petit tour à l'hôpital, histoire de vérifier.

— J'ai vraiment pas le temps tu sais. Mathilde regardait Sébastien d'un air navré.

— Sébastien, les cimetières sont pleins de gens qui n'avaient pas le temps. Ce n'est pas avec le métier que tu fais que je vais t'expliquer ça non ? Fais un effort. Ce sera l'affaire de quelques heures et ensuite tu seras rassuré et moi aussi. Tu m'as bien dit que tu as des maux de tête incessants en ce moment ? Il faut que tu t'en occupes sérieusement. Guerre ou pas, absence d'Hélène ou pas, tu dois prendre soin de toi. Tu me promets ?

Après la séance, Sébastien était rentré chez lui. Mathilde avait répondu à son angoisse avec beaucoup de douceur. Il se sentait mieux. Les enfants dormaient, ses beaux-parents avaient laissé une veilleuse allumée dans l'entrée. Il avait hésité puis il avait fait un feu dans la cheminée ou plus exactement ranimé les braises qui restaient encore de la flambée qu'avait lancée son beau-père. Il s'était installé là avec son ordinateur. La nuit était calme et il avait recherché dans ses documents tout ce qu'il avait sur la guerre en Afghanistan et la montée de l'islamisme radical dans cette région du monde. Il ne se souvenait plus d'avoir rassemblé autant d'informations. Ce qu'il avait collé à la suite dans un même document prenait maintenant un sens différent. Tout devenait évident.

Des millions de dollars avaient servi à créer et développer Al-Qaida pour combattre le communisme : manuels scolaires distribués dans les écoles coraniques, entraînement des guerriers combattant les Soviétiques sur le sol afghan, puis il y avait eu l'acheminement des armes et des moudjahidines de l'Afghanistan, de la Turquie et de l'Iran vers la Bosnie pour combattre les Serbes aux côtés des musulmans bosniaques. Les Américains avaient créé les factions extrémistes de l'Islam puis les avaient internationalisées, en pensant qu'elles seraient une arme contre l'URSS et même, contre la Chine… La Bosnie était devenue une base d'islamistes résistants. En pleine guerre de Bosnie-Herzégovine, au moment du premier attentat contre le World Trade Center, le cheikh Omar Abdel Rahman, proche de la CIA et protégé, avait obtenu un visa, une carte verte, un permis de résident malgré ses incitations à la guerre sainte. Comme il collectait des fonds pour la Bosnie, les documents compromettants sur un attentat prévu contre le World Trade Center, les listes de bâtiments célèbres et les sermons selon lesquels il engageait les fidèles à détruire "les édifices du capitalisme" étaient restés rangés dans des caisses saisies par le FBI et n'avaient été examinés qu'une fois l'attentat advenu. Quand Ben Laden était à Khartoum protégé par le gouvernement soudanais, ce dernier avait proposé de l'extrader vers les États-Unis ou l'Arabie saoudite, mais il lui avait été répondu qu'on pouvait le laisser partir en Afghanistan. Où il était devenu inaccessible. Pourquoi ?

Comment les États-Unis arrivaient-ils à manipuler à ce point des extrémistes musulmans ? Tout simplement parce que ces derniers acceptaient cette apparente soumission pour préparer autre chose. Quoi de plus intelligent que se servir de son ennemi héréditaire pour grandir dans son ombre, et pouvoir ainsi le frapper quand on connaît ses stratégies d'attaque et de défense ? Sébastien se disait que c'était simple. Si les Américains voulaient savoir et comprendre ce qui venait de leur arriver, il leur suffisait de se pencher sur la politique occulte de leur propre nation, interroger leurs gouvernements successifs, comprendre la stratégie qui n'avait jamais cessé d'encourager le pire, ailleurs, pour préserver le meilleur, chez soi. Mais quelle pertinence pouvait-on accorder aux habitants d'une nation dont on savait que plus de la moitié se contentait d'évaluer le bonheur au contenu de son réfrigérateur, à la possession d'une voiture neuve, au confort de vivre en sécurité entre un flingue, une bouteille de coca et la certitude d'habiter un pays où l'on pouvait devenir riche du jour au lendemain ? Un mythe savamment entretenu loin de l'histoire des communautés américaines les plus misérables. Bien sûr, les clichés avaient bon dos, mais ils n'étaient pas seulement des clichés. Ils témoignaient d'une réalité qui s'examinait avec une bonne dose de cynisme et assez peu d'espoir. En réalité, le citoyen lambda ignorait pour qui et pour quoi se battait son pays. Le combat ne cessait jamais entre les mercenaires qui se retrouvaient de conflits en conflits, se nourrissant de meurtres et de viols, s'amusant de génocides, gagnant de l'argent dans le trafic de drogue, tandis que des hommes organisaient dans l'ombre la richesse de leur nation et la leur.

Sébastien sursauta. Le téléphone venait de sonner. Il était pourtant plus d'une heure du matin. En reconnaissant la voix de son amie Joy, Sébastien s'exclama : "C'est incroyable, il y a bien trois jours déjà que je me promets de t'appeler." Elle éclata de rire.

— J'ai pensé que ça t'intéresserait de savoir que je pars pour New York. Je vais travailler avec l'équipe qui prend en charge les rescapés des tours jumelles. Il y a beaucoup à faire. Le stress post-traumatique est pris très au sérieux depuis quelques années.

— Évidemment que ça m'intéresse ! J'imagine que tu vas faire partie des cellules psychologiques spécialisées ?

— Je vais particulièrement travailler sur la biologie et la psychologie de ce stress d'après attentat pour éviter de voir des personnes qui, dans dix ans, feront des crises de panique ou revivront des traumatismes qu'elles croyaient disparus. Nous faisons l'hypothèse que les mots, la parole peuvent modifier le fonctionnement du cerveau et peut-être même son métabolisme. C'est une étude toute nouvelle qui est liée à ce dont je t'ai parlé à New York, quand nous avons dîné, justement, au sommet de l'une des tours. Quand j'y repense, j'arrive à peine à le croire !

— Pour moi aussi c'est assez irréel si ça peut te rassurer.

Ils se turent un instant comme pour éviter de dire des mots trop de fois prononcés depuis le drame. Puis Sébastien reprit :

— Est-ce que tu crois que je pourrais faire une interview de toi quand tu seras en lien avec ces personnes ?

— C'est trop tôt pour que je puisse te répondre. Tu sais, c'est incroyable ce qui est en train de se passer ici depuis les attentats. Tout le monde se parle, échange... Comme si les êtres avaient besoin d'un drame pour se sentir solidaires ou membres d'une même tribu.

Oui c'est ce que me disent tous les Américains que j'ai au téléphone, mais toi tu n'es pas à New York...

— Non pas pour l'instant, mais je sais oui, que c'est la même chose en Californie et partout aux États-Unis. Une sorte de fraternité née de cette tragédie. Mais quand je vois ces images qui passent en boucle et le discours politique autour... Ça ne présage rien de bon.

— Tu veux dire quoi par là ?

— Si tu regardes bien comment fonctionnent les phénomènes liés à la peur, tu peux déceler ce qui est en route pour convaincre l'opinion publique d'appuyer une politique gouvernementale de vengeance.

— Tu travailles sur ces aspects-là ?

— Non pas exactement. Je travaille vraiment sur le stress post-traumatique individuel et collectif mais à partir de ça, il me paraît naturel de comprendre comment un phénomène individuel, puis collectif, peut installer des réactions en chaîne engendrées par la peur. Un événement comme celui qui vient de se produire a des conséquences irréversibles sur la politique d'un pays. Comme tu l'imagines, il est impossible d'en parler avec des journalistes américains. Ils sont indécemment obligés de soutenir le gouvernement Bush car la presse serait vite accusée de se désolidariser de ce magnifique effort national si elle ne concentrait pas ses publications sur cette harangue de “tous unis contre l'ennemi commun”. Alors je me dis que toi…

Sébastien se sentait très excité par le récit de Joy qui, tout en notant la réaction fraternelle de ses compatriotes, la sentait fragile face au mouvement de la peur. Ces réactions en chaîne expliquées scientifiquement, devenaient ainsi beaucoup plus intéressantes.

— C'est sur ça que je voudrais écrire. Ce stress de la population, cette peur qui pousse à raisonner autrement. En réalité, j'ai l'impression que ces images sans cesse diffusées par les télévisions deviennent comme le mantra de la riposte.

— C'est exactement ce qui risque de détruire ce beau sentiment naissant entre les gens. Car pour l'instant, les Américains ne sont pas du tout dans une logique de vengeance ou même de guerre. Au contraire. Ils ont besoin de se sentir rassurés. Pas comme une armée vengeresse. Comme un groupe sensible. Comme je te l'avais expliqué la dernière fois, nous stockons des informations dans différentes parties du cerveau. Il y a la région du souvenir proprement dit et celle du souvenir émotionnel inconscient.

— Est-ce qu'on peut effacer complètement un souvenir ?

— Oui et non. Dans une situation de stress intense, il se peut que l'hippocampe ne traite plus les informations, ce qui va bloquer la mémoire du souvenir, mais pas la peur qui y est associée. Par exemple, nous essayons d'étudier combien de mois sont nécessaires pour se débarrasser de ce réflexe qui consiste à croire qu'un bruit fort, un arrêt anormal dans le métro, ou une autre anomalie, sont générés par un attentat. Les gens y pensent, même ceux qui ne l'ont pas subi ou ressenti dans leur chair. En plus, il existe un traumatisme collectif entretenu par les images diffusées dans les médias. Les attaques terroristes créent un système de représentation qui s'emballe, une désorganisation de la partie émotive et cognitive du cerveau. La dimension apocalyptique des débris des tours, ce paysage de fin du monde a engendré un sentiment d'extrême vulnérabilité. La peur est en train de se propager comme une épidémie, depuis que les attentats ont eu lieu, j'ai l'impression que c'est toute une population qu'il va falloir soigner. Et c'est justement le moment où cette population est fragilisée qu'on peut la manipuler parce qu'elle n'a plus aucune distance avec ses émotions.

— Ne faut-il pas attendre que tu avances un peu dans ton enquête pour mettre ça par écrit ? Nous pourrions l'écrire à deux, toi tu fournirais la partie scientifique de cette étude et je pourrais compléter avec la manière dont un gouvernement profite d'une situation de peur collective voire l'alimente, pour prendre des mesures réduisant la liberté en atrophiant l'esprit critique des citoyens.

— Ça me paraît être une excellente idée. À condition toutefois que tu puisses associer cette donnée à la politique à venir.

— Malheureusement, je n'ai presque aucun doute là-dessus. J'ai appris aujourd'hui que la présence de la CIA sur le sol afghan était antérieure à l'arrivée des Soviétiques. Comme s'ils avaient déjà préparé le terrain d'une occupation à long terme avant même le déclenchement de la guerre.

— Pourquoi ne l'écris-tu pas pour ton agence ?

— Parce que je ne peux pas écrire ces vérités dans le cadre de mon métier. Nous sommes dans un pays libre et la meilleure façon de faire disparaître les informations, c'est de les laisser paraître dans le flux énorme qui les entraîne vers le gouffre de l'oubli. C'est la forme la plus habile de la censure : l'invisibilité grâce à la grande désinvolture. Tu écris quelque chose de révélateur, mais personne ne s'y intéresse vraiment si ça ne va pas dans le sens ce qu'on attend. Mais si l'information se volatilise, comme si tout ça n'avait aucune importance, peut-être qu'un livre est la solution…

— En tout cas, je suis ta partenaire et ça m'intéresse beaucoup d'échanger mes infos scientifiques avec toi. Et maintenant, donne-moi donc des nouvelles d'Hélène…

Samedi 15 septembre

10e jour

Il n'existe certainement aucune chasse au monde qui soit comparable à la chasse à l'homme, et lorsque les hommes ont chassé des hommes armés assez longtemps pour y prendre goût, plus rien d'autre ne les intéresse réellement par la suite.

ERNEST HEMINGWAY,
Pêche et tempêtes dans la mer des Caraïbes.

HÉLÈNE

Il pleut encore ce matin, pourtant Hélène aperçoit un point bleu à l'horizon. Elle ne peut s'empêcher d'emprunter le chemin qui mène au bout du champ, vers un espace où le soleil illumine les hauts brins tandis que la pluie imprègne le sol. Arrivée près de la lisière, elle est aveuglée et continue sa marche dans la direction de cette lumière autour de laquelle l'azur s'organise. Une vraie image de dixième jour ! se dit-elle. Lire dans le ciel ce qu'elle ressent est devenu un jeu. “À la fin de cette matinée, nous nous parlerons, se dit-elle. Ai-je peur ? Ai-je hâte ? Je ne sais pas. Nous verrons bien. Ou plutôt, nous entendrons bien.” Elle n'est ni impatiente, ni agacée. Elle est dans l'instant, et il est six heures.

Un nuage s'alanguit. Le noble silence est demandé jusqu'à dix heures. Mais durant le petit-déjeuner, leur absence de paroles est déjà pleine de la possibilité de parler d'ici quelques heures. Comment expliquer cette sensation ? Une fébrilité pour ce qu'elles vont se dire, mêlée d'une patience habitée. C'est devenu tellement fin entre elles qu'il semble à Hélène qu'elles bavardent déjà, en silence.

Au-delà des conversations avec ses compagnes, elle imagine déjà les questions de celles restées dans la vie quotidienne : “Alors c’est une secte bouddhiste ? – Non juste un endroit joyeux sans aucune image pieuse nulle part. – Et c’est où ? – Il y en a partout dans le monde car aller en soi, c’est nécessaire à tous et peu importe où on le fait, mais ce centre-là se situe entre un champ de pavot et une forêt où poussent les herbes nécessaires à la préparation de l’ayahuasca !” Il y a un moment où il faut foncer avec humour dans les préjugés de ceux qui considèrent que la réalité est telle qu’ils l’imaginent ! Voilà ! Jolie mentalité après dix jours d’efforts, non ? Mais de sacrés progrès. Elle arrive à se raconter des histoires drôles en public sans avoir peur d’éclater de rire.

Après le petit-déjeuner, Hélène retourne dans la forêt. Comme toujours, entre le champ et la forêt tout change. Les bruits, les parfums, les sons viennent d’ailleurs. L’horizon se ferme sur un rideau de troncs. Le ciel disparaît dans les frondaisons qui s’entrechoquent, se balancent, et le murmure du vent devient un conciliabule d’initiés, un échange de secrets. Elle est seule ce matin. Est-ce qu’elles communiquent ? Qui ou quoi guide leurs pas ? Existe-t-il un ordre plus grand que leurs décisions, des attractions, des répulsions qui échappent à toute logique générée par leurs cerveaux. Peut-être y a-t-il des comportements d’âmes qui s’organisent selon une énergie ou une vibration qui leur est propre.

Hélène regarde les ombres colorées qui viennent d’entrer dans la forêt : quelques femmes sont arrivées au même moment. Elles glissent entre les arbres dans un froufrou de feuilles sèches. À la lisière des bois, des tentes se dressent comme des gardiennes. Certaines ont dormi là en pleine nature pendant dix jours. Hélène pense aux bruits de la nuit, au renard qu'elle a entendu glapir et aux animaux qui peut-être frôlent les toiles des tentes. Elle se dit que parfois, ce devait être impressionnant. Cette nuit, une fille est entrée au-delà du rideau de son box, en se trompant sûrement. Arrachée au sommeil, Hélène s'est dressée sur le lit, sans un cri. Le silence est tenace et le corps obéissant. Elle n'a pas vu qui c'était. La fille a eu un sursaut, puis elle est repartie aussitôt. Ou alors Hélène a rêvé. Mais non, elle se souvient de s'être rendormie. Aussitôt embarquée dans un rêve. C'était doux, agréable, mouillé. Son propre gémissement l'a réveillée. Rien ne bougeait. Elle s'est sentie pleine de questions et de doutes. Elle se demandait si quelqu'un l'avait entendue. Hélène sort de la forêt et s'accroupit devant le carré de trèfle. À quel moment prendre le temps de regarder une abeille butiner une fleur ? Juste avant d'arriver ici, elle a lu un article sur le nombre d'abeilles disparues depuis cinquante ans. Si les abeilles disparaissaient complètement, en quatre ans les humains ne seraient plus de ce monde ! Qui s'en soucie ?

Elle mange des yeux ce paysage comme pour l'emporter avec elle. Les troncs albescents des bouleaux, les frondaisons généreuses, les protubérances de sève et ce parfum d'humus et de fleurs cachées. Les nuages s'alourdissent et ne présagent rien de bon. Il pleuvra donc pour le retour du noble bavardage, comme l'appelle Goenka.

Toute à ses pensées, elle n'a rien entendu, les silhouettes se dirigent maintenant vers la salle de méditation. Elle esquisse un sourire en comparant le calme de son esprit d'aujourd'hui à ce feu follet qui sautait en tous sens au début de son séjour. Mais surtout, depuis la veille, c'est lui qui vient tout de suite à son esprit. Lui, comme jamais depuis qu'elle est ici.

Sébastien, je vais bientôt te retrouver. Et maintenant, j'examine le mal que j'ai pu faire, à toi ou aux autres, à moi surtout. Toute cette souffrance que je portais sans jamais me dire que ce n'était pas obligatoire de traîner mon passé en bandoulière, de me charger de ce qui m'avait heurtée ou blessée ou carrément dévastée. Je te parle intérieurement parce que je suis sûre que d'une façon magique tu dois recevoir mes paroles. J'ai souvent pensé à toi pendant mon séjour. Je suis partie de tellement loin. Je t'en voulais. Je te jugeais. J'avais même perdu ces moments où je t'aimais si fort, ces moments de rires, de complicité, notre façon bien à nous de faire exister cet amour-là. J'avais perdu le sens de toi, la joie de nous. C'est terrible l'idée d'un couple que l'on dissout en soi. On insulte l'autre et on s'y noie soi-même. Nous sommes devenus autres parce que tout ça nous est arrivé. Mais nous n'avons plus à en tenir compte ou à continuer d'en souffrir. Je sais maintenant, que la haine ordinaire commence par la haine de soi. Que le droit de juger que je m'arroge, comme la plupart des gens, génère une calomnie banalisée dans laquelle la méchanceté trouve son compte. Être nuisible évite de s'interroger sur ses propres failles, sur ses manques, ses chagrins, sa douleur profonde. On finit par croire à ce que l'on dit de dégradant pour l'autre. Mais tout a un prix. Attaquer l'autre, c'est se démolir soi sans s'en rendre compte. Ce que je viens de faire là a été l'occasion de pouvoir contempler mon agressivité ordinaire comme l'expression d'une souffrance. J'ai même pu m'en approcher avec douceur. Ce que j'ai découvert ici est immense. La peur n'a pas d'écho au cœur de l'amour. Vais-je savoir te le dire ? Et toi, ne crois-tu pas qu'il est encore temps ? Dis mon amour, m'entends-tu ?

Hélène ne sait plus depuis combien de temps elle est là. Ce sont les rires qui la tirent de son plongeon méditatif. Il doit être dix ou onze heures… Certains sont déjà sortis de la salle et elle entend leurs voix. C'est gai et néanmoins, elle a un petit pincement au cœur. Elle n'a pas envie de les rejoindre. Elle décide de se promener dans le champ. Au loin, deux filles bavardent en marchant sur ce petit chemin où elles étaient, jusqu'à ce matin encore, seules et ensemble à la fois. En se rapprochant des noisetiers qui abritent un banc, Hélène entend des sanglots, avant d'apercevoir une silhouette assise la tête entre les bras. Une jeune femme pleure bruyamment comme si quelque chose s'était effondré à l'intérieur d'elle-même. Hélène sait qu'elles ne doivent pas encore se toucher mais qu'importe. Elle s'approche et la serre dans ses bras. Elle sent la fille s'abandonner, qui ne doit pas savoir non plus qui est auprès d'elle. Hélène murmure doucement que ça va aller. Oui, renchérit la jeune femme, plus que jamais, ça va aller et elle rit. Alors Hélène s'assoit à ses côtés et elles commencent à parler. Maintenant qu'elle la voit, elle la reconnaît bien sûr. Une femme au visage doux, aux cheveux courts châtains. Pas l'une de celles qu'elle croisait souvent dans la forêt ou qu'elle retrouvait assise à sa table. Le dialogue est tendre et leur permet de réintégrer le monde de la conversation. Quand le gong retentit, elles se dirigent vers le réfectoire au milieu des rires et cette joie pure qui émane de chacune est un régal tout aussi savoureux que le repas qui les attend. Jamais elles n'ont vécu la sensation de retrouver des inconnues comme s'il s'agissait de leur famille. Parfois elles se taisent. Elles se regardent. Elles partagent un silence et ce n'est pas du tout gênant comme ça peut l'être dans la vie normale. Elles savent et ressentent une sorte de fraternité avec les autres, quels qu'ils soient. De l'autre côté de la porte qui n'est pas encore ouverte, elles entendent les voix des hommes, tout aussi gaies que les leurs, eux qui avaient l'air si sombres et si préoccupés, voire hostiles, quand elles les croisaient en salle de méditation… Comme elles, ils partagent impressions, quiproquos, fous rires, tout ce qu'ils ont vécu d'étrange sans pouvoir le dire à quiconque.

En revenant vers les chambres, la femme angoissée du début du séjour s'avance : "J'ai appelé mon mari. Il n'a pas changé. C'est un monolithe. J'attendais qu'il me dise : tu m'as manqué. Mais non. Rien. Il ne m'a parlé que de l'actualité !" Elle pourtant, n'est plus du tout la même, car cette nouvelle n'a pas l'air de l'affecter ! Hélène n'a appelé personne. Elle préfère rentrer. Elle ne sait pas ce qu'elle va dire à Sébastien. Elle trouvera les mots justes. Une autre s'interroge. "Ma mère pourrit la vie de tout le monde. Je pensais tout le temps à elle en étant ici. Je me demandais si être là lui ferait du bien, si elle supporterait de découvrir tout ça. Et puis soudain je me suis demandé si je n'étais pas comme elle sans m'en rendre compte, et j'ai passé deux jours à flipper sur cette hypothèse." Une ancienne, qu'une nouvelle interroge sur ses dix jours, répond dans un sourire énigmatique : "Ça s'est passé." Elle donne ensuite quelques détails qui nuancent ce propos lapidaire mais tellement équanime ! Finalement chacune mesure la difficulté du retour avec sagesse.

Hélène aperçoit l'Éveillée et s'en approche curieuse. Elle va enfin découvrir qui est cette femme si jeune et dont la profondeur est si tangible. Une fille à ses côtés raconte ces moments incroyables où elle a découvert les recoins cachés de son corps, des terminaisons nerveuses, un réseau de sensations dont elle ne soupçonnait pas l'existence.

"Savoir que toute une vie se déroulait en moi sans que je le sache. Ça me bouleverse. Il faut avoir éprouvé la complexité de ses cellules pour comprendre. Comment raconter ça aux autres ?" L'Éveillée lui sourit. Quelques minutes plus tard, Hélène apprend qu'elle en est à son vingtième séjour ! "Ah lui dit-elle, voilà pourquoi tu as l'air si tranquille !" Un rire spontané lui répond. "C'est juste parce que tu n'as aucune idée de ce qui se déroule à l'intérieur… Une tempête, un océan de perplexité et d'idées contradictoires, un tsunami d'ego impossible à combattre !" Pendant le déjeuner, elle explique que c'est en s'ennuyant pendant les flux libres, ces parcours où rien n'arrête douloureusement l'écoute du corps, qu'elle a découvert les subtilités, les dangers de ces sensations agréables qui masquent des zones plus incertaines.

Auparavant, dit-elle sans complexe, elle était une personne stressée qui ne comprenait pas pourquoi tout s'acharnait contre elle, la maladie, des troubles physiques divers, le chômage, les difficultés avec les autres, l'impossibilité de vivre une rencontre avec un homme. Elle était entourée de décès ou de malades. Elle a l'air aujourd'hui si épanouie qu'Hélène risque une question : "Tout ce mal-être, cet acharnement du sort contre toi, ça a disparu ? – Bien sûr, affirme-t-elle. Plus personne ne meurt, plus personne ne souffre et tout me réussit !" Mais elle ne tient guère plus de deux minutes et laisse exploser son rire en cascades, puis elle redevient grave. "Ce n'est pas la vie autour de toi qui change. C'est ta souffrance intime qui cesse. Cette manière dont tu considères les événements et les personnes. Une partie de ce qui générait de la négativité en moi s'est inversée. C'est assez subtil mais véritablement puissant. Tu verras quand tu vas revenir. Toi tu ne te rends pas compte que tu as changé mais les autres vont te le dire. Et je ne sais pas comment, mais ça se propage. En réalité, tu ne fais rien d'extraordinaire, mais tu vois le monde différemment. Et tu cesses de rejeter sur des causes extérieures les déboires de ta propre vie. Mieux encore, tu assumes également une responsabilité sur des événements que tu croyais autrefois indépendants de toi." Ses yeux brillent d'une joie étrange, presque surnaturelle. Comme si découvrir ce pouvoir lui en avait donné un autre. Hélène n'est pas loin de penser que l'Éveillée a raison car la plupart des méditants ont l'air d'avoir été touchés par une grâce étrange. En seulement dix jours ? Et elle, se sent-elle si différente ?

Elle repense soudain à ce fameux jour où, fuyant la maison après une dispute avec Sébastien, elle a insulté un passant alors que c'était elle qui avait failli marcher sur son chien. Elle entend encore la douceur moqueuse de sa voix : "Il faut faire attention mademoiselle !" Et elle éprouve une honte sans nom quand elle revoit sa réaction, ses propos décalés et insultants pour l'envoyer paître. Sans rien savoir de la situation, des passants ont pris parti les uns pour le chien et son maître, les autres pour elle. Mais elle sait bien maintenant ce qu'aurait pu être ce moment si le précédent n'avait pas été celui d'un conflit. Elle aspire à se tenir loin de cette agressivité qui la fait réagir au quart de tour ou peut-être même qu'elle génère, elle est maintenant dans ce doute. Pourquoi dans la vie quotidienne, l'autre devient-il presque systématiquement son ennemi ? Pourquoi lui en veut-il ? Pourquoi répondre avec cette hargne verbale à ce qu'elle considère comme une agression ?

Le chemin des désirs serait ainsi fait. Aspirer au meilleur, au plus épanouissant, à l'amour le plus pur, puis basculer dans l'exigence avant l'avidité et la frustration. Tout résulterait de cette impuissance à obtenir ce qu'on exige de la vie pour de mauvaises raisons. Hélène éprouve soudain l'engrenage dans lequel elle est tombée. Croyant que l'ambition nourrit la grandeur, elle désirait toujours plus fort ce qu'elle n'avait pas encore, ce que les autres la poussaient à vouloir. La place de l'autre devenait un but à atteindre, pour lui ressembler parce qu'elle l'admirait tout d'abord, avant que l'inaccessible ne la fasse souffrir. Elle n'était pas si loin de ce moment où elle pouvait haïr celui ou celle qui se dorait dans la lumière, comme s'il lui avait volé une place qui lui revenait.

Hélène aimerait en savoir plus. Ces perturbations la détournent-elles d'elle-même ? La retournent-elles contre ses proches, se propageant ensuite à la famille, à l'environnement social et professionnel ? Peuvent-elles devenir un système ? Une politique ? Un gouvernement du monde ou une religion ? Le tsunami d'un mal-être est-il universel ? Reproductible ? Est-ce que la destruction d'un seul, affecte tous les autres ? Et à l'inverse, l'épanouissement d'un seul être au cœur de l'amour est-il le début d'un sauvetage ? Chaque être contiendrait alors le poison et son antidote. L'autre ne serait pas à combattre frontalement, mais à atteindre en chacun, là où sa résonance est extrême. L'autre n'aurait pas la bonne ou la mauvaise solution, il ne serait pas la vérité ou le mal incarné. Il serait *la raison d'aimer*… Est-ce pour cela qu'on en arrive à le haïr ? L'ombre est multiple et on peut organiser la noirceur et la mort, suivre ce chemin sans rémission en évitant de prendre les armes, de tuer directement ou de voir des corps sans vie. Les raisons que l'on développe pour justifier un conflit ne sont jamais que les jouets, les illusions d'une imagination fertile. Et soudain lui revient ce qu'écrivait Victor Hugo à propos de Lucrèce Borgia : "Je cherche dans cet océan de noirceur la goutte de lait qui va teinter tout le reste… Les ténèbres sont multiples, la nuit est une."

"Voilà. C'est juste ça, se dit-elle. Chacun est dépecé par ses propres empêchements.

L'orgueil l'oblige à trouver des responsables qui n'existent pas en dehors de lui-même. Mais peut-on s'évertuer à la douceur qui répare, à se pardonner, à s'ouvrir pour regarder l'autre comme un être fragile et dévasté, pour l'accueillir sur un chemin auquel il n'aspire même pas ?" Vais-je savoir le faire maintenant ?

Soudain un souvenir lui revient, lors d'une balade dans la forêt de Rambouillet, elle s'était assise à la lisière d'un champ. Le bruit d'un galop fou l'avait fait sursauter. Un cheval sans selle, sans cavalier qui s'arrêtait pour se frotter contre un arbre ou se rouler par terre, puis se relevait prestement et reprenant sa course, était passé à quelques mètres d'elle. Sa puissance l'avait frappée. Il était tellement plus beau que n'importe quel cheval monté par un cavalier. Ce corps sans entrave qui se livrait totalement à sa course, au sol qu'il martelait, à l'herbe qu'il foulait, bouche à demi ouverte comme s'il avalait le vent… Ce doit être ça la liberté, avait-elle pensé. Plus tard elle avait appris qu'en réalité, il essayait de fuir des piqûres d'insectes. Comment peut-on se méprendre sur la liberté apparente ? Comme peut-être sur l'enfermement.

SÉBASTIEN

Sébastien les entendit de loin. Son beau-père comptait à haute voix puis, à mesure que les chiffres augmentaient, il ajoutait des phrases à ces nombres. “Je vais venir vous chercher… Je vais vous trouver bande de polissons ! Où sont cachés les petits fripons que le loup va dévorer ?” Des rires étouffés lui répondaient, mi-inquiets, mi-joueurs… Sébastien sourit. Jacques avait toujours su faire avec les enfants. Qu'il les emmène en mer, en forêt ou qu'il reste assis devant un feu avec un livre, il savait les embarquer, les faire rire. Il se demanda un instant si son père aurait fait un bon grand-père, s'il aurait su captiver ses petits-enfants, si sa rigidité se serait émoussée comme c'est souvent le cas dans les familles ou la sévérité d'un père fait place à la tendre indulgence d'un grand-père.

De loin, il aperçut une petite robe jaune. Une petite fleur au milieu de la mousse et des fougères qui commençaient à roussir. Sa fille pouffait, incapable de tenir en place tandis que derrière l'arbre le plus proche son fils se tenait droit faisant des signes et les gros yeux à sa sœur pour qu'elle se calme et reste dissimulée derrière le tronc énorme d'un marronnier centenaire. Sébastien se glissa lentement vers eux et sa fille sursauta tandis qu'oubliant le loup qui avait fini son décompte, son fils sautait dans ses bras. "Grand-père nous cherche papa, cache-toi avec nous s'il te plaît." Tous trois s'aplatirent dans les fourrés tandis que Jacques prenait sa grosse voix… "Je viens. Où êtes-vous mes tendres agneaux. Montrez-vous à Monsieur le gentil loup…"

Jean, que Sébastien avait trouvée sur le canapé, lui avait dit que Jacques avait emmené les enfants dans la forêt, juste au bout de leur rue. Sébastien, l'ayant trouvée très pâle, en avait profité pour lui poser quelques questions sur les soins prévus. Les médecins avaient commencé par un peu de radiothérapie et ils voulaient voir ensuite s'ils pouvaient opérer ou s'ils devaient suivre un protocole de chimiothérapie le mois suivant, mais elle était déjà très fatiguée et surtout, éprouvée par la nouvelle de cette maladie qui la terrifiait. Jean avait reparlé de l'absence d'Hélène en lui assurant qu'elle n'avait aucune idée de là où elle se trouvait, et Sébastien avait à nouveau maudit sa femme de faire tant de mal autour d'elle. Puis Sébastien lui avait conseillé de monter se reposer dans une chambre tandis qu'il s'occuperait du repas et du bain des enfants avec Jacques. Jean l'avait remercié et avait ajouté que bientôt Hélène rentrerait. Elle connaissait sa fille qui, même si elle avait eu besoin de solitude, n'était pas d'une nature rancunière. Bien sûr, elle ne pouvait diriger la vie d'un couple et surtout pas celui de son enfant, mais elle avait sommé Sébastien de faire ce qu'il fallait pour que leur histoire retrouve un sens, pour que les jumeaux continuent à grandir dans une famille unie. "Quoiqu'il arrive dans les mois qui viennent, ça me rassurera de vous savoir en harmonie… Ce n'est pas si facile pour Jacques et…" Elle avait voulu rajouter quelque chose, mais s'était ravisée. Sébastien lui assura qu'il ferait son possible pour maintenir la paix et sauver son couple. Il était un peu mal à l'aise car il lui était difficile de faire semblant et d'être rassurant sur l'issue d'une histoire dans laquelle il avait l'impression d'être pris en otage. La souffrance de ces derniers jours s'était diluée dans le travail, la violence des événements, l'apparente impuissance des organes d'information et le sentiment que tout ça n'avait aucun sens. Mais dans ce contexte, à quoi pouvait-il encore donner du sens ? Il avait de plus en plus le sentiment que les hommes n'avaient aucune prise sur leur vie, pas plus sur leur existence personnelle que sur la conduite des démocraties ou des gouvernements qui les régissaient. Les hommes étaient des pions manipulés par l'arrogance et l'hypocrisie des plus puissants. On pouvait les soumettre insidieusement ou les enfermer dans des croyances, on pouvait faire grandir leur peur pour les manipuler, les tuer massivement pour un morceau de territoire, les déplacer comme des fourmis dont on aurait balayé le refuge, les faire souffrir pour des raisons secrètes et dérisoires. On pouvait surtout leur faire croire qu'ils décidaient de leur propre sort alors que rien n'était plus faux. Et dans ce cas, comment élever des enfants, comment leur donner un espoir, une sensation d'être autonome, une certitude que la vie méritait d'être vécue ? Comment justifier le fait même de leur avoir donné la vie ? Il lui semblait que toutes ces questions avaient eu une réponse un jour, quand il aimait Hélène de tout son cœur, quand il ne doutait pas du fait qu'elle l'aimait en retour et qu'il serait l'homme de sa vie.

Hélène lui avait conté une histoire dans laquelle ils avaient été amants dans une autre vie, très longtemps auparavant. C'était disait-elle en des temps barbares où ils n'avaient pu vivre assez longtemps pour s'épouser, avoir des enfants. Fauchés par la guerre, trahis parce qu'ils s'aimaient et que leurs familles appartenaient à des clans opposés, ils avaient péri en se jurant de revenir un jour pour construire cette famille qu'ils n'allaient pas connaître. *Comment ferons-nous ?* avait-elle demandé au seuil de la mort. *Je te reconnaîtrai*, avait-il répondu. Et voilà pourquoi sur le pont quand il l'avait aperçue, l'impression fut si forte. Sébastien adorait ce récit dont elle avait fait un conte ancré dans la grande histoire. Elle disait aussi qu'à cause de cela, ils ne pourraient être séparés. Il l'avait oublié ces derniers jours et s'en souvenir devenait presque risible. Avec Jacques, il avait baigné les petits. Jean n'était pas redescendue pour le dîner. Les jumeaux n'avaient pas été surpris par la fatigue de leur grand-mère et tout excités de se retrouver seuls avec leur père et leur grand-père pour le bain et le repas, ils en avaient profité pour faire les fous, chahutant pour s'habiller, se poursuivant tout nus dans le couloir, sautant à pieds joints sur leurs lits, une lueur de défi dans le regard. Sébastien avait contemplé leur insouciance en les enviant.

Puis Léo et Mona avaient appris à faire cuire la viande, à allumer le feu dans la cheminée, à manier une cuillère pour retirer les patates de l'eau bouillante, bref ils s'étaient approchés de toutes ces choses dangereuses dont leur mère les protégeait. Sébastien et Jacques, d'un commun accord, leur avaient permis d'évaluer la dangerosité en maniant avec précaution ce qui leur était habituellement interdit. Et ils étaient fiers comme s'ils devinaient que l'absence des femmes de la maison avait favorisé leur entrée dans un monde nouveau où ils pouvaient être dignes de confiance. Ils avaient eux-mêmes pelé leurs patates en se brûlant un peu les doigts, lorgnant d'un œil la cheminée pour revendiquer le droit de mettre une nouvelle petite bûche dans l'âtre ou de repousser les braises qui s'effondraient. Ils avaient ensuite joué aux sorciers en se lançant des sorts comme dans *Harry Potter*. Jacques et Sébastien avaient éclaté de rire en entendant leurs formules magiques tirées du nom des granules homéopathiques : "Sambucus nigra, Diphtérotoxinum, Coccus cacti", lançaient-ils en projetant leur baguette en avant… Bien qu'à aucun moment les informations qu'il avait recueillies dans la journée n'aient quitté Sébastien, il goûtait ces instants. Quand il était monté avec eux dans leur chambre, il avait allumé les guirlandes et continué la lecture d'*Harry Potter* qui les passionnait. Souvent il s'arrêtait pour expliquer le sens d'un mot à la demande de Léo. Car Mona, même si elle ne savait pas plus que son frère ce que signifiait une expression ou un mot, ne réclamait jamais sa définition. Sébastien se demandait si c'était de la fierté. Puis il avait éteint les lumières et il les avait serrés contre lui. Ils étaient restés un moment comme ça, lovés contre son corps et plus rien ne lui avait paru dangereux ou terrible ou même irréversible. Ses enfants étaient sa force en cet instant. Il avait pensé à Hélène, compris ce qu'elle pouvait lui raconter à propos de ces moments hors du temps qu'elle avait découvert en vivant au plus près d'eux. Il avait intensément souhaité son retour, s'était promis d'arranger les choses, de lui proposer de recommencer à zéro… Enfin ces mots qu'on a envie de dire tout en sachant que ce n'est jamais possible de repartir de rien, d'oublier les blessures, de réagir sans ce que l'on sait de l'autre. Mais pour la première fois depuis son départ, il s'était senti prêt à effacer son amertume pour honorer cette chaleur immense ressentie en tenant contre lui les jumeaux. Quelque chose devait être plus fort que les conflits égoïstes et pervers que les humains inventaient chaque jour, dans leur vie personnelle, dans leur vie sociale… Oui en cet instant, il aspirait à autre chose. Mais à quoi ?

Quand il était redescendu, Sébastien s'était installé sur le fauteuil à côté de la cheminée où Jacques fumait sa pipe en silence en regardant les flammes.

— Ils dorment ?

— Peut-être que oui. Il m'a semblé que le temps que je descende, ils n'allaient pas faire long feu.

Les deux hommes restèrent silencieux un petit moment. Sébastien aurait voulu parler de la maladie de Jean mais il n'osait pas. Ce fut Jacques qui commença. Une phrase qui couvrit les crépitements du feu.

— Quand Hélène est née, j'étais ébloui. Je me relevais parfois pour la regarder dormir. Je la portais des heures dans mes bras, je l'emmenais partout. À l'époque je commençais mon commerce de fromage de chèvre, mes ruches… Nous vivions dans la nature. Elle s'éveillait à tout ce qui l'entourait. La voir grandir était un spectacle. Et pourtant l'annonce de la grossesse de Jean avait été un choc.

— Vous ne vouliez pas d'enfant ?

— Au contraire. Je rêvais de faire un enfant à Jean. Notre époque, le rejet d'une violence liée à la testostérone conquérante du Viêtnam était sans doute à la base de ce désir. Beaucoup de jeunes hommes comme moi étaient dans cette mouvance *peace and love* des années 1970... Nous allions être différents, et voulions élever nos enfants différemment. Nous avions tant de rêves...

— Et donc, vous disiez que l'annonce du bébé avait été un choc ?

Sébastien avait toujours entendu qu'elle avait été conçue à Woodstock. C'était une conception qui déterminait presque l'origine magique et originale d'Hélène... Une sorte de légende qu'Hélène avait embarquée dans son histoire personnelle comme un destin. Jacques soupira.

— Oui nous étions partis en bateau à New York. Nous avions traversé l'Atlantique jusqu'aux Antilles, puis nous étions remontés jusqu'aux États-Unis. Je me souviens encore de la pub qui nous avait attirés. *Trois jours de paix et de musique, promène-toi sans voir un gratte-ciel* (déjà à l'époque ils étaient le symbole du capitalisme), *fais voler un cerf-volant, fais-toi bronzer, cuisine et respire de l'air pur...* Nous devions rentrer en France. Nous avions même déjà vendu le bateau. Mais nous avons décidé de nous offrir ces deux jours à Woodstock avant de repartir. Un couple d'Américains, voisin dans ce port où nous étions amarrés, nous avait embarqués dans sa Coccinelle. Comme les autres, nous venions avec l'espoir de partager deux jours de concerts, mais certainement pas de participer à cette fête mythique que personne ne pouvait prévoir. Nous étions arrivés la veille parce que Jean et Laura voulaient qu'on soit bien placés ! Tous ces groupes qui allaient se produire… Nous avions conscience que nous ne les verrions peut-être que cette fois-là dans toute notre vie. Au début, j'avais un peu râlé que les filles veuillent arriver si tôt, mais dès le lendemain, nous avons entendu que beaucoup étaient coincés dans les embouteillages. Il y avait même des groupes qui étaient censés passer sur scène et dont l'absence bouleversait la programmation. Nous avons dû faire partie des seuls à payer l'entrée ! Ensuite ils en ont laissé passer des milliers gratuitement. Et nous nous sommes disputés à cause de cette foutue programmation. Pour une raison ridicule que je n'ai plus en mémoire. Ce dont je me souviens en revanche, c'est de ce paquet de reproches qu'elle m'a asséné ! Il y en avait deux tonnes ! L'accumulation de toutes ses rancœurs au cours de la navigation, quelque chose qui n'était pas encore sorti… Bref, nous avons vécu les deux premiers jours chacun de notre côté, fumant des joints, hurlant, battant la mesure, baisant à droite à gauche comme ça se faisait dans ces années-là. Le troisième jour nous sommes tombés par hasard l'un sur l'autre. Nous en pleurions de joie… Finalement nous nous étions beaucoup manqué. Quelques semaines plus tard quand Jean m'a appris qu'elle était en enceinte, nous avons compris que le bébé avait sûrement été conçu durant ces trois jours. Il n'était donc pas certain que j'en sois le père.

— Vous ne l'avez jamais dit à Hélène ?

— À quoi ça aurait servi ? Hélène est ma fille. Même physiquement, je la reconnais. Cette histoire m'a traumatisé pendant toute la grossesse de Jean.

Je lui demandais sans arrêt si j'avais des chances de me retrouver avec un bébé métis ou asiatique. J'y pensais chaque jour. Si c'était un garçon, je ne doutais pas du fait qu'il aurait la gueule de son père et ça me terrorisait. Je me demandais si j'allais l'aimer comme mon enfant. Jean était heureuse et parlait toujours de *notre* enfant. Elle n'avait aucun doute. Quand Hélène est née, toutes mes questions ont été balayées. Il était évident soudain que j'en étais le père. En réalité, je n'ai jamais osé lui en parler, même quand elle a grandi. J'avais sans doute trop peur qu'elle me renie ou qu'elle me le balance dans une de ses colères.

— Je suis persuadé qu'Hélène aurait besoin de le savoir, même si vous pensez que vous êtes réellement son père, ce dont elle ne doutera pas je crois. C'est vrai qu'elle vous ressemble, peut-être plus encore qu'à Jean.

— Plusieurs fois j'ai essayé de lui en parler. Mais je n'ai jamais réussi. Tout comme j'aurais voulu lui transmettre mes doutes sur la façon dont on mène sa vie. On apprend beaucoup avec le temps. Et quand ce que l'on espérait ne se produit pas, il peut en résulter deux choses. Soit on conçoit une frustration violente, un sentiment de ne pas être à la hauteur ou de ne pas avoir mérité les choses, soit on s'aperçoit qu'on n'en avait pas forcément besoin pour continuer à être heureux. Ce qui préside à l'une ou l'autre de ces solutions nous est souvent inconnu. Et d'ailleurs on peut vivre successivement les deux situations. Il y a beaucoup de choses que j'aurais aimé lui dire et je ne sais pas pourquoi, maintenant que Jean est malade, je me sens coupable de ne pas avoir abordé certains sujets avec elle.

— Pourquoi dites-vous ça ? Vous parlez comme si Hélène n'allait pas revenir…

— Je ne disais pas ça pour vous inquiéter Sébastien. Je sais qu'elle va revenir, mais maintenant, il faudra entourer Jean le plus possible ; ce n'est plus le moment d'aborder des sujets qui risqueraient de fragiliser l'équilibre familial qui me semble déjà trop bouleversé.

— J'ai promis à Jean de faire tout ce qui était en mon pouvoir pour arranger les choses quand Hélène reviendrait. Je ne sais pas ce qui m'a pris. J'espère ne pas m'être engagé à la légère sur une réconciliation dans laquelle je ne suis sûr ni d'elle, ni de moi…

— De quoi parlez-vous ? J'avais faim et je me suis dit qu'il restait peut-être quelques miettes de votre repas à grignoter au coin du feu…

Jean venait d'apparaître dans l'angle sombre du salon. Jacques se tourna vers elle et la considéra avec tendresse.

— Viens t'installer dans le fauteuil ma chérie. Je vais te préparer un petit plateau.

— Est-ce que ça s'est bien passé avec les jumeaux ? Ils sont venus m'embrasser en douce, juste avant d'aller dans leur chambre.

Sébastien se mit à rire.

— Je leur avais pourtant interdit de vous déranger. Les fripons auront profité d'un instant d'inattention.

— Ce n'est pas grave. Je somnolais. Ils sont si adorables. Ils me rappellent tellement quand Hélène était petite. Nous n'avions rien, même pas la télé. Elle était notre spectacle permanent ! Nous retapions cette vieille ferme où Jacques avait commencé son élevage de chèvres. Quand j'y pense, je me dis que nous étions complètement inconscients et à la fois nous abordions la vie tellement plus confiants que vous ne l'êtes aujourd'hui… Une autre époque vraiment !

Tandis que Jacques était en train de s'activer dans la cuisine, Sébastien était resté silencieux près de Jean. Il n'avait pas eu envie de lui parler d'Hélène. Il avait attendu que ce soit elle qui entame une conversation et elle n'avait pas semblé pressée d'interrompre le crépitement du feu, les bruits de casserole et de vaisselle qui leur parvenait de la cuisine.

— Je ne sais pas si Jacques vous l'a dit un jour mais nous ne pouvions pas être sûrs qu'Hélène était bien sa fille. Nous nous sommes disputés à Woodstock et je n'ai pas été très… sage durant ces jours de musique et de fête…

Sébastien était resté prudent. Il ne voulait pas trahir Jacques, tout en ne faisant pas non plus semblant de l'ignorer. Il demeura évasif et s'interrogea sur cette coïncidence, Jacques et Jean lui parlant de cette paternité le même jour sans se concerter.

— Il m'en avait touché deux mots oui. Et quand il m'en a parlé, je lui ai suggéré de le dire à Hélène.

— Ce serait plutôt à moi de le lui dire.

— Je pensais que la façon dont il aime Hélène est une certitude qui accompagnerait mieux ce doute.

— Ce n'est pas un doute, mon petit Sébastien. Jacques n'est pas le père d'Hélène. Un peu plus tard, quand nous avons désiré un autre enfant, je ne tombais pas enceinte et nous avons fait quelques examens. Je lui ai dit que j'avais un problème et que je ne pourrais plus être enceinte. Mais en réalité, Jacques est stérile. En principe, les deux membres du couple doivent être là lors la remise des résultats, mais Jacques était en déplacement et comme le médecin était un ami, il a accepté de me les donner.

Sébastien était resté silencieux, abasourdi par la révélation de Jean.

— Vous allez en avoir des vérités à révéler à ma fille quand j'aurai disparu.

— Vous n'allez pas disparaître Jean. Vous êtes en soin pour l'instant. Et vous devez vous tranquilliser sur la suite des événements. Mais je ne comprends pas. Pourquoi n'avoir rien dit à Jacques ? Après tout il était déjà au courant du fait qu'Hélène n'était peut-être pas de lui…

— Il avait été si angoissé durant la grossesse puis tellement heureux à la naissance d'Hélène. C'était une sorte de miracle. J'avais pensé qu'il n'allait pas aimer notre enfant et la regarderait toujours comme celle d'un autre et c'est l'inverse qui s'est produit… J'ai eu peur de gâcher une paternité qu'il avait conquise. Et puis c'est vrai qu'elle lui ressemble. Même physiquement parfois.

— Vous devriez quand même lui parler. Votre maladie est peut-être l'occasion de révéler ce que vous lui avez toujours caché.

— C'est drôle, parfois vous parlez comme Hélène. J'espère sincèrement que vous allez retrouver une entente tous les deux. Je sais qu'elle n'est pas facile parfois, mais elle vous aime, mon petit Sébastien. Ça, j'en suis sûre. Et vous aussi vous l'aimez. Je vois bien comment vous êtes depuis qu'elle est partie.

Sébastien s'était raidi. Il n'avait pas envie que sa belle-mère décide de l'avenir de son couple sous prétexte qu'elle avait un cancer et qu'elle voulait organiser le bonheur autour d'elle avant de mourir. Trop facile. Non il n'était plus sûr d'aimer Hélène et il ne voyait pas bien où se situait l'amour d'une femme qui a besoin de vivre des histoires de cul, voire d'y saupoudrer du sentiment, avec tous ses amis. Il avait senti monter en lui la colère qu'il tentait de mettre à distance depuis des jours et il s'était levé d'un bond pour rejoindre Jacques dans la cuisine. Bien sûr, quelques heures plus tôt, troublé par la faiblesse de sa belle-mère, il lui avait promis de faire un effort, mais il se rendait compte que ce n'était pas gagné. De toute façon, si elle mourait, elle n'en saurait rien. Et puis, il se demandait à quoi pouvaient bien rimer tous les efforts qu'on exige des malades pour qu'ils donnent l'impression qu'ils ne vont pas mourir.

Combien d'humains se croyaient éternels et voyaient soudain leur vie s'interrompre, que pouvait-on bien prévoir quand on ne savait ni d'où l'on venait ni où on allait ? Parfois un accident était là et changeait un être jeune en pleine santé en handicapé ou le rendait inadapté à la vie qu'il avait menée précédemment. Sébastien repensa à la conversation qu'il avait eue le matin même avec l'un des journalistes du bureau de New York. Ils étaient en train de faire le point sur les articles qui allaient arriver, car de plus en plus de journaux ne voulaient plus entendre parler des suspects liés aux terroristes qu'on avait arrêtés ou de ces articles sur les moyens que le gouvernement voulait mettre en œuvre pour attaquer l'Afghanistan ou organiser une expédition punitive pour tuer Ben Laden. Les journaux européens voulaient désormais que ces milliers de morts soient encore un peu plus familiers. Ils étaient friands d'histoires, de récits de rescapés. Où étaient les personnes qui se trouvaient à l'intérieur des Twin Towers ? Qui étaient-elles ? Il n'y avait eu aucune photo de victimes aux pieds des tours et personne ne s'en plaignait vraiment, mais on avait maintenant besoin de parler de la peine des familles, de la difficulté des sauveteurs à retrouver des corps identifiables, de mettre des visages et des parcours de vie sur la liste de noms des individus manquants affichée sur les lieux de la catastrophe. Car l'Amérique tout entière comptait les morts de New York. Le choc demeurait total. Le pays vivait au ralenti. Quatre mille sept cent soixante-trois personnes étaient portées disparues et seuls quatre-vingt-quatorze corps avaient été trouvés sous les décombres. Le nombre de blessés dépassait deux mille. L'espoir de secourir des survivants sous les tonnes de gravats s'amenuisait d'heure en heure. À Washington, où l'avion-suicide avait éventré le Pentagone, on estimait que deux cents personnes étaient mortes, mais là encore seuls soixante-dix corps avaient émergé des ruines. On en savait un peu plus sur le quatrième avion qui s'était écrasé en Pennsylvanie, apparemment grâce à l'action héroïque de quelques passagers dont l'un avait réussi à joindre sa femme pour lui dire adieu. “Nous allons tous mourir mais trois d'entre nous vont faire quelque chose”, avait-il précisé.

Du côté des autorités, la tension montait.

“Dans le Far West on avait coutume de placarder des avis de recherche du style : *Recherché mort ou vif.* Tout ce que je veux et tout ce que l'Amérique veut, c'est qu'on amène le responsable devant la justice.” avait clamé le président Bush.

Les Américains voulaient la tête de Ben Laden. Et les terroristes, eux, quels étaient leurs désirs, que leur vendait-on pour qu'ils décident d'aller jusqu'à se sacrifier pour cette cause suprême et ambiguë qu'ils appelaient le jihad ? Qu'est-ce qui poussait toujours les hommes à sublimer chacune de leurs exigences les plus injustifiables, et cela jusqu'à en faire de nobles raisons de se massacrer incessamment les uns les autres ?

Au moins y avait-il eu cette nouvelle étonnante de soixante-dix musiciens venus jouer au milieu des ruines des tours. L'Orchestre du Monde était dirigé par un célèbre chef d'origine espagnole nommé Luis Nilta-Bergo. Il y avait des musiciens de toute nationalité dans cet orchestre qui se trouvait pour la première fois à l'extérieur des grandes salles de concert et aujourd'hui, promettait de se produire sur tous les territoires de la planète où les humains seraient en détresse. Les sopranos de Boston, les ténors de Los Angeles, et d'autres musiciens, d'autres orchestres classiques américains, les avaient rejoints spontanément, à commencer par ceux de New York. La plupart avaient voyagé pendant plus de quarante-huit heures pour rejoindre *Ground Zero* en dépit du trafic aérien désorganisé. À leur arrivée certains étaient restés plus de sept heures sur place, se relayant, accompagnant de leur musique les larmes des familles, les recherches des équipes de secouristes, les volontaires médicaux.

Dimanche 16 septembre

11e Jour

Nous sommes en Amérique. Moins il y aura de peur, mieux cela vaudra. La peur fait de nous des lâches. La peur nous avilit. Atténuer la peur, c'est votre job et le mien.

PHILIP ROTH,
Nemesis.

La vérité est un pays sans chemin. Cela ne peut être perçu que lorsque la peur et tout le reste ont disparu.

KRISHNAMURTI,
Vivre dans un monde en crise.

HÉLÈNE

Ce matin, le ciel du jour est opaque. L'opacité du retour ? Non. Elle ne veut plus interpréter ce qui n'est pas. Pourtant la tentation est vivace. En sortant de son box, elle observe le plafond de la nuit. Hélène sait maintenant que le ciel est le plus grand miroir de la loi universelle. Elle n'a qu'à lever la tête pour décrypter ces changements qui régissent sa vie au lieu de marcher tête baissée, front embrumé par des pensées parasites. Sinon, ce n'est plus le sentier, c'est l'autoroute. Plein d'humains qui, comme elle, essaient, n'arrêtent pas d'essayer. Sans les clés.

Après avoir fini le ménage de son box, elle fait le tour du champ une dernière fois, pénètre dans la forêt. Elle n'a jamais été aussi attentive à ce que tout soit impeccable afin que la suivante, comme une sœur de chambre, trouve cet endroit aussi étincelant qu'elle à son arrivée. Dans l'entrain du moment, elle se surprend même à surmonter son dégoût du nettoyage afin de participer au lessivage des parties communes dans le but d'obtenir une pureté absolue. La voilà inscrite sur le grand tableau qui distribue les rôles. Elle prend quelques photos, embrasse d'un regard ce lieu foulé des centaines de fois durant son séjour. Les voix qui lui parviennent ont modifié l'endroit. Les arbres se taisent, elle n'arrive plus à entendre la chanson subtile du silence. Elle est pourtant sûre que chaque parcelle de ciel changeant, chaque brin d'herbe, chaque inclinaison de futaie se sont gravés en elle avec la force que possède la nature dans les moments rares. Elle va se souvenir de ces lieux, de ces instants, parce qu'elle en était une microscopique partie.

Elle essaie d'imaginer l'endroit en hiver, le champ couvert de givre, les branches nues ployant sous la neige, le ciel bleu cendre figé dans la course du vent glacé. Presque un paysage des sœurs Brontë. Tout est là sans y être et dans les moiteurs sucrées de cette fin d'été, la folle beauté des fleurs, elle pressent la palette de l'automne, les arbres rougissant avant de flamboyer, les ramures des bouleaux jaunis… Et pas très loin encore, l'éclosion des bourgeons, les pétales des cerisiers, le vert tendre d'un début d'avril. Toutes les saisons se tiennent dans un seul instant parce qu'elle vit pleinement ce présent de tous les moments. L'essentiel est hors du temps.

Voilà. Ils partent. Mais avant de se quitter, ils s'étreignent avec le sentiment d'avoir partagé bien plus que s'ils avaient communiqué de la manière habituelle. Sans se le dire, ils savent que chacun a une petite appréhension à retourner dans le monde qui, désormais ils le sentent, n'a rien de normal. C'est ce qu'ils ont vécu là qui est l'essence même des êtres. Pas cette violence, pas ces guerres incessantes, pas cette barbarie qui leur est encore lointaine, mais déjà perceptible, depuis qu'ils ont appris ce qui s'est passé pendant leur absence. Pourtant leur peur est légère car ils sont encore baignés de la confiance que leur ont donnée ces dix jours. Ils ont acquis une immense force, même s'ils se savent encore fragiles, perméables au monde.

Dix jours, ça paraît bien mince pour s'extraire définitivement de l'assaut des images, des informations sur tous les malheurs de la planète. Hélène n'avait jamais pris conscience que la plupart des humains vivent assaillis par les nouvelles du monde. Ça ne se calme pas. Elle a toujours cru que ceux qui transmettent l'information savent se tenir à distance, restant à l'intérieur d'eux-mêmes pour ne plus effleurer cette fange dévastatrice qu'ils déversent. Souvent, elle en a fait le reproche à Sébastien. Et si elle s'était trompée ? S'il n'était pas immunisé, exilé dans un pays sans émotion, coupé de l'humanité comme elle a pu le penser ? Et s'il souffrait sans l'exprimer ? Sans même en être conscient ?

Elle se demande ce qu'elle fera une fois rentrée auprès de lui ? Est-ce que l'amour prodigué tient lieu de compréhension ? Elle n'en est pas sûre. Il n'y a rien de plus difficile qu'amener un homme en lui-même, là où il va trouver sa source, sa relation à l'autre, à ses splendeurs et ses souffrances. C'est un art, un mystère, presque un sacerdoce…

Elle revoit ses crises de désespoir quand elle éclatait en sanglots dans les bras de Sébastien. Les premières fois, il n'y comprenait rien. *Ma chérie*, répétait-il. *Que se passe-t-il ? C'est moi ? Tu ne m'aimes plus ?* Elle essayait de lui donner des réponses cohérentes qui embrouillaient plus encore la situation. *Je ne suis nulle part à ma place. La vie s'écoule et voilà.*

Rien ne se passe. Il ne nous arrive rien ! Tout ça n'a pas de sens. Tout ce que je sens en moi ne devient rien, lui disait-elle… *Mais tu t'ennuies avec moi ? Que voudrais-tu qu'il arrive ? Ne crois-tu pas que tu te fais des films ?* Voilà, c'était sa réponse. Elle se fabriquait quelque chose qui n'existait pas.

Elle a encore en mémoire cette inadéquation totale à la vraie vie, à la passion, ce qu'elle aspirait à vivre, à être. Mais il y avait néanmoins des moments où elle arrivait à se sentir mieux quand elle allait si mal. Elle peut se souvenir de ces moments où sa lucidité lui pesait tout en la sauvant. Ça ressemblait à un voyage, un immense parcours immobile, une aventure inextricable avec les mots, les phrases, la poésie, le savoir-dire. Tout venait, elle n'avait rien à faire, elle laissait l'écriture s'échapper de son corps, comme un serpent, un reptile alors que quelques minutes auparavant, elle s'infiltrait en elle. Être un canal. Elle jouissait de se sentir à sa place. En étant l'écriture. Elle inventait la vie qu'elle n'avait pas encore. Une vie d'écriture qu'elle ne savait pas être sa colonne vertébrale.

Pourquoi l'ai-je ignoré ? Dans ces moments-là, je veux dire à l'instant présent où la plume traçait des signes sur le papier, je ne pensais à rien, je ne désirais rien, je ne souffrais de rien. Je crois que je n'écrivais rien non plus. Je vivais les mots. Même dans les instants où je couchais des horreurs, des tragédies, des incompétences, des désirs inassouvis, des histoires peuplées de tout ce que l'humain recèle de plus tragique ou de plus triste… Ça se déposait sans douleur, avec la légèreté d'un envol. Je ne sais pas exactement comment ça marchait. C'était un état dont je n'avais pas conscience jusqu'à aujourd'hui. C'était juste là. J'écrivais et ce simple fait suffisait à me faire jubiler. À me plonger dans une incompréhensible et profonde joie. Les heures qui suivaient ne pouvaient plus être prises en tenaille entre le mal-être de ma vie professionnelle ratée et les incomplétudes de mon existence personnelle. Ce que j'inventais devenait ma vie pour un temps indéterminé et je ne faisais pas de différence entre les projets de mon héroïne et les miens. L'immense privilège que j'avais de traverser d'autres vies que la mienne sans en subir les peines ou les conséquences me comblait tout à fait. Je le réalise maintenant. Mais comment ce chemin pourrait-il avoir des répercussions sur ma vie actuelle ? Comment cet instrument de torture à trois pieds pourrait-il soudain devenir ce que je vivrais de plus euphorisant ?

Je me souviens d'avoir eu besoin d'en connaître l'origine. Écrire venait d'une racine indo-européenne, déjà tout un voyage. *Escrivere*, script, manuscrit. Inciser sa marque. *Sker*… Tailler, couper, gratter. Les premiers écrits étaient ces traces à même des rochers, des cailloux, des tablettes. Écrire c'était donc creuser dans la matière, graver dans le marbre en quelque sorte. Juste avant de partir, j'ai acheté un cahier. Une nouveauté japonaise qui n'est pas faite de pâte à papier mais d'une matière minérale. Le papier était glissant, presque vernis. Le souvenir de cette glissade minérale me fait frissonner.

Quelques-uns me demandaient des textes que je leur avais lus. Pour les garder, pour les relire et je n'hésitais jamais à les faire passer, à les recopier, à les taper. Autrefois. Jusqu'à ce qu'un jour je découvre par hasard un de mes textes imprimé dans le journal d'entreprise d'une amie. Elle ne l'avait pas signé mais c'était tout comme. Elle rédigeait la quasi-totalité du journal. "J'allais t'en parler. Je pensais te faire plaisir. Je croyais que tu ne voudrais pas le signer. Je ne savais pas si ça t'intéresserait vraiment de le publier." Bref tout un tas de raisons toutes plus foireuses les unes que les autres. Si je ne voulais pas publier, je ne lui aurais pas donné le droit de le faire, mais si je publiais, alors je voulais signer ! Le coup de poignard que j'ai ressenti aurait dû être une alerte. Pour tenter de se rattraper, elle m'a proposé d'en publier un autre, en le signant cette fois, en ajoutant un petit rappel de l'autre texte, en présentant "l'auteur". Je pouvais prendre un pseudo. C'est-à-dire un nom bidon. Du grec ancien. *Pseudês* : faux. Erroné. Voilà tout ce qu'elle m'a proposé. Rétablir une vérité en la tronquant et en bernant le lecteur potentiel. J'ai refusé et désormais, je ne donne plus aucun texte à personne. Et je m'en veux. Ça manque furieusement de générosité. Je ne sais pas pourquoi je suis comme ça, à protéger ce que j'écris comme un trésor qui doit rester caché. Peut-être que je me trompe complètement et que ça doit s'envoler justement. L'appartenance ce n'est pas ce qui compte. Dans l'absolu, je me fous qu'on me vole ce que j'écris, mais peut-être que je défends une possibilité de vivre. Peut-être qu'ils ont tous raison. Que j'irai mieux quand j'aurai un vrai boulot ! J'irai mieux quand je serai plus mince. Etc. Mais j'ai déjà eu un vrai boulot et j'ai déjà été plus mince. J'ai déjà été amoureuse, je suis en couple, j'ai deux enfants merveilleux. Est-ce que j'ai été heureuse ? Est-ce que je suis cette capricieuse que décrit Sébastien ? Cette enfant trop gâtée qui emmerde le monde ? Est-ce que ma nature profonde n'est pas toujours de vouloir quelque chose que je n'ai pas pour aller mieux ou bien ? Est-ce qu'obtenir ce que je désire ne me projette par sur un nouveau désir qui devient la prochaine condition à mon bonheur. Je vais l'appeler l'ADDI. L'addiction dérisoire aux désirs inutiles. Mais maintenant, j'ai appris comment la soigner !

Avant de retrouver Sébastien, je préfère joindre Yann. Après dix jours de silence, c'est mon premier appel. Téléphoner, appeler un ami. Tout me semble étrange. Lui n'a pas vraiment l'air surpris.

— Hélène ! Enfin…

— Dis-moi, comment va-t-il ?…

— Tu ne l'as pas appelé ?

— Non je n'ai pas osé encore. Je rentre dans quelques heures alors peut-être est-ce mieux que je le rejoigne avant de l'avoir au téléphone. Mais je voudrais savoir à quoi m'attendre.

— Tu es sûre que tu ne veux pas repartir deux ans en voyage le temps qu'il se calme ?

— Ah c'est à ce point-là ?

Je ris. Je suis tranquille, sereine.

— Mais tu as vu les nouvelles ? D'où viens-tu ?

— Non, je viens d'en prendre connaissance à l'instant. Ça n'a pas dû être facile pour lui.

— Ce n'est facile pour personne. C'est un événement terrible pour tous, mais lui… Je ne sais pas si tu vas arriver à le réparer. Pourquoi ne l'as-tu pas appelé ?

— J'étais en silence, en méditation pendant dix jours. Je ne pouvais joindre personne et ne savais rien de l'actualité. Je vais lui expliquer. Tu verras. Tout va bien se passer.

— Mais Hélène, je ne sais pas si tu te rends compte de ce qui s'est passé pendant ton absence ?...

— Bien sûr. Je serai bientôt à la maison. Est-ce que tu sais comment vont les jumeaux ?

— Eux, ça va je crois, mais ils ont peut-être senti son inquiétude, sa colère. Je ne sais pas trop. Je ne connais pas assez tes enfants. Les grands-mères ont assuré je crois.

— Je te remercie. Je vais rentrer vite et voir ça par moi-même.

— Et si je l'ai au téléphone, je lui dis quoi ? Que tu m'as appelé ?

— Tu ne l'auras pas au téléphone. Je vais l'appeler tout de suite. Je te remercie.

— Quand tu auras le temps, explique-moi pourquoi tu as écrit que nous avions couché ensemble... Tu m'as mis dans une merde !

— Mais je n'ai pas...

Je m'arrête soudain dans ma phrase parce que je comprends ce que ces paroles signifient. Sébastien a fureté dans mon ordinateur d'écriture planqué à Montmartre et il en a tiré des conclusions logiques quand on ne sait pas que cet ordinateur contient la base d'un travail pour l'avenir, que je me suis préparée sans le savoir.

— Je t'expliquerai Yann. Rien de tout ça n'est réel... C'est une histoire d'écriture. Merci de ton aide.

J'interromps la conversation en bredouillant que je n'entends plus rien. J'ai hâte de rentrer chez moi.

Dans le train, un homme téléphone. "Pourquoi ne va-t-il pas ailleurs ce grossier personnage ? se plaint une dame. – Le grossier personnage vous dit merde madame." Ils échangent un regard furibond. Après tout ce silence, la violence quotidienne est incroyablement tangible. L'une des méditantes s'avance vers le gêneur. "Ce que la dame a voulu dire, lui déclare-t-elle avec un immense sourire, c'est que sans vous en rendre compte et certainement pas intentionnellement, vous avez dérangé le calme de ce wagon en parlant très fort. – Eh ben voilà, ponctue le bonhomme, si elle l'avait dit comme ça, je me serais certainement excusé." Il sourit à la dame qui reconnaît humblement qu'elle ne l'a pas dit comme ça parce qu'avant, elle était gentille et qu'elle a fini par en avoir marre de la grossièreté des autres. Une discussion s'engage entre eux sur la violence du monde, sur les derniers événements qu'ils commentent comme une tragédie qu'ils subissent. Ils ont finalement l'air de s'entendre assez bien tandis qu'eux, ces méditants revenant tout juste de leurs stages échangent des clins d'œil. Ils savent que ces deux-là et bien d'autres se trompent. Ils ne subissent pas la tragédie des attentats. Elle fait partie d'eux-mêmes, de leur incapacité à être ensemble, à se relier les uns aux autres, à comprendre cette unité qui leur échappe sans cesse. "Nous sommes un…", se disent-ils tous.

Hélène n'a pas vu les photos du drame du World Trade Center. Elle a lu les informations envoyées par ses amis, ou entendu ce qu'en disaient d'autres méditants. Elle pressent l'impact de ce terrible événement, plus encore qu'auparavant, car elle en perçoit la dimension humaine profonde.

Elle pense à Sébastien, à sa souffrance, à ce qu'il a dû endurer dans son travail et projeter sur son absence. Quelle erreur de n'avoir pas mieux expliqué ce départ ! Il va lui falloir une sacrée énergie pour rattraper tout ça maintenant. Peut-être est-il définitivement persuadé qu'ils doivent se séparer ? Ça ne l'inquiète pas. Elle n'aura plus jamais peur ou mal désormais. Ou alors pas très longtemps. Parce qu'elle va vivre avec et non pas contre les autres. Elle ne va plus s'arrêter au passé qui détruit, à l'avenir qui angoisse. Elle va écrire et vivre au présent, à temps plein.

SÉBASTIEN

Le réveil avait sonné bien sûr, ou plutôt la petite musique des infos s'était déclenchée. Même si c'était dimanche. L'absence d'Hélène avait permis à Sébastien de faire ce qu'elle interdisait quand elle était là. Être réveillée par les infos le dimanche. Pourtant ce n'était pas la voix du commentateur que Sébastien avait entendu en étant arraché au sommeil par la radio. C'était une voix intérieure qui lui soufflait que c'était le jour du retour d'Hélène. Il ne pouvait s'empêcher d'avoir le cœur battant. Il était rempli de colère et d'espoir, de révolte et de questions. Il avait encore cette foutue migraine qu'il sentait cogner contre sa tempe droite et derrière sa nuque l'accumulation de toutes les émotions qui l'avaient dévasté durant ses dix jours d'absence. Puis il avait laissé les informations l'envahir à nouveau tout en réfléchissant à la conversation qu'il avait eue avec John pendant une grande partie de la soirée. Ce savoir journalistique dans lequel il estimait avoir une part de responsabilité lui glaçait le sang.

— Ce n'est pas à toi que je vais l'apprendre, avait dit John, dès le lendemain de l'attaque des tours, l'uniformisation de l'information qu'on subit depuis de nombreuses années a réduit le choix de toutes les premières pages du monde à deux ou trois photos. Aux États Unis, la plupart des unes ont repris l'image des tours en feu, auréolées de fumée noire sur fond de ciel limpide en titrant de façon unanime : *Terror, Attacked, Evil, Infamy !* Ça ne te rappelle rien ?

— Si bien sûr. Pearl Harbor.

— Tout juste. Ces images sont l'écho d'un moment semblable dont la mémoire visuelle est toute récente dans l'esprit des Américains.

— Tu veux dire avec l'anniversaire de cette année.

— Exactement. Bien avant la date commémorative du 7 décembre qui célèbre ce soixantième anniversaire de l'attaque sur Pearl Harbor, les médias américains ont consacré leurs pages, leurs numéros spéciaux, leurs livres et leurs documentaires au "jour d'infamie". Et pour le lecteur américain, ce mot "infamie" renvoie invariablement au mémorable discours prononcé par Franklin D. Roosevelt au lendemain de l'attaque japonaise sur Pearl Harbor. Or certaines manchettes des quotidiens américains ont affiché en sous-titre *"A New Day of Infamy"*, ou mieux encore *"Second Pearl Harbor"*. Et la mémoire visuelle de Pearl Harbor est principalement constituée de "boules de feu et de fumée noire." Ces images de flammes et de cendres n'ont donc pas été sélectionnées par hasard pour faire la une des journaux américains des 11 et 12 septembre. Il y a mieux encore que la mémoire de l'événement. Tu te souviens qu'il y a eu un film ?

— Bien sûr il est sorti en Europe tu sais, en couleurs même…

John n'avait pas relevé le ton ironique de Sébastien et avait poursuivi.

— Eh bien ici, Pearl Harbor est sorti en grande pompe sur plus de trois mille écrans américains le 30 mai 2001, pour la Journée de la mémoire. Il a surpassé les campagnes marketing de *Titanic* ou de *Jurassic Park.* Ça a été un succès populaire sans précédent. Les studios Disney ont investi 5 millions de dollars pour inviter la presse à une gigantesque soirée de gala à Pearl Harbor même.

Je me souviens. Le film a bénéficié d'une couverture médiatique trente pour cent supérieure au cinquantième anniversaire de Pearl Harbor en 1991. Pour accompagner cette fiction, la plupart des agences, la mienne y compris, ont diffusé des articles sur le bombardement de la base navale et des entretiens avec les survivants largement repris par la presse américaine et même étrangère.

Mon amie l'historienne Emily S. Rosenberg a même écrit que la sortie du *blockbuster* de Disney a transformé Pearl Harbor en véritable industrie culturelle.

Mais le rapprochement entre Pearl Harbor et les attentats de New York ne s'arrêtait pas là et c'était même le début du piège dans lequel était en train de s'enfermer la presse américaine depuis cinq jours. Selon John, une véritable aubaine s'annonçait pour le gouvernement américain.

— *You'll see my friend*, avait-il hurlé dans le combiné, mélangeant soudain l'anglais et le français dans l'excitation du moment, on va assister à la mise à mort du quatrième pouvoir en douceur… Les journaux seront coincés. Soit ils seront patriotiques, guerriers et engagés au côté de la bannière étoilée, soit ils seront taxés de défendre les terroristes.

Ils n'ont plus le choix. Tu as vu cette photo dans le *Record* ?

— Celle des trois pompiers hissant le drapeau américain dans les décombres du World Trade Center, reprise par tous les journaux ?

— Oui celle-là…

— Je sais ce que tu vas me dire John, c'est notre métier de faire ce genre de rapprochements. Cette photo est la copie conforme d'une des plus célèbres icônes de la Seconde Guerre mondiale, six *marines* déployant le *Stars and Stripes* au sommet d'Iwo Jima, une image vendue à plus de cent cinquante millions d'exemplaires et devenue la photographie la plus reproduite de l'histoire visuelle des États-Unis.

Ça n'avait bien sûr pas échappé à Sébastien que le 13 septembre 2001, le *Sun* de Londres avait fait sa une avec l'image du *Record* et dans le coin supérieur droit de la page, la photographie d'Iwo Jima. "Tu comprends ce que ça veut dire ?" lui avait à nouveau hurlé John. Oui, Sébastien comprenait très bien. La guerre, la revanche, l'appel à la peur, à la panique… De la fumée, de la terreur et le drapeau américain… Ça signifiait que les quatre cents quotidiens des États-Unis qui avaient choisi les mêmes images pour rendre compte sur leur première page de l'événement, convoquaient tous les mêmes sentiments populaires. Le 11-Septembre était un acte de guerre, comme le disait leur président. Ce n'était pas seulement un attentat criminel et ça appelait donc une riposte militaire semblable à celle qui avait succédé à l'attaque japonaise. Il fallait désormais entrer en guerre et, bien entendu, gagner !

Afghanistan, Ben Laden, Irak, Saddam Hussein… Peu importait le pays ou la cible, du moment qu'on bombardait ces terroristes qui incarnaient le mal et tuaient des innocents dans un pays en paix ! Et il se trouve que ça tombait à pic pour le président Bush planqué dans son ranch au Texas, depuis les problèmes liés à la légitimité de son élection.

Sébastien était lucide. Il était déjà trop tard pour la presse américaine et même s'il existait des arguments pour raconter le formidable détonateur providentiel que les terroristes avaient offert au gouvernement Bush en lui permettant de venir occuper les terrains stratégiques de l'acheminement du pétrole, tout allait se jouer avec la complicité des médias. On attacherait ces journalistes aux unités militaires américaines qui débarqueraient en justiciers légitimes pour venger l'Amérique. Ces mêmes journalistes qui étaient déjà dans l'impasse depuis que le congrès avait autorisé le président à recourir à la force en débloquant quarante milliards de dollars, seraient désormais contraints de participer à la propagande gouvernementale, au regard de la décence qu'imposait la mort de milliers d'innocents. Ainsi allait commencer l'ère du journalisme empêché, le temps où la couverture médiatique serait patriotique avant d'être déontologique. La guerre était déjà là, sur toutes les chaînes d'information, à grands coups de *breaking news* et de *news alert* qui contribuaient à instaurer un climat de peur, à justifier le déclin des libertés et l'incursion des services de surveillance et d'écoute dans la vie de tous les citoyens, par mesure de sécurité.

La chasse à l'homme avait d'ailleurs été déclenchée par la première déclaration du président Bush. "Washington n'a pas le choix", avait ensuite déclaré le secrétaire à la Défense, Donald Rumsfeld : "Les États-Unis doivent s'attaquer aux pays qui abritent des organisations terroristes." Oubliant soudain que c'était sur le sol américain que ces terroristes s'étaient beaucoup entraînés. Partout en Europe, on traquait déjà les complices de ces hommes qui avaient voulu abattre l'Amérique, esprit d'alliance oblige.

Sébastien était médusé que personne ne s'étonne qu'on puisse retracer, à peine trente-six heures après les attentats, le parcours de la plupart des terroristes, connaître leurs noms, remonter les pistes des derniers mois de leur préparation minutieuse. Et pour cause, pas mal d'entre eux avaient fait l'objet d'une surveillance assidue depuis des années. On avait perdu leur trace parfois, mais pas leur objectif qu'on connaissait de longue date, depuis le premier attentat contre le World Trade Center en réalité. Plus grave encore, John sous le sceau du secret, avait révélé à Sébastien que tous les membres de la famille de Ben Laden présents sur le territoire américain avaient pu rentrer en Arabie saoudite dans les trois jours suivant l'attentat, et ce malgré le maintien au sol des avions. Pourquoi ?

Le Pentagone entendait pourtant mener une campagne militaire antiterroriste visant non seulement les organisations terroristes comme celle de Ben Laden, mais aussi les États qui les accueillaient. Les États-Unis avaient trouvé là l'occasion d'unifier démocrates et républicains contre le mal. Le président Bush avait demandé à toute personne portant l'uniforme américain de se tenir prête, en précisant que la guerre contre le terrorisme serait longue et d'un type nouveau. Ce qui n'était pas nouveau en revanche, c'était bien sûr le procédé par lequel on pouvait convaincre une nation d'envoyer ses hommes au combat. Pour continuer à regarder lucidement la situation, Sébastien essayait de rassembler les dépêches en deux colonnes qui n'allaient en réalité que dans une seule direction, celle imposée par les États-Unis. Mais aucun journaliste ne le disait haut et fort nulle part. Les faits étaient énoncés séparément comme s'ils n'avaient aucun lien.

Les Émirats arabes unis reconsidéraient leurs relations avec les talibans dirigeant l'Afghanistan et avaient réaffirmé dans un message au président des États-Unis qu'ils étaient prêts à combattre le terrorisme. L'hypocrisie du monde battait son plein. Chacun y trouvait son compte. Le Pakistan en proie à de sérieuses difficultés économiques avait signalé qu'il entendait tirer un maximum de bénéfices, à long terme, de son ralliement à Washington et le ministre pakistanais avait même signalé que ça contribuerait à améliorer l'image de son pays dans le monde et à obtenir plus d'argent via le Fonds monétaire international… Tout ça avait été publiquement déclaré, en essayant de convaincre les leaders du pays pas toujours d'accord pour se rallier à la politique américaine.

Sébastien se sentait impuissant car sa connaissance pourtant précise des événements ne lui permettait pas d'écrire les articles qu'il aurait fallu diffuser. Qui était-il lui, pauvre petit journaliste français d'une agence de presse internationale pour faire mieux qu'une presse américaine engouffrée, fourvoyée dans ce qui pouvait devenir le début de son déclin ? Il regrettait soudain amèrement de ne pas être devenu historien. Au moins les morts n'avaient pas de prétentions et on pouvait fouiller les événements, rétablir des vérités, et proclamer haut et fort les vrais enjeux et les faits non avérés de l'époque où ils s'étaient déroulés. Et encore... lui avait répondu un de ses anciens profs. Tout dépend des thèses que vous allez infirmer, de la célébrité des précédents historiens, des preuves que vous ne pourrez plus apporter, faute de leur existence. L'histoire des hommes n'était jamais racontée d'un point de vue omniscient. Elle n'était pas truffée d'erreurs par hasard mais par calcul. Le passé, aussi faux que le présent, racontait ce qu'on avait bien voulu lui laisser dire, tout en rétablissant quelques vérités pour donner le change. En réalité la seule vérité qui existait pleinement était celle qui hurlait le plus fort, la plus racontée, souvent la plus sinueuse et par extension contemporaine, celle qui ne disait jamais combien elle rapportait.

Sébastien regardait les jumeaux engloutir leurs céréales. Que se serait-il passé si Hélène l'avait suivi à New York ? S'il avait accepté ce poste dans cette antenne financière ? La vie tenait à rien, à des choix que l'on faisait sans penser qu'il s'agissait de vie ou de mort. Et même s'ils avaient habité New York, même s'il avait travaillé là, rien ne dit qu'il se serait trouvé dans les tours au moment des attentats. Ou qu'il n'aurait pas échappé au pire comme sa collègue Liara dont il savait maintenant qu'elle était en vie. Mais qu'est-ce que ça voulait dire passer à travers les mailles du filet quand tant d'êtres mouraient autour de soi ? N'était-ce pas l'échec d'une démocratie entière, d'une certaine humanité ? Pouvait-on se réjouir d'échapper au pire quand la trajectoire imbécile de la violence était aux portes du monde qu'on avait construit ? Était-il possible de vivre dans le même monde que des êtres qui étaient capables de jeter un avion rempli d'innocents sur des tours peuplées d'autres innocents ? Et si le gouvernement de ces civils avait failli, n'était-il pas possible d'en discuter autrement que par un massacre destiné à cacher leurs erreurs ? Et n'y avait-il pas un moment où la vraie question était de se demander pourquoi on était comme ça, humains barbares, sanguinaires, prêts à tous les sacrifices pour un peu plus de pouvoir ou d'argent ? Était-on si différent de ces hommes dont le fanatisme suggérait qu'ils étaient d'immondes bourreaux ? Quelle légitimité accordait un permis de tuer des civils ? Sébastien se souvenait des cours d'histoire quand il étudiait les barbares du passé, ceux du massacre de la Saint-Barthélémy, de l'Inquisition… Toutes ces guerres qui semblaient précéder la civilisation, mais qui n'étaient en réalité pas si différentes de celles qui se menaient aujourd'hui. Sous toutes les latitudes et même dans toutes les démocraties on pratiquait la torture, le viol et certains camps d'internement étaient des zones floues avec possibilités de faire souffrir ou de tuer sans passer devant le moindre tribunal. Il avait cru pouvoir dénoncer tout ça mais que pouvait un homme seul face à la fureur du monde. Bien sûr il savait que d'autres voulaient, comme lui, révéler, dénoncer, mais où était le résultat concret de leur travail ? Des journalistes mouraient chaque jour pour faire leur métier, écrire, parler, dénoncer, soulever le voile noir des exactions de certains hommes, certains pays, certains gouvernements, mais est-ce que ça servait réellement à quelque chose ? La liberté pouvait-elle passer par ce qui était collectif ou devait-elle grandir à l'intérieur de chaque homme et rejoindre ensuite le groupe ? Et de quelle liberté s'agissait-il ? Toutes ces pensées tournoyaient dans son cerveau et Sébastien se sentait terriblement seul et impuissant. Il se souvenait d'avoir dit avec colère à une amie qui récupérait les enfants de la prostitution à Bangkok : *Mais combien d'enfants as-tu dans ta maison d'accueil ? Vingt-cinq ? Sais-tu combien de mineures sont prostituées à Bangkok et dans le reste du pays ?* Elle lui avait souri et avec détermination lui avait répété : *Oui je sais, mais ça fait vingt-cinq de moins !*

Annie avait essayé de calmer Sébastien qui ne décolérait pas depuis que le bureau de Washington avait refusé son papier sur l'importance de l'enjeu pétrolier en Afghanistan. On était en pleine croisade contre le mal donc on ne pouvait pas développer la thèse selon laquelle la riposte des Américains aux attentats du 11-Septembre était guidée par les seuls intérêts pétroliers. Mais pourquoi tout était si politiquement conforme, sans aspérités, sans possibilité de mettre en doute les actions concrètes, hostiles, et leurs raisons ? Le pire c'était que Sébastien se rendait compte qu'il n'était pas dans une agence qui le censurait. Non. La situation était bien plus périlleuse. Son article n'intéressait personne. Il n'était pas dans le ton, pas dans ce qu'on pouvait dire de la situation, pas du tout conforme à ce qu'on attendait des informations de l'agence à ce moment-là, cinq jours après les attentats tragiques des tours jumelles. On ne pouvait plus vraiment faire une offre plurielle dans laquelle tout était dit, tout était examiné, signalé, critiqué, dépecé. On ne pouvait plus selon la bonne expression d'Albert Londres, *porter la plume dans la plaie*. Même si la censure n'existait pas... En y pensant bien, c'était surtout le désir de vérité qui n'existait plus et c'était beaucoup plus grave. Et plus on avancerait dans cette direction, plus ceux qui dirigeaient le monde en sous-main auraient le champ libre. Sébastien avait repris une aspirine et deux ou trois cafés à la suite puis il était monté sur les toits respirer un peu et tenter de passer sa colère et son désarroi.

Depuis sa conversation avec Joy, il savait qu'il n'aurait pas le choix. S'il voulait véritablement écrire quelque chose de fort et de cohérent sur les attentats, il lui faudrait un peu de patience et le support d'un livre. Il n'arrêtait pas de penser à ce qu'elle lui avait expliqué sur le fonctionnement du cerveau. *On sait que les régions du cerveau concernées par la pensée et la prise de décision dans le cortex préfrontal n'ont pas de connexions directes avec l'amygdale, lieu du souvenir émotif inconscient. Il est donc très difficile pour la pensée de contrôler l'émotion. En revanche l'amygdale a des tas de connexions à travers le néocortex. Il est très facile pour l'émotion de contrôler la pensée... On ne peut pas contrôler la peur qui est une suprême émotion et décide à notre place.*

Et c'était exactement ce qui était à l'œuvre cette semaine. Les forces du raisonnement et sans doute même les écrits, les articles, les paroles ne pourraient rien contre cette peur que l'on faisait grandir chez tous ceux qui se sentaient proches de ces innocents sacrifiés sur l'autel du terrorisme. Et il n'était pas nécessaire d'avoir vécu les événements pour en être terrifié.

Sébastien venait de recevoir la lettre de Christophe de Ponfilly qui s'adressait aux États-Unis pour les exhorter à plus de prudence, leur rappeler pourquoi Massoud avait été assassiné. Il ne mâchait pas ses mots.

Votre Nation est immense. Votre Nation est riche. Votre Nation est puissante, et belle à bien des égards. À moins de vous perdre dans l'illusion de vos rêves et de vos mythes, elle ne peut se permettre d'ignorer toute la vérité sur les causes du drame dont vous êtes aujourd'hui les victimes… À l'heure où vous préparez votre riposte, vous risquez d'attiser, dans le monde musulman, un feu de haine. Quelques combattants de l'ombre, et de cette haine, n'attendent que vos erreurs pour commettre encore et encore d'autres actes de terreur…

La lettre était splendide et juste. Elle n'était pas anti-américaine, mais Sébastien devinait déjà qu'elle serait lue et comprise comme la défense du commandant Massoud, mais pas comme l'explication de la responsabilité américaine dans la tragédie qui frappait le pays.

Sébastien se sentait vieux, dépassé par des préoccupations d'un autre âge. Où était passée sa jeunesse, son insouciance ? Il était à bout de souffle, à court d'argument, épuisé. Il ne savait pas comment il en était arrivé là. Était-ce l'échec de son couple ? Ce poste qui était en train de lui échapper, mais du haut duquel, il le comprenait maintenant, il ne pourrait pas non plus changer les choses ? Qu'est-ce qui pouvait changer les choses alors ? Où était le lien entre sa vocation, sa vie personnelle, ses aspirations, ses croyances, son amour, la vie des hommes, sa raison de vivre ou d'aimer ? Tout était confus et menait au chaos… Même en songeant au retour d'Hélène, il ne savait plus ce qu'il avait envie de lui dire, de lui reprocher, de lui interdire, de lui pardonner. Il était au-delà de lui-même, dans un désarroi profond et indicible.

Bien sûr qu'il avait eu des rêves, de l'avenir, cette force qui habite la jeunesse et le succès qui l'accompagne. Mais où était passé ce jeune homme brillant qui faisait rire les filles, gagnait des courses, alignait des bonnes notes, se passionnait pour l'histoire, la politique, l'économie ? Où était passé ce conquérant qui se réjouissait d'avoir fait des études, de pouvoir exercer le métier qu'il avait choisi, d'avoir épousé la fille dont il était amoureux, d'avoir deux beaux enfants, une belle maison et un boulot dans une des plus grandes agences mondiales d'information ? Il n'avait même pas honte de ne plus savoir remercier le ciel ni jouir de sa chance. Il ne savait plus comment être heureux. Et si le bonheur était quelque chose d'autre. Quelque chose dont il n'avait jamais eu vent ? Quelque chose qui était loin de lui et qu'il ignorait ? Quelque chose qu'il aurait dû conquérir et qui ne venait ni avec les études, ni grâce au milieu dans lequel on naissait, ni même avec la fortune ou la chance ? Et s'il était si malheureux et désorienté, que la femme qu'il croyait ne plus aimer ou qui peut-être ne l'aimait plus revenait, qu'allait-il lui dire ou lui proposer ?

Épilogue

Une société prête à sacrifier un peu de liberté contre un peu de sécurité ne mérite ni l'une, ni l'autre, et finit par perdre les deux.

BENJAMIN FRANKLIN,
An Historical Review of the Constitution and Government of Pennsylvania (1759).

Sur le chemin du Dharma, il n'y a pas de premiers et pas de derniers, il n'y a que des gens qui marchent.

GOENKA

Elle a le souvenir d'avoir pensé que quelque chose qu'elle ne pouvait pas nommer était là, quelque part en elle. La possibilité d'une action dans un lieu dont elle ignorait tout mais dont elle avait trouvé la porte et dont elle tenait la clé, serrée entre ses doigts. Elle sentait que les arcanes de cette vie n'étaient plus un mystère où l'on ne sait pas si quelque chose craque, va venir ou n'est qu'un mirage.

Elle avait si souvent imaginé le titre d'une histoire, qu'elle n'avait jamais osé envoyer à personne, s'étaler sur la couverture d'un livre d'une maison d'édition, puis d'une autre. Elle avait fait des essais en visualisant une couverture sobre, une typographie. Elle n'allait jamais jusqu'à une couverture illustrée, comme si les mots ne pouvaient pas convoquer d'images. Mais ce rêve récurrent n'était jamais devenu un projet, une tentative, c'était juste une expérience. Elle ne voyait pas comment ces histoires simples qu'elle se racontait depuis des lustres pourraient intéresser quelqu'un. Elle allait au Salon du livre comme une souris dans un supermarché, comme si elle allait être noyée par cette avalanche d'ouvrages. Elle en ressortait sonnée, assoiffée du désir de lire, accablée par l'inutilité d'écrire. Elle ne comprenait pas pourquoi elle était envahie de mots, sans les convoquer, d'histoires alors qu'il y en avait déjà tant. Elle ne comprenait pas qu'il n'y avait rien à comprendre, qu'il faut laisser ce qui existe s'exprimer sans en avoir peur. Pourquoi ne pas considérer qu'il y aurait toujours des mots, des phrases, dont l'agencement était une révolution ? Il y aurait toujours des choses qui n'avaient pas encore été dites, ou du moins pas de cette manière et qui parleraient à une société inquiète dans un temps particulier où l'on en aurait besoin.

En rentrant, elle se dit dans un sourire : "Je suis partie dix jours pour méditer et j'espère désormais que quelqu'un m'éditera..." Et même si ça allait devenir sa vie, ce n'était encore qu'une frêle certitude, presque un détail dans tout ce qu'elle venait d'apprendre. Elle avait hâte de partager cette connaissance, ce qu'elle avait pu éprouver, cet immense amour pour l'autre. Elle ne savait pas si son histoire avec Sébastien avait encore de l'avenir, mais ça n'avait plus d'importance car désormais, ils ne seraient plus jamais les mêmes, ensemble ou séparément, puisqu'ils avaient entamé un chemin irréversible. Sans le savoir encore, elle pressentait tout ce qui allait changer pour lui aussi.

Je ne pouvais pas deviner qu'une semaine après mon retour, Sébastien se retrouverait à l'hôpital, victime d'une rupture d'anévrisme. Que rien de ce que nous avions vécu auparavant ne ressemblerait à l'année que nous allions traverser à partir de cet accident. Une année de patience et de reconstruction, une année d'amour durant laquelle sa volonté et la certitude que j'étais pleinement à ses côtés viendraient à bout du découragement et accompagneraient ses balbutiements pour reprendre le cours de la vie. Parfois il me demandait avec cette diction inarticulée qui le faisait passer pour un débile, comment je pouvais être aussi sûre qu'il récupérerait. Pouvais-je lui raconter ce que le corps contient de si miraculeux, ces particules qui obéissent à nos injonctions les plus secrètes, les plus positives ? Ce n'était pas racontable.

— Pourquoi crois-tu au miracle ? me murmurait-il chaque soir.

— Parce que j'ai toujours vécu dans un monde où l'homme a marché sur la Lune ! Je ne sais pas ce qu'est l'inaccessible. Je crois que le désir d'abord, puis le rêve et enfin le travail, sont à la base de tout projet, si fou soit-il ! Et surtout, il faut s'aimer. Fort, inconditionnellement. Tu es vivant, tu fais des progrès tous les jours et je t'aime. Donc tu vas tout récupérer… Sinon je couche avec le voisin !

Nous avions tellement ri de tout ce qu'il avait cru en lisant mes cahiers d'exercices. Même s'il avait mis du temps à pouvoir en plaisanter sans vraiment comprendre… L'urgence de vivre à nouveau et encore, de parler correctement, de se déplacer, de redevenir l'homme qu'il avait été, ou plutôt, l'homme qu'il n'avait pas encore été, occupait tout l'espace. Aussi indicible que ça puisse être, je lui avais raconté mes découvertes et il était parti, lui aussi, expérimenter ces tranches de mémoires qui insculpent toute l'étendue de la chair en y gravant les traumatismes parfois inconnus qui nous déterminent. Il en était revenu encore plus changé que moi, plus fluide dans sa parole, et ses yeux avaient pris un éclat que je ne leur connaissais pas. Quand je lui avais demandé ce qu'il avait vécu pendant ses dix jours, sa réponse m'avait bouleversée.

C'est un peu comme si on découvrait qu'on abrite une bombe qui peut exploser parce que soudain le déclencheur extérieur active une alchimie intérieure particulière sans aucune raison valable, cohérente et objective. C'est un sacré danger que nous vivons tous. Le désir ou l'aversion sont les clés de tout être.

Que pourrais-je exprimer plus clairement que ce qui m'apparut au sortir de cette aventure ? J'allais écrire bien sûr, mais surtout, je ne pourrais jamais plus refermer la porte que j'avais ouverte, ni oublier ce qui m'avait fait comprendre qu'être humain, c'est s'incarner un temps pour acquérir le pouvoir de traverser nos murs.

REMERCIEMENTS

Ce livre ne serait pas ce qu'il est sans :

Ma tribu d'amour qui me soutient, m'entoure, me comble, m'enchante et dont la drôlerie et la tendresse m'ancrent dans le réel.

Mon éditrice Eva Chanet, et son regard précieux sur l'au-delà d'un roman.

Le bateau Actes Sud, beau trois-mâts sur lequel je voyage depuis douze années. Ses fondateurs Françoise Nyssen, Bertrand Py et Jean-Paul Capitani. Alzira Martins que je remercie tout spécialement.

Mes amis écrivains avec lesquels nous partageons cette autre façon de voir le monde et d'en rendre compte.
Mes amis qui n'écrivent pas et forment une famille choisie, parfois depuis très longtemps.

Les témoignages de plusieurs méditants vipassana. Qu'ils soient enveloppés de cette lumière qu'ils ont envoyée sur mes écrits. Be happy.

Je tiens également à remercier Eleonore Baktadze, Sylviane Béchu, Marie-Noëlle Blessig, Christiane Chenal, Françoise Dehove, Marie-Hélène Wetzel, Michel Scotto.

Certains livres réclament une présence amicale plus soutenue et je voudrais adresser mes pensées à Caroline, Astrid, Louise, Roland pour leurs lectures bienveillantes, conseils, rires, consolations et soutiens les plus chaleureux.

Le souvenir d'Hélène qui m'accompagne chaque jour.

Comme toujours une bande musicale a accompagné mes deux années d'écriture.

En voici quelques titres :

"La Chanson d'Hélène", Jacky Terrasson et Stéphane Belmondo, *Mother*

"Woodstock", Joni Mitchell, *Ladies of the Canyon*

"Woodstock", Crosby, Stills, Nash and Young, *Déjà vu*

"Our House", Crosby, Stills, Nash and Young, *Déjà vu*

"Whiskey for Everybody", Gary Jules, *Gary Jules*

"Paixôes Diagonais (Fado Miguel)", Mísia, *Paixôes Diagonais*

"My Dreams", Yael Naim, *She Was a Boy*

"We Can Never Talk", Greg June, *One*

"Les Oiseaux de passage", Maxime Le Forestier, *Le Cahier (40 chansons de Brassens en public)*

"Chasse Spleen", Steve Shehan, *Visa Mundi VIS*

"Bonheur", Michèle Bernard, *Le Kiosque*

NOTE DE L'AUTEUR

La méditation vipassana existe ; elle est une expérience personnelle et intime. Ce livre est un roman où l'un des personnages vit un cours de méditation vipassana mais en aucun cas une expérience réelle. D'autre part, bien que les citations soient extraites des cours de méditation vipassana telle qu'enseignée par S. N. Goenka, leur utilisation dans ce récit ainsi que la description du cours reflète la compréhension que l'auteur a de cette technique de méditation et n'engage en aucune mesure l'association Vipassana.

OUVRAGE RÉALISÉ
PAR L'ATELIER GRAPHIQUE ACTES SUD
ACHEVÉ D'IMPRIMER
EN DÉCEMBRE 2021
PAR NORMANDIE ROTO IMPRESSION S.A.S.
À LONRAI
POUR LE COMPTE DES ÉDITIONS
ACTES SUD
LE MÉJAN
PLACE NINA-BERBEROVA
13200 ARLES

DÉPÔT LÉGAL
1re ÉDITION : JANVIER 2022
N° impr. : 2105471
(Imprimé en France)